地势坤，君子以厚德载物。

知道点

中国文学

王力——著

中国友谊出版公司

图书在版编目（CIP）数据

知道点中国文学 / 王力著. -- 北京 : 中国友谊出版公司，2021.6（2023.4重印）
ISBN 978-7-5057-5166-8

Ⅰ.①知… Ⅱ.①王… Ⅲ.①中国文学－基本知识 Ⅳ.①I2

中国版本图书馆CIP数据核字（2021）第043561号

书名	**知道点中国文学**
作者	王　力
出版	中国友谊出版公司
发行	中国友谊出版公司
经销	新华书店
印刷	河北鹏润印刷有限公司
规格	880×1230毫米　32开
	10.75印张　257千字
版次	2021年8月第1版
印次	2023年4月第3次印刷
书号	ISBN 978-7-5057-5166-8
定价	45.00元
地址	北京市朝阳区西坝河南里17号楼
邮编	100028
电话	（010）64678009

如发现图书质量问题，可联系调换。质量投诉电话：010-82069336

序

余秋雨

　　这套"知道点"丛书，邀我写序。我对丛书的名称有点好奇，一问，明白了他们的意思，就决定写了。

　　原来，这套丛书里每一本的标题，都以"知道点"开头，如《知道点中国历史》《知道点中国文化》《知道点世界文化》……落脚点都显得宏大，而着眼点却很谦虚，显出青年作者的俏皮。中外文化是万仞群峰，我们不应该畏其高峻而仓皇躲开，更不应该看了两眼就自以为已经了如指掌。我们所能做的是，恭敬地在山脚下仰视，勤快地在山道口打听，简单说来，也就是：知道点。

　　首先，不知道是可惜的。区区五尺之躯，不以文化群峰作为背景，只是一种无觉无明、平庸卑琐的生理存在。人凭文化与外界进行不同层次的沟通，并通过文化证明自己是谁，对此，即使文化程度不高的人也有一种荣辱感。记得有一次中央电视台举办全国直播的青年艺术人才大奖赛，比赛中有一项文史知识测试。结果出乎意料，几亿观众对这一部分的关注远远超过比赛的主体项目，全国各省观众对于自己省派出的选手在艺术技能上的落败并不在乎，却无

I

法容忍他们居然答不出那些文史知识的试题。由此可知，直到今天，很多人还是习惯于在文化上寻求自身尊严和群体尊严的，这很不错。

但是，紧接下来的问题是，又必须提防人们对于文史知识的沉溺。沉溺，看似深入，实则是一种以文化名义制造的灭顶之灾。中国从明清之后一直有一批名人以引诱别人沉溺来谋生，很不道德。因此，必须在文化的群峰间标画一些简明的线路，在历史的大海中铺设一些浮标的缆索，使人们既领略山水之胜又不至于沉溺。这种做法用一种通俗用语来表述，就是不必知道得太多、太杂、太碎、太滥，只需"知道点"。

"知道点"，不是降低标准，而是提高标准。这就像线路的设定者一定比一般的逛山者更懂得山，缆索铺设者也一定比一般的游水者更熟识海。不仅更懂、更熟识，而且也更有人道精神，更有文化责任。

正是在这个意义上，我觉得这套"知道点"丛书是一项有价值的事业。新世纪的公民不可能全然舍弃人类以前创造的文化历史背景，却又不能让以前的创造来阻断今天的创造，因此应该有更多的山路划定者和缆索铺设者。只有这样，壮丽的历史文化才能真正成为新世纪的财产。

目录

第三辑 蔚然大国
——两汉文坛风貌

第四辑 建安风骨正始玄风
——魏晋南北朝文学

第五辑　流丽万有东方意境
——唐朝文学

第六辑　八音克谐，神人以和
——宋代文学

第七辑　牢笼万态杂剧兴
——元代文学

第十辑　文变染乎世情　兴废系乎时序
——近代文学

第一辑

文学萌芽与先民歌唱

神话与传说的渊薮——《山海经》

> 发鸠之山，其上多柘木。有鸟焉，其状如乌，文首、白
> 喙、赤足，名曰精卫，其鸣自詨。是炎帝之少女，名曰女娃，
> 女娃游于东海，溺而不返，故为精卫，常衔西山之木石，以堙
> 于东海。
>
> ——《山海经·北山经》

对于大多数人来说，我们更熟悉的应该是这个故事的名字——精卫填海。这个记载于《山海经·北山经》的故事，虽然只有短短的66个字，却将一个故事讲得非常清楚，包含了丰富的故事情节，交代了故事的前后转折，短小精悍、情感丰富。《山海经》里还有许多这样的例子，实际上，整部《山海经》虽只有3.1万多字，却涵盖了古代动物学、植物学、天文学、药物学、社会学、地理学、巫术、神话学、人文学、民族学等多种学科，是一部集大成的古老奇书。它的文字风格偏于简洁、结构严谨。现在学界普遍认为《山海经》共18卷，分别是5卷《山经》、13卷《海经》（包括4卷《海外经》、5卷《海内经》、4卷《大荒经》）。《山海经》是我国早期神话和寓言的主要记录者，根据历史记载，《山海经》成书时间很早，至少在战国初年就已经有了雏形，到西汉初年，《海内经》部分也全部补齐。至于这部书的作者，学界争论不休，虽有些古籍记载《山海经》是夏禹和

伯益所作，但现在普遍认为，具体成书年代和作者都无从确证。

《山海经》在中国文学史上地位非常特殊，一方面，它记载了400多个神话故事，是我国古代收集和保存神话最多的著作，对我国浪漫主义文学创作产生了巨大而深远的影响；另一方面，这些神话又有历史的影子，为早期历史研究提供了见证，记录了很多原始宗教和原始部族的生活状态，并在一定程度上反映和影响了我国历史记录的价值取向。

比如记载于《山海经·海外北经》中的故事——夸父逐日："夸父与日逐走，入日。渴，欲得饮，饮于河渭；河渭不足，北饮大泽。未至，道渴而死。弃其杖，化为邓林。"这个故事记录了古代原始氏族探索自然、改变自然的冲动，反映了早期人民摆脱蒙昧后，对大自然强烈的好奇以及不屈的追求精神。夸父，可以看作是古代一个氏族的名称，这个氏族的人的特点是"其为人大"，所以神话传说中的夸父是这个氏族的代表人物。他们以善跑闻名，《山海经·大荒北经》这样描述夸父这个部族："大荒之中，有山名曰成都载天。有人珥两黄蛇，把两黄蛇，名曰夸父。"当善跑的夸氏一族开始探索世界时，他们如何想到逐日？为什么去逐日？显然简短的神话没能告诉我们答案。我们可以猜想，当人类文明已经开始走向父系氏族时代时，人类对世界的认识已经前进了一大步，能自然地将自己从自然界分化出来。因为力量的增加，拓展自己基本生活圈的渴望和需求越来越多，周围的世界充满了诱惑。面对日夜交替、星辰轮转、风雷雨电、旱涝灾害、瘟疫蔓延，我们的先民为了生存，想要改变世界的需求和渴望越来越多。"夸父逐日"艺术地再现了这种探索的渴望、探索的过程以及探索的艰辛。虽然人类的成长、力量在不断变化，但在强大的自然面前，人类的力量显得那样渺小，对自然的挑

▲《山海经》书影

战总是伴随着失败和死亡。尽管夸父跨越千山万水追逐太阳，但他最终还是倒在了胜利即将到来之前，充满了浓烈的悲剧情绪。如果故事到这里结束，这就是个赤裸裸的悲剧，但神话让夸父的手杖化为生机勃勃的桃林，将这种悲剧化为悲壮，伴随着浓浓的浪漫色彩，给人们带来了追求和挑战的勇气。虽然夸父的形体毁灭了，但是个体生命的结束，并不是斗争的结束，后来的人们将带着这种挑战的勇气继续探索。后来在《列子·汤问》中，这个故事描写得更为动人："弃其杖，尸膏肉所浸，生邓林，邓林弥广数千里。"通过身躯化为桃林这样的描写，将夸父与自然斗争的坚强意志与悲壮转为激励，化为精神，养育、激励后人继续与大自然斗争，从而展现出一种死而不已、奋争不息的悲壮崇高的艺术境界。

《山海经》里反映先民这种改造自然、反抗天命的故事比比皆是。记载于《山海经·海内经》关于治理洪水的一段文字："洪水滔天。鲧窃帝之息壤以堙洪水，不待帝命。帝令祝融杀鲧于羽郊。鲧复生禹。帝乃命禹卒布土以定九州。"这个故事比夸父逐日更有主动性和能动性。在上古时期，随着种植技术的发展，洪水成为对人类农业生产越来越大的威胁，所以在原始文明中都有关于洪水的神话传说。我们熟知的诺亚方舟故事中，洪水是上天——神对人的惩罚，而

《山海经》中记录的洪水神话则强调人在自然面前的抗争和改造，强调人类的自我拯救。故事是这样的，在尧治理部落时期，一场大洪水突然暴发，部落的人们一致推选鲧为治理洪水的最佳人选。鲧接受了这个任务以后，首先想到的就是求助上天。他直奔天庭，请求天帝收回洪水，使人间生活重归安宁，但是天帝并没有答应他的请求，于是鲧只能自己想办法治理洪水。他采用"堵"的方法治水，将高山的土补在低洼处，九年以后，他堵塞了百川，但洪水依然泛滥。面对滔天的洪水，鲧一筹莫展，恰在此时，一只猫头鹰和一只乌龟相携路过，泄露了天庭至宝"息壤"可以堙塞洪水的秘密。鲧深知若要得到息壤，只有盗取一途，此举的罪责也只能自己承担，为了受尽煎熬的人民，他义无反顾，排除万难，盗出了息壤。果然，息壤非常神奇，它能填补低洼，形成高山，随着水势改变自己的形状，撒到何处，何处就会形成高山挡住洪水。天帝知道息壤被盗后，恼怒异常，派火神祝融追杀鲧，取回了息壤。鲧被祝融杀死后，尸体三年不烂，眼睛也不闭合。天帝知道后担心鲧化为精怪，又派祝融用天下最锋利的"吴刀"将鲧分尸，在祝融剖开鲧的肚子时，奇迹发生了，鲧的肚子里跳出了一个人来，那就是后来的治水英雄——禹。又历经九年，大禹终于治理水患成功，这就是大禹治水的传说了。鲧死后尸体不腐、眼睛不闭，并不是因为顾及自己的生命，而是因为水患还没有治理好，自己的理想还没能实现，对自己寄予厚望的人民仍旧生活在水患之中。鲧这个传说中的人物，为了解除人们遭遇水患的痛苦，不惜冒犯天帝，而且主动寻找治理水患的方法，这种冒险精神堪比希腊神话中将火种带回人间的普罗米修斯。而在治理洪水过程中，作为主要领导人，鲧和禹采用不同的方法治理，充分体现了人类在与自然做斗争中不断学习、不断进步的主动性和能动性。正是这样间接的历史痕迹，让我们看到了《山海经》神话传说的另一面——史实性。

　　《山海经》中的神话，简洁中蕴含深意、宏伟壮美、积极昂扬，精卫、夸父、鲧、刑天等诸英雄人物都有着超乎常人的力量和意志。尽管他们抗争的对手——大自然、统治者非常强大、残暴，抗争的结果往往也是形神毁灭，但他们身上体现的那种不屈和永远奋斗的英雄主义精神却激励着后来的人们不断抗争。《山海经》的400多个神话故事中表现出的先民征服自然、支配自然、改变现实的强烈愿望和崇高理想，是人类记忆中奋斗的终极密码，而故事中体现的悲剧美和崇高美则为后世浪漫主义文学树立了典范。

▲ 大禹陵

先民的歌声——《诗经》

> 小子！何莫学夫诗？诗，可以兴，可以观，可以群，可以
> 怨。迩之事父，远之事君。多识于鸟兽草木之名。
>
> 不学诗，无以言。
>
> ——《论语》

《诗经》，是2000多年前在这片土地上生活的先民的"歌唱"，人们用它表情达意、歌颂美好、咏叹心声，与天地神灵沟通。这些"之乎者也"是先民们的生活语言，也是最早的"民歌"。只是随着时间的流逝、生活的需要，人们越来越习惯将历史"打扮"一番，《诗经》也被附加了多重意义，就像一层层枷锁，使得单纯的"吟唱"变得越来越复杂。

其实，读过《诗经》的人大体都能感受到，《风》更通俗简单，而《雅》和《颂》更为艰涩。《风》之于《雅》《颂》类似今日的通俗歌曲之于歌剧。如果非要给《国风》一个现代的称呼，那么"中华民谣"可能是最合适的！席慕蓉曾经这样写道："涉江而过，芙蓉千朵，诗也简单，心也简单！"《国风》就诞生在简单和纯粹中。有一种说法是，《诗经》采集之初，主要是为了周王能更好地了解各地风俗民情，采风官收集了流传最为广泛的歌谣。（据说当时的采风官实际肩负着为国君反映民情的重任。）

《诗经》是我国文学史上最早的一部诗歌总集，共收诗311首（其中6首，有标题而无内容，被称为笙诗），时间覆盖从西周初年（前11世纪）到春秋中叶（前6世纪）的500余年，最早称《诗》或《诗三百》；经过孔子编订后，在汉朝时被奉为经典，故称《诗经》。其实，最早的《诗三百》都是可以唱的，根据《史记·孔子世家》的记录："三百五篇孔子皆弦歌之，以求合韶武雅颂之音。"可以推断，《诗》与音乐、舞蹈关系密切。

《诗经》分《风》《雅》《颂》三部分，《风》分国别，160篇，包括15个小分封国地区的民谣；《雅》分大小，共105篇；《颂》则有《周颂》《商颂》《鲁颂》三家，共40篇。这种划分方式依据的是诗歌的内容和音乐特点的不同。《风》就是周王朝统治下15个地区的民间歌谣，大部分流传于黄河流域，即今天的陕西、山西、河南、山东等地。我们所熟知的很多名句，如"关关雎鸠，在河之洲""蒹葭苍苍，白露为霜""桃之夭夭，灼灼其华"等，都出自《国风》。《雅》以周王朝都城附近地区的正乐为主，诗文多为公卿贵族所作，多反映上层贵族的祭祀、游宴、征战等，音乐和诗文配合使得"雅"更有一种典范的意味。因为音乐的遗失，我们只能通过文字来体会——"民亦劳止，汔可小康。惠此中国，以绥四方。"（《大雅·民劳》）"昔我往矣，杨柳依依。今我来思，雨雪霏霏。"（《小雅·采薇》）《颂》是收集展现国君（通俗一点说就是王室）宗庙祭祀的文字，内容多为歌颂祖先的功德，语言典雅，近于诘屈，音乐以庄重为主。

《诗经》是我国现实主义文学的源头，像镜子一样，展现了周初到春秋时期500年广阔的社会生活图景，内容极为丰富，涉及政治斗争、征战与徭役、劳动与爱情、婚嫁风俗、世态人情，包罗万象。

《国风》是《诗经》中最能体现诗歌精华的部分，也是文学价值最高的部分，因为这是民间歌谣的合集，能反映更广大的现实生活，也有着丰富的生活气息。诗歌中有大量篇幅反映了农业生产的艰辛，也反映了农夫对贵族压迫的愤怒和不甘。《诗经·豳风·七月》真实地记录了农夫的心声和农夫的生活状况：农夫一年到头地辛劳着，正月为了春耕修理农具，二月开始耕种的准备，三月修理桑树、收割芦苇；到了收获季节，除了收割农作物，还要打猎、修场子、造酒等，农闲时还有各种劳役。虽然他们一直辛苦，但大部分粮食都为贵族所盘剥，自己则"六月食郁及薁，七月亨葵及菽，八月剥枣""七月食瓜，八月断壶，九月叔苴"。吃的是田间野菜，根本没有粮食，辛苦一年，却无衣可穿，却要为奴隶主高呼万岁！

哪里有压迫，哪里就有反抗，所以《诗经》中有不少诗篇就描写了劳动者的反抗心声，强烈地控诉了奴隶主的压迫。《诗经·魏风·伐檀》中有"不稼不穑，胡取禾三百廛兮？不狩不猎，胡瞻尔庭有县貆兮？彼君子兮，不素餐兮！"这样的诘问，用愤懑的语言质问统治者："你们从来不耕种，也不管收获，但为什么从我们的收获中拿去大部分？你们也从来不去荒野狩猎，猎物为什么能挂满院子？"最后用反语，讽刺统治者真是不白吃饭！

《诗经》中流传最广的还是那些描写纯真爱情的诗篇。比

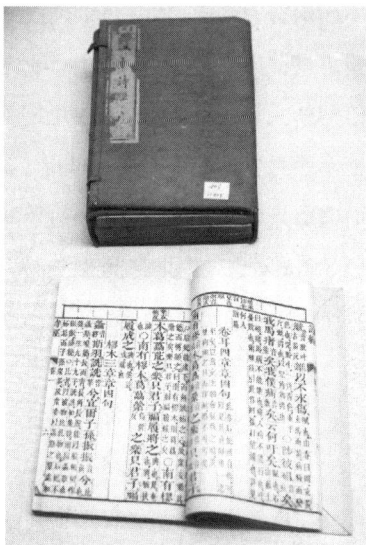

▲ 监本《诗经》

如开篇《诗经·国风·关雎》就描写了一位少年如何对一位姑娘一见钟情，不断追求，最后结为伉俪的整个过程。

> 关关雎鸠，在河之洲。窈窕淑女，君子好逑。
> 参差荇菜，左右流之。窈窕淑女，寤寐求之。
> 求之不得，寤寐思服。悠哉悠哉，辗转反侧。
> 参差荇菜，左右采之。窈窕淑女，琴瑟友之。
> 参差荇菜，左右芼之。窈窕淑女，钟鼓乐之。

第一行写到了少年与少女的相遇。姑娘不仅面容姣好，还品德善良，阵阵雎鸠的鸣叫激发了少年果断追求爱情的心。第二行写出了少年的执着追求，就连梦中都想着心爱的姑娘。第三行写少年追求不到心爱的姑娘心情苦闷，夜不能寐。最后两行写少年经过坚持不懈的努力终于追到心爱的姑娘，在迎娶新娘时难以掩饰自己的兴奋之情，用弹琴鼓瑟、敲钟击鼓表达自己的感情。我们要为这对幸运的新人表达我们由衷的祝福，因为生活中遇到一个两情相悦而又能牵手一生的人，实在太难得了，更多的情侣因为各种各样的原因而遗憾错过，有的甚至连表达爱慕的机会都没有。《诗经·秦风·蒹葭》就是对这种惆怅与惋惜的描写。

> 蒹葭苍苍，白露为霜。所谓伊人，在水一方。
> 溯洄从之，道阻且长。溯游从之，宛在水中央。

在这微冷的秋天的清晨，我站在岸边盼望自己的意中人能出现。但是那美丽的少女啊，她在河的那一头，我不想就此放弃，忽而顺流而下，忽而逆流而上，寻找合适的过河之路。奈何我的伊人却始终在河的那一头，可望而不可即。

《诗经》中描写男女相思之情或婚恋的诗歌，或吟咏二人心心相悦之情、表达缠绵悱恻的相思之意，或赞美对方的风采仪容，或描述二人幽会的情景，或表达女子想爱不敢爱的微妙心理，或痛惜弃妇的不幸遭遇，内容丰富多样，感情真挚感人，是《诗经》中艺术成就最高的作品。

《诗经》中创作的主要表现手法是赋、比、兴三种。"赋者，敷也，敷陈其事而直言之者也。""比者，以彼物比此物也。""兴者，先言他物以引起所咏之词也。"（朱熹《诗集传》）赋，即直接铺陈；比就是比喻，有明喻、隐喻之分；兴是起兴，主要起到引起联想、烘托渲染的作用。而一般《国风》多用比、兴，《大雅》多用赋。赋、比、兴的运用，使《诗经》具备了更加动人的艺术魅力。《诗经》主要以四言句式为主，四句成章，一般隔句用韵，也间隔用二言到八言等其他句式，不仅整章诗歌看起来灵活富于变化，读起来也错落有致。《诗经》节奏多为二节拍，短促有力，配合叠词、双声、叠韵等双音节的运用，形成一种回环往复的韵律感，增强了语言的形象性和音乐性。《诗经》中的某些篇章擅长白描，描摹出许多生动的生活细节，前面提到的《诗经·豳风·七月》中描写的农家一年四季的繁忙生活，就像一幅幅铺开在读者面前的辛勤农忙的图景。

第二辑

散文勃兴——先秦文学

不祧之大宗——《左传》

> 言近而旨远，辞浅而义深，虽发语已殚，而含意未尽，使夫读者望表而知里，扪毛而辨骨，睹一事于句中，反三隅于字外。
>
> ——刘知几《史通》

对于拥有5000年历史的中华民族而言，记录历史的历史和我们的文明史一样长，而左丘明，是我国第一个被史书记录的历史记录者。左丘明，复姓左丘，单字明（一说单姓左，名丘明），和孔子生活在同一时代，约公元前6世纪到公元前5世纪，是当时鲁国的史官。据司马迁《史记·十二诸侯年表》记载，左丘明担心孔子所作《春秋》的本意被世人误解，为了保存其本意，自己撰写了《左氏春秋》，一般通称为《左传》或《春秋左氏传》。

《左传》单独成书，但读《左传》必须通《春秋》，两者配合，才能更好理解，直到晋代杜预作《春秋经传集解》才合为一书。因此，《左传》有时也被看作《春秋》的内传，《国语》则被看作外传。《春秋》被奉为经典之后，解说和注释《春秋》成为一种显学，一直流传到现在，除《左传》外，还有《公羊传》和《穀梁传》，就是文学史上通常所说的"春秋三传"。

《左传》在中国古代史学史上地位独特，它是我国历史上第一部

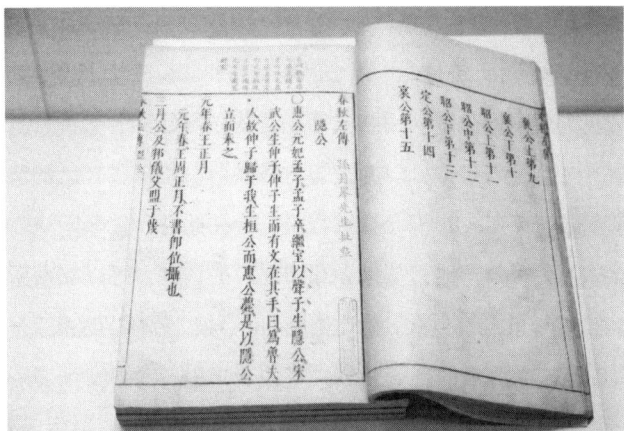

▲ 《左传》书影

规模宏大、内容翔实的叙事性编年体史学巨著。全书近20万字的超大体量，使得编撰者的叙事能力和技巧得到充分的展现。综观《左传》全书，作者在记事上，完全抛弃以往史书的简约和零散，对单个事件的描写详细完整、富有戏剧性。诸侯列国之间尔虞我诈、错综复杂的政治斗争也在连续多变的独立事件的描述中被全面、立体地展现出来。作者有意识地创造曲折生动的情节，造成扣人心弦的效果。其中，最为后人所称道的是对战争的描写，比如城濮之战、崤之战、鄢陵之战、长勺之战等规模宏大的战争。

因为《左传》全面记录了春秋时期的大事，内容涉及周王朝晋、鲁等10多个诸侯国的史实，记事范围广泛，所以作者在描写战争时，往往会将战争放到诸侯争霸的宏大背景下展开。一般按照时间顺序展开描写，从战争起因开始，交代交战双方或者几方之间的利益关系，接着铺陈战前策划、准备和双方短兵相接的场面。最后作者会分析战争结果对当时局势的影响，一场大战就像画卷一样用简练的文笔徐徐展开。

　　秦晋崤之战记载于鲁僖公三十二年（前628）和三十三年（前627）。这是一次霸主挑战赛，因为老霸主晋国国君晋文公去世，晋国国内人心不稳，秦国自穆公以来，国力强盛，一心扩张自己的势力，意图求霸，一直在寻找机会打败晋国。恰在此时，在郑国戍守都城的杞子密告秦穆公，他们掌握了郑国北门的钥匙，可以秘密派兵来袭，一举拿下郑国。秦穆公不顾国内谋臣蹇叔"劳师以远袭"是战略失误的告诫，派遣孟明视等三名大将偷袭郑国。秦国发兵袭郑之日，谋臣蹇叔哭送将士有去无回，为秦军出征蒙上了一层阴云。而秦军路过周王朝都城洛邑北门时，兵车上左右两边的士兵本应脱甲下车步行向周天子致敬，然而秦军只是脱去头盔下车走了几步，潦草行事。当时年纪尚小的周王孙满看到这个情景立刻判断"秦师轻而无礼，必败"，这又从另一方面预示了秦国骄兵必败的结局。而秦军路过滑国时，遇到了郑国商人弦高，他一边谎称奉郑国君命令犒劳秦军，一边派人将军情火速回报郑君，至此，秦军偷袭郑国的计划完全破产。秦军只能放弃攻郑，拿下滑国后，转道西进。而晋国正举国悼念晋文公，秦国的挑衅行为激怒了晋国上下，他们决心要给秦军一次痛击。晋襄公亲自挂帅在崤伏击秦军，秦军最终全军覆没，孟明视等三位将军被俘。这场战役以晋襄公遵母命释放三名秦将返秦宣告了晋国的胜利。秦穆公身披丧服出都城迎接三名将军，承认是自己的决策失误导致了这场远征的失败。他没有惩罚三位将军，而是让他们官复原职，等待时机再一次挑战晋国霸主地位。

　　对这场战争的描写，作者只在"夏四月，辛巳，败秦师于崤"一节中正面描写了双方交战的场面，其他关于战争发生的背景、战前决策等都在"蹇叔哭师""王孙满观师""弦高犒师""秦穆公悔过"

等小故事中有所涉及，侧面描画出春秋争霸的格局，以细节显示了周王室权柄旁落、诸侯国各有称雄野心的历史事实。

《左传》是一部编年史，但它在文学史上也有重要的地位，除了在叙述技巧上的长足发展之外，也非常善于刻画人物，尤其是通过细节去刻画人物。如《晋公子重耳之亡》一文中，作者按照时间顺序推进故事发展，不仅让读者跟着重耳开始了一段逃亡之路，而且随着故事的展开，重耳这个人物也逐渐丰满、多变。在逃亡伊始，重耳还是一个不知世事、没有梦想的普通诸侯公子。路过卫国，逃亡人员向农人乞求干粮时，被奚落了一番，最后还给了重耳一块土。重耳勃然大怒想要鞭打老农，狐偃在旁劝说道："这是多好的寓意，正是上天的赏赐。"重耳方才罢手。到齐国后，齐桓公对他礼遇有加，娶娇妻享美食，生活安逸，重耳就把自己重返家国、建功立业的雄心弃之脑后。五年后，还是妻子姜氏和部下们趁机灌醉他送出了齐国，重耳清醒后非常懊恼，但已经无法返回了。他重新踏上逃亡之路，在曹国、宋国、郑国、楚国等国陆续求援，最后得到秦穆公的帮助重返晋国，登上君位。这些发生在逃亡路上的小故事，增强了文章的可读性，又成功地向读者展示了春秋五霸之一的晋文公重耳如何从一个普通的诸侯逃亡公子，成长为运筹帷幄、老谋深算、雄才伟略的大政治家的过程。晋文公在外流亡19年，年过60返晋登上王位，以超群的智慧带领晋国在春秋争霸中脱颖而出，在城濮之战中击败国力强盛的楚国，一举奠定晋国春秋五霸的地位。正是有了《左传》的精彩文字，2000年后的我们才能领略那个群雄争霸时期一代雄主的成长过程。

在叙事技巧和刻画人物的精妙之外，《左传》有些篇章的语言交锋也非常精彩，其代表作《烛之武退秦师》为我们所熟知：

　　秦、晋围郑，郑既知亡矣。若郑亡而有益于君，敢以烦执事。越国以鄙远，君知其难也，焉用亡郑以陪邻？邻之厚，君之薄也。若舍郑以为东道主，行李之往来，共其乏困，君亦无所害。且君尝为晋君赐矣，许君焦、瑕，朝济而夕设版焉，君之所知也。夫晋，何厌之有？既东封郑，又欲肆其西封，若不阙秦，将焉取之？阙秦以利晋，唯君图之。

　　这段说辞区区100多字，却紧扣秦、晋两国争霸的大矛盾，详细剖析了郑国在秦、晋之间缓冲的作用，使秦国认识到，只要保全郑国，秦不仅能在商贸上得到便利，而且可以避免直接和晋国短兵相接，这样才是最好的牵制晋国的策略。同时也透露了晋国灭郑后也有西进的野心，引起秦的警惕之心，借着卓越的语言能力和对秦、晋争霸野心的掌握，轻而易举地离间了两国的联盟，使得郑国脱离被灭的危险。字字珠玑，让人拍案叫绝。

　　在中国文学史上，叙事性文学的出现和发展都比较晚，但叙事技巧和谋篇布局的意识，以及刻画人物的技巧，在历史散文中得到了很大的发展。虽然《左传》是一部史学著作，但其精彩的历史事件描写和细致生动的人物刻画技巧不断滋养着后人。

长短纵横之术——《战国策》

> 高才秀士，度时君之所能行，出奇策异智，转危为安，运亡为存，亦可喜，皆可观。
>
> ——刘向《战国策书录》

战国是一个诸雄并立、礼乐崩坏、思想高度自由的时代。空前自由活跃的社会、激烈的国家兼并，让战国有名的纵横学派大展雄风：苏秦说楚联合六国抗秦，张仪使秦间齐楚实现连横，范雎以"远交近攻"之策见赏于秦昭王，唐雎为家国巧舌战秦王等。他们凭着滔滔雄辩，说服一国之主，其辞或汪洋恣肆、层层递进，或旁征博引、喻理明白，或迂回曲折、处处玄机，或语出惊人、巧饰是非。而这一切引动时代风云变幻的人物和他们的滔滔雄辩都被记载在《战国策》这本奇书中。

《战国策》作为记录纵横家雄辩言论的著作，真实作者没有被准确记录，其成书

▲ 《战国策》

由秦汉年间喜欢雄辩的文士收集整理而成。西汉末年刘向将其整理定稿，命名为《战国策》，而七雄并起、战火风云的时代，也被称为"战国"。《战国策》所记史实，上起《春秋》，下至始皇统一中国，共33卷。它区别于《春秋》以年记事的传统，而以国别记录战国时代各国的军事、政治、外交变迁。尽管习惯上我们把《战国策》《左传》《国语》同归于历史著作，但相比于历史著作，《战国策》的写作方式和谋篇布局更像是文学作品，很多章节围绕"策士游说"展开，而其说辞含大量写作技巧，文采斐然，因此书中的很多史实描写不可尽信。即便如此，《战国策》依然是我们研究历史的重要依据。

《战国策》中策士的言论，不仅让我们体会了语言的魅力，还记载了很多当时的社会风貌，以及通过纵横家的游说活动反映的重大历史事件、军事活动、各国的内政外交等，并因此塑造了一个个能言善辩、智珠在握的纵横家形象，使我们穿越2000年的历史，依然能如闻其声、如见其人，其中最有代表性的一篇就是《冯谖客孟尝君》。

齐国的孟尝君与魏国的信陵君、楚国的春申君和赵国的平原君并称"战国四君子"，他以门下3000宾客而闻名于诸侯。冯谖就是3000宾客中的一位，因为自陈"无能""无好"，孟尝君一时也没有发现他有什么特殊的才华，就安排他做低等门客。冯谖很不满意，觉得自己应该享受更好的待遇，于是他就想出了一些奇特的

▲ 刘向画像

主意，希望博得孟尝君的赏识。书中是这样描述的：

> 齐人有冯谖者，贫乏不能自存，使人属孟尝君，愿寄食门下。孟尝君曰："客何好？"曰："客无好也。"曰："客何能？"曰："客无能也。"孟尝君笑而受之曰："诺。"左右以君贱之也，食以草具。
>
> 居有顷，倚柱弹其剑，歌曰："长铗归来乎！食无鱼。"左右以告。孟尝君曰："食之，比门下之客。"居有顷，复弹其铗，歌曰："长铗归来乎！出无车。"左右皆笑之，以告。孟尝君曰："为之驾，比门下之车客。"于是乘其车，揭其剑，过其友曰："孟尝君客我。"后有顷，复弹其剑铗，歌曰："长铗归来乎！无以为家。"左右皆恶之，以为贪而不知足。孟尝君问："冯公有亲乎？"对曰："有老母。"孟尝君使人给其食用，无使乏。于是冯谖不复歌。

冯谖在做门客这件事上，用现在的话说，情商比较高，做事情不同于其他普通门客。他懂得利用优势来表达自己的诉求，三次弹长铗而歌，向孟尝君表达了不满足于普通门客的心理，而每次不同的请求和其他旁观门客的反应让读者对冯谖和孟尝君的性格都有了了解，刻画了冯谖不甘平凡、卓尔不群的人格。

《战国策》还有大量篇幅刻画了"侠客"的形象，比如战国"四大刺客"要离、专诸、聂政、荆轲，以及口舌锋利、胆量过人、挺剑挟秦王的唐雎等。其中最为人们所熟知和敬佩的是荆轲刺秦的故事。故事发生在战国末年，秦国国力大涨，东方六国苟延残喘。北方的小国燕国太子丹为了阻止秦国吞并，想先下手为强，向太傅鞠武寻求支持，太傅不同意这个主意，认为首先出兵无疑会引来强秦的毁灭性报复。双方一时都无法说服对方，刚好秦将樊於期因触怒秦王流亡燕国，秦国正以此为借口准备向燕发兵。太傅不得不同意太子的主意，并向太子推荐了田光，田光老迈，推荐了自己的老朋友荆轲。文中荆轲的出场经过了层层铺垫，使读者对荆轲的期待达到高潮，同时暗示了荆轲不同流俗的性格。之后发生的一切，樊於期奉献首级，田光自刎，太子重金购买匕首，一方面解决秦发兵的问题，另一方面也促使荆轲必须走上刺杀秦王的道路。到众人送荆轲至易水河边，全文达到高潮，文字将这种慷慨悲壮的精神渲染得震撼人心：

太子及宾客知其事者，皆白衣冠以送之。至易水上，既祖，取道，高渐离击筑，荆轲和而歌，为变徵之声，士皆垂泪涕泣。又前而为歌曰："风萧萧兮易水寒，壮士一去兮不复还！"复为羽声慷慨，士皆瞋目，发尽上指冠。于是荆轲遂就车而去，终已不顾。

荆轲此去刺秦王，不论成败，必定不能生还，大家着白衣、戴白冠，送荆轲最后一程。作者也充分利用环境——秋风萧萧、易水生寒，烘托荆轲明知死亡是唯一的道路但镇静从容、慷慨奔赴的勇士精神。而送行的宾客在高渐离和荆轲的唱和中受气氛影响，"皆瞋目，发尽上指冠"。一曲悲歌唱出了"士为知己者死"的无畏与侠士精神，也为我们留下了"燕赵多慷慨悲歌之士"的印象。

《战国策》也借鉴了先秦散文中其他作品的写作手法——运用寓言故事来表现人物性格。这些寓言故事形象生动，语言通俗易懂，但道理却透彻清晰，以小见大，成为我国文学宝库中影响深远的作品。比如《画蛇添足》《狐假虎威》《惊弓之鸟》《南辕北辙》《鹬蚌相争，渔翁得利》《亡羊补牢》等，因富含深刻的教育意义而广为流传。

《战国策》为了使说辞富有感染力，在展示语言魅力的技巧方面较其他散文有长足的发展，它文笔犀利优美，说理、叙事都形象生动，大量使用修辞手法，秦汉时著名散文家贾谊、晁错都吸收了它辞藻华丽、重视铺陈的风格。它塑造人物的很多技巧被司马迁吸收，成就了《史记》人物传记的精彩。《战国策》的语言技巧中对偶和排比句法的运用，谋篇布局中主客对答的写法，对汉赋影响巨大，直至宋代"三苏"的散文创作依然受到它的影响。

衣被词人——屈原

衣被词人，非一代也。

——刘勰《文心雕龙·辨骚》

屈平辞赋悬日月，楚王台榭空山丘。

——李白《江上吟》

如果说谁真正开启了中国"诗歌创作"的个性化时代，谁对中国历代文人来说有着精神向导一样的存在，人们首先想到的是这个人——屈原。屈原为中国的诗歌打上了个人创作的烙印，是中国文学史上第一个真正意义上的"诗人"。在他之前，《诗经》是群体文学，他的创作使诗歌从众人吟唱走向了独立创作的道路，使诗歌的荒原布满了新生的气息。他和他的创作标志着文学史上一个新纪元的开始。

屈原（约前340—前278），名平，字原，战国时楚国人，我国文学史上第一位伟大的爱国诗人，中国浪漫主义文学的奠基人，"楚辞"的创立者和主要作家。他是楚武王的后代，少年时受过良好的教育，有非常强烈的报国情怀。《史记·屈原贾生列传》记载他"明于治乱，娴于辞令。入则与王图议国事，以出号令；出则接遇宾客，应对诸侯"。因为他的政治主张与当政的怀王不同，遭到反对势力的排挤，被流放汉北。随着政治环境的变化，因为献策得当，屈原得以重返楚国政治核心。但不久，到顷襄王时，他遭到第二次放逐，此后一直漂泊于江南洞庭一带。虽然遭到长期流放，屈原的政治才能不能完全施展，但他从来没有忘记自己的本心，时刻关注国事，关怀人民。顷襄王二十一年（前278）楚国王都郢被秦攻克，楚王出逃，人民陷于国破家亡、流离失所的困境，屈原悲痛欲绝，自投于汨罗江。

▲ 屈原画像

　　说起屈原就不能不说到《楚辞》。"楚辞"最早是流传在楚国地区歌谣的总称，后来就特指西汉刘向编辑整理的以屈原作品为主体的诗歌总集。《楚辞》有非常明显的地域特色，"书楚语，作楚声，纪楚地，名楚物"，与《诗经》是完全不同的风格。屈原是"楚辞"的主要代表作家，《离骚》是他最能体现"楚辞"风格的作品，所以又把"楚辞"称为"骚"。因为流传广泛，到现在为止，《楚辞》中可以确定为屈原作品的有《离骚》《九歌》《九章》《天问》《招魂》等23篇。这些作品以其奔放的感情、奇特的想象、活泼的句式、深邃的思想成为中国诗坛独特的存在。

　　《离骚》是我国古代文学史上抒情诗的长篇巨制，也是屈原创作的诗歌中最精华的一篇，是"楚辞"这种独特文体的代表作。《离骚》也是一篇自传性质的诗歌，他在诗中自述身世和个人事业遭遇，反复吐露自己对国家命运的担忧和对人民生活的关心，强烈地表达追求理想的献身精神和遭遇挫折不愿向现实妥协的奋斗精神。两次放逐期间，屈原怀着忧愤的心情游历楚国大地，更能真切地感受到国力的衰弱和人民的苦难，面对苦难，空有才华、报国无门的心情，在《离骚》中体现得淋漓尽致：他"竭忠尽智，以事其君"，却"信而见疑，忠而被谤"，尽管他有"存君兴国"之才志，却难以改变主政的君王，在这种苦闷和激愤中"颜色憔悴，形容枯槁"。作者以诗人之笔，将一腔忧国忧民之情、壮志不能酬的悲愤之情挥洒如江河奔涌，成就了空前绝后的长篇巨制。全诗文采绚烂，想象丰富，含有大量神话传说，充满了浪漫主义情怀。

《九章》是一部短篇诗歌集，包括《惜诵》《涉江》《哀郢》《抽思》《怀沙》《思美人》《惜往日》《橘颂》《悲回风》九篇作品。这些诗歌创作于不同时期，反映了诗人在不同生活时期的心理变化。但这些诗歌的核心依然反映了诗人高洁的情操、不与流俗妥协、坚持理想的内心，也揭露了黑暗的现实。"九歌"最早是中国神话传说中的一种远古歌曲名，现在流传下来的篇章是经过屈原编辑加工的一组祭神诗，所祭之神有云中君、大司命、少司命、东君、河伯、湘君、湘夫人、山鬼、东皇太一及国殇（为国战死之神）等，这些神都是独一无二，首次出现在诗歌中的。内容最初谱写人和神之间的恋曲，而屈原在加工过程中加入了自己的情感。屈原最独特的一首诗是《天问》，也是中国文学史上的一篇奇文，全篇一共提了170多个问题（一说150多个，又说160个），对天地之间存在的不可解问题都提出了疑问，所问涉及天文地理、人文历史等各个方面，体现了诗人的哲学思维和对宇宙、生命的思考。

屈原的作品和《诗经》风格明显不同，这些诗歌具有自己独特的艺术特色和表现技巧。从语言形式上来说，《楚辞》不同于《诗经》四言为主的格式，形式更为灵动多变，五、六、七、八、九字不等，也有三字和十字句，句法错落、活泼生动，但又有固定的形式。比如句尾和句中多用"兮"等虚词，调节句式，形成一唱三叹的韵律感。这种语言形式打破了四言诗歌的传统格局，为五言诗的出现做好了铺垫。在表现手法上，《楚辞》把赋、比、兴糅合在一起，创造了"香草美人"的意象，通过大量运用比、兴，把一些抽象的品德具象化，使诗歌更容易被理解。屈原的作品中运用了大量神话传说，继承了楚地热情活泼的文风，文字绮丽雄奇，使得作品意趣深沉、变化多端、气势奔放，带着浓郁的浪漫主义风格，而屈原也成为我国浪漫主义诗人之祖。除了艺术上的突破，屈原在人物塑造上也开创了诗歌的先河，他在作品中通过各种美好的譬喻塑造了一位形象丰满、不断追求理想的主人公形象，他有高洁的品格、充沛的情感，矢志不移地追求理想；他具有杰出的政治家的胸怀，勇于同黑暗势力做斗争的精神，以及坚定地追求光明和真理的意志。屈原以"举世皆浊我独清"的清醒认知、忧国忧民的爱国情怀、不从流俗的批判精神和上下求索的信念为中国文化增加了阳刚之气，激励后世历代读书人以顽强执着的态度去追求理想的政治社会。他伟大的爱国精神、对现实的大胆批判态度成为后世文人学习的楷模，苏轼曾说："吾文终其身企慕而不能及万一者，惟屈子一人耳！"

总的来说，屈原对后世的影响有两个方面：一是他殉身不悔、深厚执着的爱国热情和坚持理想、追求真理的不屈精神给后来人以精神上的感召力；二是以《离骚》为代表的楚辞以一种新的诗歌样式与《诗经》一起成为我国文学创作的两大源头，衣被历代诗人。从屈原开始，中国诗歌从集体歌唱走向了个人独立创作。所以，鲁迅先生在《汉文学史纲要》中才称赞道："较之于《诗》，则其言甚长，其思甚幻，其文甚丽，其旨甚明，凭心而言，不遵矩度……然其影响于后来之文章，乃甚或在《三百篇》以上。"

柔弱胜刚强——老子

天下皆知美之为美，斯恶已；皆知善之为善，斯不善已。故有无相生，难易相成，长短相形，高下相倾，音声相和，前后相随。

——《老子》第二章

上善若水。水善利万物而不争，处众人之所恶，故几于道。居善地，心善渊，与善仁，言善信，政善治，事善能，动善时。夫唯不争，故无尤。

——《老子》第八章

▲ 老子画像

哈佛大学教授约翰·高在谈到《老子》这本书时说："《老子》许多年来一直是我的床头伴侣。其意义永无止境，通常也是不可思议的。例如，当我研究心理学时，它是一本有价值的关于人类行为的教科书。作为一个研究组织机构的专业人员，我从这本书中学到了许多有关政治和领导的知识。我把它作为最喜爱的礼物送给身为企业家和高级经理的朋友们。这本书道出了一切。"

《老子》，或者说《道德经》，与其说是一本哲学著作，不如说是一部诗歌体哲学诗，是中国历史上最伟大的经典著作之一，对传统哲学、科学、政治、宗教等产生了深刻影响。全篇不过5000字，却因为玄妙的思想、深刻的哲学命题，成为中国古典文化的一枝璀璨夺目的哲学之花。对后世的中国哲人来说，《道德经》为其提供了一个可以不断被阐释、不断能启发新发现的"文本"。

《道德经》的作者就是老子，姓李名耳，字聃，春秋末年楚国（今河南鹿邑）人，他生活的时代比孔子稍早，有孔子问礼于老子的传说。老聃聪明好学，涉猎很广，从国家兴衰到观星测象都有兴趣，所以他是个广闻博记、勤于思考、思想深沉的学者，曾任周守藏室史，晚年于函谷著成《道德经》，开创道家学派。

今天所见的《道德经》，全书共81章，分为上下两篇，上篇道经，下篇德经，最早被称为《老子》《五千言》，汉代以后，《道德经》才成为使用最广泛的书名。经过多方考证，《道德经》应该是道家学派后学根据老聃的思想言论记述、整理、加工而成，成书时间大约在战国初年，后世虽有不同版本流传，但《道德经》是代表先秦道家学派核心思想的主要著作。

老子生活在风云变幻的春秋末年，他对社会的变动持旁观的态度，是一种比较保守的态度。与孔子积极参政、修己治国的政治抱负不同，他面对社会巨变提出了"无为"的原则，主张放任社会自我发展，人力不可阻挠。这种思想也为老子思考宇宙人生准备了思想条件，他放任自己的思想上天入地，充分发挥思想自由的意志，提出了关于"道"的"玄之又玄"的哲理。正是这种高度无为自守的行为，使得他的哲学思想既有同时代关于人与自然关系的思索，又有较为朴素的辩证色彩。在哲学思维上，老子要高孔子一筹。

《道德经》的哲学体系中，最重要的特点是首次将"道"放在哲学范畴讨论，并上升到最高概念予以系统地论证。那么《道德经》的"道"的内涵到底是什么？在老子看来："道可道，非常道；名可名，非常名。"也就是说，道是不可言说的，如果能用语言明确表述，那么它就不是真正的、恒久的道；"名"如果能说得出来，也不是永恒的名。尽管"道"无法用具体语言表达，但《道德经》还是对"道"做出了各种描述和说明。

"道"在《道德经》一书中出现过 73 次之多，书中认为，"道"与我们现实世界中的具体事物不同，也不是可以言说的道理，人的感官也不能直接感知，是一种称为"惚恍"的"无状之状，无物之象"。因此，"道"是形而上的。从这个意义上说，"道"就是"无"。它存在于万事万物之中，万事万物又不是它，它与万事万物分属不同的世界。正因为"道"不同于万物，是与"有"相对立的"无"，所以，道是宇宙的本体，是衍生万物的本原，也是万物赖以存在的根本。"天下万物生于有，有生于无""道生一，一生二，二生三，三生万物"，所以"道"是恒常的、永存的，而万物则是偶然的、有限的存在。

从上文的描述中，我们大约知道，《道德经》所讲的"道"，既是哲学范畴里的最高概念，又可以看作科学意义上的万物的本源，更是为人的准则。虽然在《道德经》中没有清晰的区分，但书中所提出的"道"给中国文化思想的架构，打开了一个极其高远、极富想象力的思想空间。

《道德经》丰富的思想，在战国时期被庄周学派和稷下道家有选择地继承和发扬。先秦道家思想，特别是老庄思想，对先秦以后的中国哲学和中国文化产生了深刻影响。

德侔天地，道贯古今 —— 孔子

天下君王至于贤人众矣，当时则荣，没则已焉。孔子布衣，传十余世，学者宗之……可谓至圣矣！

——司马迁《史记·孔子世家》

《论语》者，孔子应答弟子时人及弟子相与言而接闻于夫子之语也。

——班固《汉书·艺文志》

马克思曾经说："死人紧紧地抓住活人。"

在中国历史上，没有谁能像孔子一样深刻地影响后世的每一代人。我们的思维方式、人生理想、衣食住行，甚至包括出门和人打招呼的方式最终都可能追溯到孔子这里。而孔子所创立的儒家学派对中国文化乃至周遭东亚地区的主流文化都有长久而深远的影响。2000多年来，孔子所创立的儒家思想和哲学体系时时刻刻影响着每一位中国人，成为一种文化基因铭刻在中国人的文化血脉中。儒家文化在历代儒学大家和统治阶层的推动下，一直是中国知识分子的主流思想，并通过各种方式渗入社会各个阶层，成为民族文化的重要组成部分。广大劳动人民喜欢的说唱文学、戏曲、格言也都深受其影响。比如一个"孝"字，就像一个及格线，衡量着每个中国人的做人标准。所以，孔子也历来被尊奉为"至圣先师"，历任当政皇帝每年都有祭孔庙的仪式，非常庄重，也是朝堂的重要仪式之一。每座学堂都悬挂孔子的画像或设孔子的尊位，每位入学的新生在学堂的第一件事，就是向孔子行礼。

孔子，孔氏，名丘，字仲尼，生于公元前551年，死于公元前479年，鲁国陬邑人。孔子很小的时候，父亲去世，家境贫寒，但他立志很早。少年时期，他就立志做个大学问家，20多岁立志从政，开始关心天下政局变化，积累处理政务的能力，做过很多工种，包括管粮食、看牲畜这类杂活儿。成年后因学问稍有名声开始办学收徒。他一直希望寻找合适的平台施展自己的政治抱负，51岁那年获得赏识，真正踏上仕途，先后当过鲁国的中都宰、司空、司寇，颇有建树，但没过几年，孔子和季氏不和，被迫离开鲁国，遂率弟子周游列国。周游期间，孔子和弟子一行总是在希望和失望间徘徊，一路颠沛流离，一度饥寒交迫，甚至被人说成"丧家之犬"。68岁时，孔子终于看清天下大势，明白当时的局面根本没有他践行思想的土壤，遂结束10多年的游学生涯，回到鲁国，专注于整理典籍和教授学生，如此5年，73岁时，孔子去世。

孔子在保存和整理典籍方面贡献巨大，修《诗》《书》《礼》《乐》，序《周易》、撰《春秋》，使这些典籍流传后世。除《乐》外，其他都成为后世儒家重要的典籍。孔子自己没有相关作品传世，现在流传的记录孔子思想的《论语》一书，是孔子的弟子和再传弟子根据他的言行编写的。正是有了这本书，今天的我们才能通过文字领略这位哲人的风采。《论语》一般被认为最终定稿大约在战国初期，即公元前400年左右，是儒家最重要的经典之一，全书以记言为主，共20篇，以篇首二三字为题。因为是语录体散文，同篇的每章都是独立存在，篇与篇之间没有逻辑联系。

《论语》的内容涉及政治、文学、教育、哲学、立身处世的道理等多方面，而中心就是做人的道理，其中包含了很多具有普遍真理的原则。他主张"为政以德"，认为用道德和礼教来治理国家是最高尚的治国之道。孔子强调道德与刑罚不同，单纯以刑罚手段统治百姓，百姓只会因为惧怕刑罚而不做坏事，并不是人真的变好了；而施行德政，能教化百姓，使他们从内心感觉做坏事是一种耻辱。他提出了正人先正己、先富后教、取信于民等重要的行事准则。在"仁"这个道德最高准则中，从个人角度而言，他提倡"己所不欲，勿施于人""君子成人之美，不成人之恶""躬自厚而薄责于人"；从政治角度而言，他的"仁"体现了人道主义精神，侧重于个人对社会的责任，鼓励人们主动承担社会责任。"仁"这个概念，在孔子的理论中，能使个人人格和社会义务完美统一。在个人修养上，他提出树立志向、克己、践履躬行、内省、勇于改过等方法，提出了孝、悌、忠、信、恭、宽、敏、勇、直等一系列道德规范。他的经济思想主要体现在"重义轻利""见利思义"的义利观和富民思想。在教育思想中，他提倡"有教无类""启发式"的教学方式，鼓励因材施教，他的教育实践为中国古代教育奠定了理论基础。《论语》中的许多语录都成为名言警句流传后世，诵读《论语》也成为后世历代知识分子学习思想精华、体味做人

▲ 孔子雕像

道理、规范自我道德的最好方式。今天《论语》依然有一读再读的意义，但是孔子毕竟处于2500年前的宗法等级制社会，他的思想一定会有时代的烙印，有一定的局限性。所以，在学习中，我们要注意吸取其精华，剔除旧的时代内容，赋予它新的时代含义。

《论语》自成书以来，2000余年间，成为影响中国社会方方面面的一本著作。汉代独尊儒术后，《论语》几乎成为国民读本，是每个读书人的必读书目。东汉的时候，《论语》被尊为经，与《尚书》《周易》等合称"七经"。宋时，朱熹注解《论语》，随着程朱理学的兴起，《论语》成为科举考试最重要的教科书，宋以后几朝的知识分子都受其影响。因此，在古人心目中，《论语》不仅仅是一部书，更是一本修身治国的宝典。时至今日，科举考试已经远离我们，《论语》仍然被众多读书人喜欢，市场上各种版本也被大量发行，显示了它对于现代人的意义。关于读《论语》的意义，曾有"半部《论语》治天下"的传说，而古今圣贤的真实经历告诉我们，真正理解并践行《论语》，真的可以平天下、致太平。

《论语》的语言偏口语化，相对通俗，容易理解。在遣词造句上，它力求简洁概括，所以有很多格言警句，如"岁寒，然后知松柏之后凋也""三军可夺帅也，匹夫不可夺志也""朝闻道，夕死可矣""知者乐水，仁者乐山""人无远虑，必有近忧""小不忍，则乱大谋"等，读来节奏明快、朗朗上口、回味无穷。孔子的这些名言警句，充分展现了他深邃的思想、高尚的情操，以及对后人的教育和示范作用。

仁者无敌——"亚圣"孟子

> 居天下之广居，立天下之正位，行天下之大道。得志，与民由之；不得志，独行其道。富贵不能淫，贫贱不能移，威武不能屈。此之谓大丈夫！
>
> ——《孟子·滕文公下》

> 孟子之文，语约而意尽，不为巉刻斩绝之言，而其锋不可犯。
>
> ——苏洵《上欧阳内翰第一书》

几年前，有一本书席卷中国图书市场——《好妈妈胜过好老师》，这让我想起2000多年前的一位母亲。她为了让自己的孩子在好的环境中受到好的熏陶，三次搬家，从墓地到闹市，再到学宫旁，而孩子也从学习丧葬、哭丧，到学习杀牲和买卖技能，到一心向学。母亲最终确定学宫附近才是真正适合孩子居住的地方，最后定居于此。这位母亲是我国历史上非常有名的母亲，这个孩子就是后来儒家学派的著名人物——孟子，这个故事以"孟母三迁"的名字广为传诵。

孟子（约前372—前289），名轲，邹国（今山东省邹城市）人，战国时期著名的哲学家、思想家、教育家，儒家学派的代表人物。

《史记·孟子荀卿列传》记载，孟子"受业子思之门人"，是孔门后学。他在学习儒家学说的同时，以孔子为榜样，树立了治国平天下的政治抱负。孟轲学成后，效仿孔子游历各国，向诸侯国统治者宣传自己的政治主张。但战国时，群雄逐鹿中原，各国诸侯都想要富国强兵，所以法家和兵家的学说更为受人欢迎，孟子的王道思想不能让当政者快速实现目标，这使得孟轲的游历没有任何收获，他始终郁郁不得志。晚年回到鲁国，孟轲也像孔子一样，从事教学和著述。他说"得天下英才而教育之"是最快乐的事，他的弟子中成才者很多，有公孙丑、万章、乐正子等。为了阐发孔子思想和学说，他和学生们一起，写成《孟子》一书。

《孟子》，儒家的经典著作，在南宋时被朱熹列为"四书"，成为宋以后各代文人的必读书目。全书共7篇14卷，每篇又分上下，依次为《梁惠王》篇、《公孙丑》篇、《滕文公》篇、《离娄》篇、《万章》篇、《告子》篇、《尽心》篇。篇名比较随意，取自每篇的头几个字，没有特定含义。《孟子》一书是孟子阐发自己学说的重要典籍，其学说的核心是性善论，即"人之初，性本善"。他认为善是人的基本自觉，这种自觉表现于恻隐、羞恶、辞让及是非四端。"四端"是与生俱来的，这是人与禽兽的区别之所在，而个人的恶都是受到外界影响才产生的。孟子认为，人可以通过自觉修养，成为道德完善的圣人。在"人性善"的基础上，孟

▲ 《孟子》书影

子形成了仁政学说，提出了民贵君轻的民本思想，认为君主应以保民为先，为政者要保障人民权利。

在修养方面，孟子强调个人通过自觉追求获得道德价值和强化道德自觉精神，明确提出了"所欲有甚于生者""所恶有甚于死者""舍生取义"等道德取向，还提出了通过"尽性"的修养，养浩然之气，使个人成为"富贵不能淫，贫贱不能移，威武不能屈"的大丈夫，又有"生于忧患，死于安乐"的居安思危思想，这些思想对中华民族精神的形成有深远的影响。孟子将"养浩然之气"的精神也扩展到文学层面，所以《孟子》全篇也气势浩荡，文气磅礴，感情充沛、激烈，说理严密、论辩滔滔，其文学性为后人所推崇。

《孟子》行文最大的特点是善于造"势"，因为孟子长于游说，词锋绵绵不绝，所以《孟子》词锋犀利，滔滔不绝若江河奔流，说理严密，逻辑清晰，环环相扣，层层递进，直抵主题，如《告子上》中的"鱼与熊掌不可得兼"一节：

> 鱼，我所欲也；熊掌，亦我所欲也；二者不可得兼，舍鱼而取熊掌者也。生，亦我所欲也，义，亦我所欲也；二者不可得兼，舍生而取义者也。生亦我所欲，所欲有甚于生者，故不为苟得也；死亦我所恶，所恶有甚于死者，故患有所不辟也。如使人之所欲莫甚于生，则凡可以得生者，何不用也？使人之所恶莫甚于死者，则凡可以辟患者，何不为也？由是则生而有不用也，由是则可以辟患而有不为也，是故所欲有甚于生者，所恶有甚于死者。非独贤者有是心也，人皆有之，贤者能勿丧耳。

读来觉得文气沛然、磅礴直下，不可中断。用类比推理，反复诘问，层层递进，直至论点核心。

《孟子》对比喻和寓言的运用在诸子百家散文中非常精妙，使绵绵不绝的说理文章变得形象生动、引人入胜。如在《梁惠王上》"寡人之于国"一节中，当梁惠王提出"察邻国之政，无如寡人之用心者"，孟子以"弃甲曳兵而走"的情况类比，提出"以五十步笑百步，则何如"的问题，惠王答道"不可，直不百步耳，是亦走也"。这个类比，直观而形象地点出梁惠王在施政问题上和其他统治者没有本质的区别，只是没有他们那么残酷。在这篇文章中，孟子运用了欲擒故纵、循循善诱等手法，将梁惠王步步引入自己的逻辑中，然后以子之矛攻子之盾，使梁惠王看破自己的问题。《孟子》因为善于运用寓言，所以创造了很多如揠苗助长、缘木求鱼、一曝十寒等脍炙人口的成语。

《孟子》对于文学史的贡献，主要就是散文创作的技法对后世影响巨大，唐宋时的散文大家几乎都推崇它为文章典范。其论辩严谨流畅，文气如江河直下、语言平实浅近、准确精练，历经2000余年，孟子的性格和形象仍旧跃然纸上。

▲ 《孟子重孝图》

战斗的传教士 —— 墨子

> 孔子是文雅的君子，墨子是战斗的传教士。他传教的目的在于把传统的制度和常规，把孔子以及儒家的学说，一齐反对掉。
>
> —— 冯友兰《中国哲学简史》

墨家，是诸子百家之一，是战国时期的"显学"。它不同于其他学派，是一个组织严密的团体，成员被称为"墨者"，最高领袖被称为"钜子"。钜子领导整个组织，成员严格遵从钜子的命令，能做到"赴汤蹈火，死不旋踵"。

墨家学派的创始人 —— 墨子，生活在公元前480年至公元前400年，是墨家第一个钜子。墨子是春秋战国过渡时期的思想家，名翟，鲁国人，也有说是宋国人。墨子是我国历史上唯一的农民哲学家。他是手工业者出身，擅长手工制作，据说可与当时巧匠鲁班媲美。墨子在墨家流传的文字中，自称"北方之鄙人"。但他其实是贵族后裔，少小开始游学各地，师从儒家，学习孔子之道。墨子曾在宋国做过大夫，自诩"上无君上之事，下无耕农之难"，是一位能理解"农与工肆之人"的士人。墨家的学术核心近儒，但又批判儒学烦琐的礼乐文化，以"兼爱"构建自己的理论体系。因为能代表手工业者和下层士人的利益，墨家在一段时间内拥有了大批追随者，迅速成为和儒家相对立的最大的一个学派，成为显学。现在我们读的《墨子》是墨子的弟子及其再传弟子对墨子言行的记录，是墨家学派思想的总汇，现存53篇。

墨子能在诸子百家中占一席之位，甚至在一段时间内成为显学，在思想上有自己的独特之处。墨子的学术思想一般被认为共有10项：兼爱、非攻、尚贤、尚同、节用、节葬、非乐、天志、明鬼、非命，以兼爱为核心，以节用、尚贤为支撑点。为宣传自己的思想，墨子在各地讲学，因为言辞激烈、抨击各诸侯国的统治，所以吸引了一大批弟子，亲信弟子就有数百人之多。先秦诸子都到处游说，宣传自己的思想，墨子也不例外，行迹遍布当时的诸侯列国。中间发生了很多游说故事，记载于《墨子·公输》"墨子巧辩救宋"的故事就记录了墨子如何与公输班论战，解救宋国。

公输班就是我们非常熟悉的鲁班，是著名的能工巧匠，他被楚惠王邀请制作一种可以攻城的机械——云梯，准备在攻打宋国时使用。墨子听闻这一消息后，为了自己的理念，不顾老边，跋涉10天，远赴楚国郢都劝说。他非常有策略地进行了说服，第一步他选择了说服公输班，提出花费千金让公输班去杀一个人，公输班异常恼怒，说："义不杀人。"（我是一个知道仁义的人，不能为金钱杀人。）墨子抓住这个点接着追问："楚国占地很广，但人口稀少，根本不需要占用那么多土地，却想要攻击宋国，去获得更多的土地，这并不是一国明智之举；而宋国也没有做什么坏事，无错而讨伐就是不义之举；你公输班既然为了仁义不愿杀一人，为什么你可以为楚国造云梯来攻击宋国人？"公输班最终陷于自己的逻辑中无法回答，只能放弃造云梯的计划。第二步，也是最重要的，墨子必须说服楚王，才能最终解决宋国围城之困。受到楚王召见后，墨子依然从小处类比，他问楚王："假如一个人自己有好车、华服、佳肴，但不好好珍惜，却一心惦记别人的破车、烂衣、糙米饭，您觉得这个人是什么人？"楚王不假思索地回答："这人就是个偷窃犯。"墨子顺势逼问楚王："楚国拥有5000里沃野，而宋国只有区区500里，就像好车跟破车；楚国云梦大泽，渔产丰富，而宋国无山无水，根本没有野生动物，就像佳肴与粗茶淡饭；楚国林业物产丰富，盛产楠木，而宋国全国上下都没有一棵可以做材料的树，就像华服和烂衣。这样一想，楚国不爱惜自己的国家，却一心攻打弱小的宋国，和您说的偷窃犯是一样的啊。假设楚王您一定要攻击宋国，在没有道义的前提下，一定会失败的。"楚王一时无言以对，但是依然认为凭借云梯，可以攻下宋国。于是墨子就现场为楚王进行模拟演习，把衣带围成宋都城，把筷子当成云梯，与公输班进行了一场实战对垒，结果公输班使尽万般手段，依然无法攻下城池，楚王攻打宋国的计划也就被墨子彻底打消了。就这样墨子依靠个人的力量，"止楚攻宋"，被传为佳话。

然而在当时的历史环境下，虽然有很多追随者，但是墨子的思想注定不会被统治者所重视。书中也记录了让人伤心的时刻，他帮助宋国解决围城之困后，"过宋，天雨，庇其闾中，守闾者不内也"。居然不能在宋国的大门内避雨！简直是对墨家思想的最现实的反映。墨子在政治上主张"任人唯贤"，他认为做官的人并不都是高贵的，而老百姓也不是永远贫贱。他的"非攻"理念使得墨家学派坚决反对一切不义之战，总是为被侵略国家出谋划策。他还主张"兼相爱，交相利"，认为人们应该不分贵贱、相亲相爱、互通有无，他的理想是社会走向大同。墨家思想表达了下层人民尤其是广大劳动人民渴望平等、反对战争与压迫的心声。墨子的思想有非常明显的空想色彩，推崇各阶层平等的精神更不会被统治者接受，这也是墨子不被人理

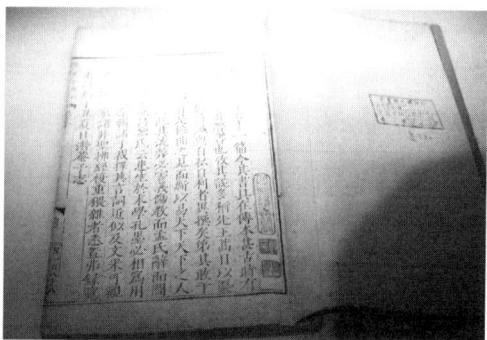
▲《墨子》书影

解的根本所在。因此，到了大一统时代，也就是汉代，曾经的显学墨家，也就销声匿迹了。

《墨子》从文学角度而言，文字浅显，重视逻辑的严密和条理的清晰，追求道理的通透而缺乏语言表达技巧，对具体事件和人物的刻画非常少，一般都是直接讲道理，缺少文采，所谓"言之无文，行而不远"，这也是《墨子》不能流传得更广泛的一个重要原因。

集百家之大成 —— 荀子

> 荀子在中国历史之地位如亚里士多德之在西洋历史,其气象之笃实似之。
>
> ——冯友兰《中国哲学史》

之前微博上有一句话,"有人的地方,就有江湖",这句话的意思是,只要你是个社会人,你就会陷入各种麻烦中,而关于怎么突破"江湖",2000多年前,中国有一个伟大的哲学家已经在思考这个问题了。他看到人与人是不同的,有人喜欢征服,有人渴望被征服,那么他们可以和平相处;或者说大家都能得到自己想要的东西,那么人与人之间也不会有摩擦;又或者人们满足于独善其身,不与他人发生关系,问题也会简单得多。显然现实不会如此理想,作为人,必须一起生活,那么大家必须找到克制自己欲望的办法。2000多年前的荀子认为 ——"礼"是可以克制欲望的办法。

以上就是荀子对自己的学说核心"性恶论"中"礼"的论证,以此说明道德上"善"的起源。荀子的论证过程是功利主义的,与儒家不同,却与墨家相似。

荀子(约前313—前238),名况,字卿,赵国人,是战国末期著名的思想家。荀况年轻时就博学善辩,很早就在齐国的稷下学宫讲学,因学识广博曾三次被举为"祭酒"(学宫之长),在当时享有非常高的声望。年轻时，他游历秦、赵等国，宣传自己的思想，与秦、赵当权者探讨富国强兵的问题，也参加了一些政治活动，后来到楚国，被春申君任命为兰陵令。公元前238年，春申君死后，荀况被罢官，他长居兰陵，直至老死。

孔子开启私人办学的风气后，荀况也在教育上有很大成就，也写出了自己的作品——《荀子》。他的学生中最有名的，就是在秦统一东方六国中有重要作用的思想家韩非和政治家李斯。现今流传的《荀子》有32篇，一般认为前26篇是荀况自己的著述，其余6篇是荀况门人所记。

如果说孟子继承孔子学说，发展形成了儒家正统学派的话，那么荀况是在充分了解儒家学派的基础上，批判继承了儒家学说，成为儒家内部的反对派。荀况对孟子的抨击主要集中在双方对人的主体或者说人的本质不同的理解上。孟子认为"人性本善"，希望激发人的自我意识，自主、主动地提高自己的修养，达到道德上的高标准，从而完成人的社会义务。相反，荀况认为"人性本恶"，认为人必须接受外界的教育和约束才能提升修养、塑造自我，从人的外部世界入手来塑造人的内部世界——自我意识。简单地说，孟子"内圣"而"外王"，荀况则是"外王"而"内圣"。对人性理解的不同，使得荀、孟两人在自己的哲学体系等一系列问题上产生不同和分歧，也造就了荀况的哲学体系在儒家学派中独树一帜。

《荀子》一书中，体现了荀况对人与自然关系的思考，而且有非常重要的地位。他在书中体现了"明于天人之

▲ 荀子画像

分"制天命而用之"的自然主义天道观。他将"天""天命""天道"自然化、客观化与规律化，认为天是自然的，没有理性、意志、善恶、好恶之心，宇宙是万物自身运动的结果。天与人、自然与社会只是职能不同。荀况也强调，自然界虽然有自己的运行规律，不以人的意志为转移，但人可以利用自然规律为我所用，即"制天命而用之"。

荀子在哲学中的另一重要问题是对人性问题的讨论，也是《荀子》的重要内容。荀子在人性问题上主张"化性起伪"的性恶论，认为应该把人的自然属性与人的社会品质区分开来。他认为，人的自然属性就是"生之所以然者"，其自然表现为"饥而欲饱，寒而欲暖，劳而欲休"等这些生物自然本能。并且，荀子认为人的生物本能需求和道德礼仪规范是相冲突的，所以如果"从人之性，顺人之情，必出于争夺，合于犯分乱理而归于暴"，意思就是如果顺从人的自然本能，天下就会大乱。总之，人性之初是恶而不是善，所以他认为孟子是错的。但荀况认为人的恶是可以通过教化使其符合善的社会品质的。所以他说："人之性恶，其善者伪也。"意思就是"善"可以通过后天潜移默化的影响，经过长期教化和自我学习而形成。所以荀况极为重视教育和学习对"人性"的塑造作用。他指出："干、越、夷、貉之子，生而同声，长而异俗，教使之然也。"意思就是在人之出生时，不论民族和地域，到世间的第一声啼哭都是一样的，但长大后却各有各的不同，这些都是因为每个人在成长过程中受到了不同的教养和习俗的影响。可见教育、学习对人性改造的决定性作用。

荀子曾用一篇《性恶》来抗辩孟子的性善论，《劝学》则是《性恶》篇的副产品，却成为传诵千古的名篇。《荀子》构思周密，论述详尽缜密，长于正论反驳，善立善破，善于运用平常所见事例作为论据，运用比喻深入浅出地把抽象的道理具体化、形象化，使深奥的道理变得浅显易懂。如《劝学》用词精妙简练，句式整齐，文章气韵流畅，读来朗朗上口。

君子曰：学不可以已。青，取之于蓝，而青于蓝；冰，水为之，而寒于水。木直中绳，𫐓以为轮，其曲中规，虽有槁暴，不复挺者，𫐓使之然也。故木受绳则直，金就砺则利，君子博学而日参省乎己，则知明而行无过矣。

荀子的文章，虽朴实无华，却淳厚悠长。文章开门见山地亮出核心观点，干脆利落，并且大量用喻，形象生动地讲透道理，全篇结构严谨、循循善诱，自然得出论点。

积土成山，风雨兴焉；积水成渊，蛟龙生焉；积善成德，而神明自得，圣心备焉。故不积跬步，无以至千里；不积小流，无以成江海。骐骥一跃，不能十步；驽马十驾，功在不舍。锲而舍之，朽木不折；锲而不舍，金石可镂。

蚓无爪牙之利，筋骨之强，上食埃土，下饮黄泉，用心一也。蟹六跪而二螯，非蛇鳝之穴无可寄托者，用心躁也。是故无冥冥之志者，无昭昭之明；无惛惛之事者，无赫赫之功。

这一段文字几乎全篇使用比喻，或正或反或并列，角度不同，富于变化，巧妙地说明了学习要靠不断积累、持之以恒、专心致志的道理。

《荀子》一书中包含了丰富的思想，尤其是其朴素的唯物主义自然观，对中国文化产生了重大的影响。荀子在中国学术、思想界的地位不可忽视，正如冯友兰在《中国哲学史》中所说："荀子在中国历史之地位如亚里士多德之在西洋历史，其气象之笃实似之。"

鲲鹏展翅逍遥游 —— 庄子

（《庄子》）这些故事所含的思想是，获得幸福有不同等级。自由发展我们的自然本性，可以使我们得到一种相对幸福；绝对幸福是通过对事物的自然本性有更高一层的理解而得到的。

—— 冯友兰《中国哲学简史》

其文则汪洋辟阖，仪态万方，晚周诸子之作，莫能先也。

—— 鲁迅《汉文学史纲要》

梦，是大家都会做的，但是在历史上大概没有谁的梦像庄子的梦那样出名，那样充满哲学！

这个梦，我想大家都知道，就是有名的"庄周梦蝶"。有一天，庄子做了个梦，在梦里他变成了蝴蝶，尽情地享受大自然，感受人类所不能感受的一切。他跨越

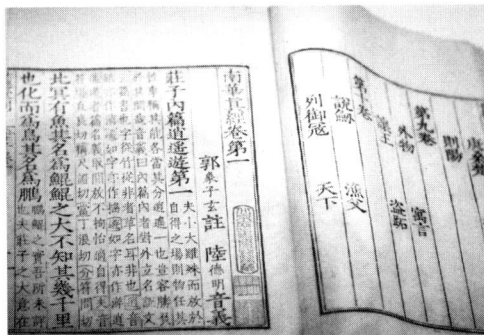

▲ 《庄子》书影

山川，俯瞰一望无际的平原，留恋大漠，欣赏长河落日、大漠孤烟；他沐清风、饮甘露，不担心人生荣辱，不挂心生死名利。他不迷茫明天的路该怎么走，不焦虑明天走向何方，只知道从容地飞翔，安静地生活。庄子醒来的时候，一时恍然，不知是蝴蝶变成了庄子还是庄子变成了蝴蝶，这个故事被记录在《庄子·齐物论》中，即"物化"。

庄子是道家学派的代表人物，在战国诸子中，他也是独树一帜的人物。他生活在战国中期，那正是征战最为频繁和混乱的时代，国与国之间征服和被征服的战争，几乎每天都在上演，人民生活混乱无序。而当时的显学儒、墨两家提出的治世观点，在庄周看来，都有其弊端，而且不能解决当时的社会问题和个人问题。在这样的背景下，道家的无为思想越来越吸引他的心灵，他逃避着现实生活的困境，专心探求心灵和更为广阔的自然，把自己的眼光由现实生活投向理想世界，提出了"天其运乎？地其处乎？日月其争于所乎？"（《庄子·天运》）等一系列关于自然和宇宙的探索性问题的思考，渴望通过对浩渺宇宙的思考，超越现实中的人生苦痛。庄周是继老子以后对先秦道家学派影响最大的一个人，现在我们往往把他们并称为"老庄"。而庄子对于哲学、世界、人生的认识，在

▲ 庄子画像

《庄子》一书中得到较为完整的保存。据《汉书·艺文志》记载，《庄子》原有内篇7、外篇28、杂篇14、解说3，共52篇，10余万言。但经过西晋郭象注释整理，最后删改修订为33篇，分为内、外、杂篇三部分，就是现在通行本的《庄子》一书。

庄子继承了老子关于"道"的观点，他认为"道"是客观真实的存在，是宇宙万物的本源。而我们生活的经验世界，就是"物"，可见、具体，有声、有色，所有这一切都是因"道"而生。这个道，无为无形，存在于一切具体事物中，又不是具体某个事物："夫道有情有信，无为无形；可传而不可受，可得而不可见；自本自根，未有天地，自古以固存。"(《大宗师》)它真实存在，但又不同于具体的"物"。它弥漫宇内、贯穿古今，它既派生了万物，又不滞于万物，表现出超越性与内在性的统一。所以庄周认为，基于客观所见之"物"的理念形成的对世界的认识，与认识者的思想境界有非常大的关系。容易发现事物的差异和偏见，制造矛盾，所以人生充满矛盾，而立足于"道"的理念的认识，摒弃了具体的物与物之间的差异，美丽与丑陋、生与死、细小的草茎与粗大的柱子，其本质都是"道"。这种"天地与我并生，万物与我为一"(《庄子·齐物论》)的态度，能让人摆脱个体的痛苦，达到心灵的自由。

关于世界是如何被认识，也就是主体如何认识世界，庄子认为，人的认识能力可以分为"小知"与"大知"。小知，就是以具体的有形有色的"物"为主要认识对象。人们要通过自己的感觉和经验、思维活动来掌握具体事物的差异、客观规律等；大知，就是以"万物之源"的"道"为主要认识对象，这就是"万物齐一"的认识原则。因此可见，庄周反对传统认识原则和传统知识获得的过程。

《庄子》中"道"是天道，是效法自然的"道"，与儒家入世思想相比，他更主张以自然为法，真正的生活就应该自然而然的，不需要刻意去追求、改变什么。这种对自由的向往和对现实的超越，是庄周思想的精华，他开辟了一条自然逍遥之道，使人们的心灵得到慰藉，精神更加超然、出世。道家的出世精神和儒家的入世精神在中国2000年文化中相辅相成、互相补充，共同塑造了中国文人的基本文化性格。

《庄子》作为文学作品而言，无疑也是非常成功的，在先秦诸子散文系列中艺术成就最高，其总体风格可以归纳为"汪洋恣肆"。但其文章又常常有异军突起之处，庄子作文也法自然，意随笔到，行所欲行，止所欲止，任凭意识带动作者手中的笔组织语句，构架篇章。全篇文章中，你可以完全感受到作者那种随意而来的意识起落所引起的或顺或倒、或长或短的语句组合，极有独创性。

《庄子》散文最大的特点是凭借丰富的想象力营造出极富浪漫主义气息的意境和气象。郭象在序言中说："观其书，超然自以为已当，经昆仑，涉太虚，而游惚恍之庭矣。"庄子超凡的想象力，归功于他对"道"的认识，也归功于他无所拘束的思想、完全解放的个体精神以及对世界的独特认识。在他眼里，鲲鹏无所谓大，尘埃也无所谓小，都可以从中窥探到世间的大道。万事万物都是世界永恒之"道"的具象，可以任意遨游。

《庄子》散文的另一个特点是，全书大量使用"寓言""重言""卮言"，形象而生动地阐释哲学思想，内篇的《齐物论》《逍遥游》和《大宗师》都是这种写作方法的集中反映。哲学作为一种思辨性学科，极富理论性，就像老子在《道德经》中所说"道可道，非常道；名可名，非常名"，哲学命题就是这样难以表达。但在《庄子》一书中，作者运用了大量的神话传说、寓言和隐喻来解释、表达哲学道理，比如说《逍遥游》中的"无用之为大用"的道理：

> 惠子谓庄子曰："吾有大树，人谓之樗。其大本拥肿而不中绳墨，其小枝卷曲而不中规矩，立之涂，匠者不顾。今子之言，大而无用，众所同去也。"
>
> 庄子曰："……今子有大树，患其无用，何不树之于无何有之乡，广莫之野，彷徨乎无为其侧，逍遥乎寝卧其下？不夭斤斧，物无害者，无所可用，安所困苦哉！"

通过一株惠子认为"毫无所用"的大椿树将"人皆知有用之用，而莫知无用之用"的道理讲述得清楚通透、淋漓尽致。

《庄子》在哲学、美学、文学技巧等诸多方面深刻影响着后世，其中"意出尘外，怪生笔端"的浪漫主义的气质，深深吸引着如李白、苏轼等这样的后学之辈争相效仿。《庄子》汪洋恣肆的写作风格对汉赋的发展也产生了一定的影响。此外，"小说"一词在《庄子》中首次出现，丰富的语言和层出不穷的神话故事也成为后世各种文体，尤其是小说创作的重要素材来源。

御风而行 —— 列子

研究中国历史，你会发现很多地方都提到了"御风而行"这样的理想，那么首先把这个想法提出并广而告之的是谁呢？这就是我们今天要认识的文化名人——列子。

列子名叫列御寇，郑国人，在先秦诸子中声名不显，是道家的一位代表人物，也是继老子、庄子之后道家的第三位重要人物。代表列子主要哲学思想的《列子》一书，第一次作为成书是在汉代刘向整理朝廷的藏书时首次出现，并被整理成八篇，供后人研究。这本整理之作也在流传过程中散佚了。虽然《庄子》中曾经提到《列子》，但学术界还是认为这本书可能是后人借列子之名而作，但就像钱锺书所言："使《列子》果张湛所伪撰，不足以贬《列子》，只足以尊张湛。魏晋唯阮籍《大人先生传》与刘伶《酒德颂》，小有庄生风致，外此无闻焉尔。能赝作《列子》者，其手笔驾曹、徐而超嵇、陆，论文于建安、义熙之间，得不以斯人为巨擘哉？"

列子一生崇尚黄老之学，追求清静无为，《吕氏春秋·不二》曾有"子列子贵虚"这样的记载，据说他在郑国市井中居住40余年而声名不显。汉代后他被奉为道教的仙人；唐朝时被下诏封为"冲虚真人"，《列子》也被诏称《冲虚真经》；宋时列子被加封"致虚观妙真君"。在道家学术"宗教"化后，他的影响非常大。

据后世考证，列子以关尹子、壶丘子林、老商氏等研究老子学说的三位学者为师，所以确证列子继承黄老学说。列子一生安贫乐道，不求名利，不进官场，他深信庄子之说："人之用心若镜，不将不迎，应而不藏，故能胜物而不伤。"当他贫困交加时，郑国的执政者子阳欲赠粮与他，他拒绝了。他的弟子严恢问他："所为问道者为富，今得珠亦富矣，安用道？"列子答道："桀、纣唯重利而轻道，是以亡！"从这件事可看出，他推崇清静无为，淡泊名利。

《列子》作为文学作品来说，胜在丰富的想象力和奇特巧妙的构思。例如其中有"偃师造人"一节，描写了奇闻一般的事件——偃师用木头等材料制造的可以以假乱真的人：

> 偃师谒见王。王荐之曰："若与偕来者何人邪？"对曰："臣之所造能倡者。"穆王惊视之，趣步俯仰，信人也。巧夫！领其颐，则歌合律；捧其手，则舞应节。千变万化，惟意所适。王以为实人也，与盛姬内御并观之。技将终，倡者瞬其目而招王之左右侍妾。王大怒，立欲诛偃师。偃师大慑，立剖散倡者以示王，皆傅会革、木、胶、漆、白、黑、丹、青之所为。王谛料之，内则肝、胆、心、肺、脾、肾、肠、胃，外则筋骨、支节、皮毛、齿发，皆假物也，而无不毕具者。合会复如初见。

看到这段文字，假使你相信文字描述的情节是真的，那么无疑要为我国古代的制造水平所感叹；假使你不相信文字中的事件是真的，我们也会感叹作者这无与伦比的、奇幻的想象力。但不管怎样，我们都会为作者所创作的世界惊叹！其文字的魅力可见一斑。

在先秦历史散文中，《战国策》《国语》以刻画人物见长，但诸子散文中《列子》的人物塑造技巧也非常高超。通过运用语言刻画、情节推动等多种艺术手法，《列子》成功地塑造了很多为后人所耳熟能详的人物形象。比如被毛泽东大加赞赏的"愚公移山"，以及非常有天文学意识的"两小儿辩日"。其中，"愚公"这一形象也成为我国劳动人民不畏艰难、不达目的誓不罢休、艰苦奋斗等精神的代表，这个故事就来自《列子·汤问》：

> 太行、王屋二山，方七百里，高万仞；本在冀州之南，河阳之北。北山愚公者，年且九十，面山而居。惩山北之塞，出入之迂也，聚室而谋，曰："吾与汝毕力平险，指通豫南，达于汉阴，可乎？"杂然相许。其妻献疑曰："以君之力，曾不能损魁父之丘。如太行、王屋何？且焉置土石？"杂曰："投诸渤海之尾，隐土之北。"遂率子孙荷担者三夫，叩石垦壤，箕畚运于渤海之尾。邻人京城氏之孀妻有遗男，始龀，跳往助之。寒暑易节，始一反焉。河曲智叟笑而止之，曰："甚矣，汝之不惠！以残年余力，曾不能毁山之一毛，其如土石何！"北山愚公长息曰："汝心之固，固不可彻！曾不若孀妻弱子。虽我之死，有子存焉。子又生孙，孙又生子；子又有子，子又有孙。子子孙孙，无穷匮也；而山不加增，何苦而不平？"河曲智叟亡以应。操蛇之神闻之，惧其不已也，告之于帝。帝感其诚，命夸娥氏二子负二山，一厝朔东，一厝雍南。自此，冀之南、汉之阴无陇断焉。

文中对于愚公的直接描写，只有"年且九十"一句，那我们又是如何看出愚公不畏艰难、勇于进取的精神呢？作者采用了侧面烘托、对比等方法来塑造愚公的形象。首先，作者描写了自然环境的艰苦，太行、王屋两座山，又高又大；其次描写了确定移山后，妻子的怀疑：人力很微弱，移山往哪儿移？接着形容了运送山土的艰难，"寒暑易节，始一反焉"。最后，开始行动之后，愚公又迎来了邻人智叟的嘲讽：以你这样大的年纪，怎么可能在有生之年完成移山的任务？在"移山"这件事上，愚公面对每一次艰难和质疑都没有放弃，反而坚定了移山的信心，他甚至提出了"子子孙孙都要坚定不移地进行这一任务"。文章通过愚公面对四次挑战的态度，有情节、有故事地完成了人物塑造，让读者充分地感受到了愚公面对恶劣的自然困境，敢想敢干、勇往直前的大无畏精神。

法家集大成者——韩非子

其于文也，峭而深，奇而破的，能以战国终者也。

——王世贞《合刻管子韩非子序》

年少时难免有一颗当英雄的心，常常暗自憧憬有一天能单枪匹马安一城或解一城之危，长大后才知道，早在春秋战国时代就有这么一群人早早做了我梦想中的事，这就是风行战国的纵横学派。汉代史学大家班固曾说，诸子"皆起于王道既微，诸侯力政，时君世主，好恶殊方。是以九家之术，蜂出并作，各引一端，崇其所善，以此驰说，取合诸侯"。春秋战国时代，用现在大家流行的说法就是诸子个个嘴上功夫了得，他们为了推行自己的学说，大开游说风气。然而，有人获益，就有人受苦，战国晚期的韩国公子韩非就饱受造化之苦。俗话说，上天为你关上一扇门必将打开一扇窗，所以韩非将自己的满腹经纶化为文字，变为著述。这就是现在的《韩非子》。

韩非，自小口吃，但长于著述。他还在老师荀子处学习时，就对当时韩国的政治、军事有了清醒的认识，并屡次上书韩国国君，提出富国强兵、修明法制的主张，但都没有被采纳，只好在家著书10万余言。不承想，他的理论没有得到韩国国君的重视，却被韩国的对手秦王嬴政大加激赏，甚至为了他发动了一次军事行动，逼迫韩国将韩非作为人质送往秦国。秦王虽然对韩非口吃有些诧异和失望，但仍然不掩饰对他的欣赏之情。同时，这引来了当时在秦国为相的李斯的嫉妒，他联合姚贾向秦王嬴政屡进谗言，并在韩非被打入狱中后逼迫他饮鸩自尽。

韩非首先继承了其师荀子的"性恶论"思想。韩非出身于韩国贵族，见证了韩国王室内部的权力斗争和人心险恶，所以他结合自己的亲身经历，极力主张"性恶论"。他不仅否定了儒家基于"性善论"基础上所提倡和主张的道德、伦理、信用、亲情、个人尊严、社会公正等美好的内容，还将这些内容作为自己笔下讨伐的对象。而儒家推崇的尧、舜等先贤，在他看来也都是自私自利、贪图享乐之人，"是去监门之养而离臣虏之劳也"。而对于儒家认为应该教化的普通民众，他则认为"民者好利禄而恶刑罚"，而臣下则"犹兽鹿也，唯荐草而就"。韩非认为对待这些贪图利益、只知道趋利避害的群体，唯有赏罚分明才能达成更好的统治，所以他提出："凡治天下，必因人情。人情者，有好恶，故赏罚可用；赏罚可用，则禁令可立而治道具矣。"（《韩非子·八经》）

韩非还是个积极的改革派，他主张根据时代的变化和实际情况来制定施政方法，树立新的社会榜样。他认为到战国后期了还赞美

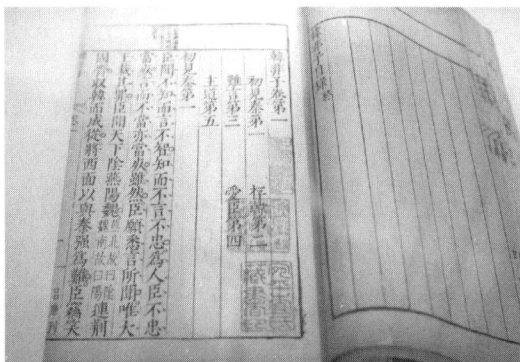

▶《韩非子》书影

"尧、舜、汤、武、禹之道"，是不合时宜且不符合社会需求的，"必为新圣笑矣"。他主张"不期修古，不法常可""世异则事异""事异则备变"（《韩非子·五蠹》）。韩非还提出了"事在四方，要在中央；圣人执要，四方来效"（《韩非子·扬权》）这样颇具前瞻性的君主中央集权的理论，为即将到来的封建社会准备了理论基础。《韩非子》作为"法"家集大成之作，宣扬最多的是法、术、势相结合的法治思想，成为封建专制主义思想的倡导者。

《韩非子》作为战国时代著名的散文作品，在文学艺术上也取得了不错的成就，其中最大的特点就是文笔犀利峻峭、无所顾忌。例如上文谈到的他对人性本恶的论述，他说出了现实世界中真实的君臣关系，"君以计畜臣，臣以计事君，君臣之交，计也"，将君臣关系定位为你来我往的尔虞我诈，揭破了儒家所说的君臣关系的虚伪面纱。在《韩非子·说难》一篇中，他站在人主的角度，仔细剖析了上位者的种种可怕心理，提出了游说事件中最难的就是揣测人主的心理，告诫游说之士不要触犯人主的逆鳞，这样直接露骨、赤裸裸地拆开了游士的真面目。

《韩非子》的另一个特点是说理严密，议论透辟，论证严谨，推证事理，切中要害。例如《韩非子·五蠹》篇，论证要敢于打破常规，不墨守成规，列举大量事实，铺排从上古、中古和近古历史发展所引起的社会巨大变化，引出了"今有构木钻燧于夏后氏之世者，必为鲧、禹笑矣；有决渎于殷、周之世者，必为汤、武笑矣"这样的论断，接着开始转入正题："今有美尧、舜、汤、武、禹之道于当今之世者，必为新圣笑矣。"在做了层层推论之后，就顺理成章地得出了结论："是以圣人不期修古，不法常可，论世之事，因为之备。"之后著名的"赏莫如厚而信""罚莫如重而必"等论点，也都是在同样的逻辑之下得出的。

《韩非子》中的文章构思精巧，描写大胆，具有耐人寻味、警策世人的艺术效果。韩非子还善于用大量浅显的寓言故事和丰富的历史知识作为论证资料，说明抽象的道理，在文章中出现的很多寓言故事，因其丰富的内涵且生动，成为脍炙人口的成语典故，至今为人们广泛运用。

《韩非子》的文章语言幽默浅显，常常能在平凡之中见哲理，形象化地阐释了他的法家思想和他对社会人生的认识。尤其特别的是《说林》《储说》两篇几乎就是由纯粹的寓言故事组成的。而"自相矛盾""守株待兔""讳疾忌医""滥竽充数""老马识途""郑人买履"等脍炙人口的寓言故事，不仅表达了深奥的哲理，还在不断的文化传承中给予人们智慧和启迪。

一字千金成《吕览》——吕不韦

凡十二纪者，所以纪治乱存亡也，所以知寿夭吉凶也。上
揆之天，下验之地，中审之人，若此，则是非可不可无所遁矣。

——《吕氏春秋·序意》

不韦乃集儒书（"书"字讹。古籍有作"集儒士""集诸儒"）
使著其所闻，为十二纪、八览、六论，合十余万言……然此书
所尚，以道德为标的，以无为为纲纪，以忠义为品式，以公方
为检格，与孟轲、孙卿、淮南、扬雄相表里也。

——高诱

历史进入21世纪的今天，当我们回首中国历史的时候，秦始皇绝对是不能绕开的一个人。而促使秦始皇嬴政登上秦国政坛的机遇，其实只不过是一个人无意之中做的一次"奇货可居"的风险投资。这个小小的举动，改变了整个秦国乃至中国的历史，这个传奇人物就是吕不韦。

吕不韦，即使将他放在中国5000年历史长河中去看，也不得不说他是个传奇人物。他是战国末期卫国一个专精低买高卖的商人，长年的经商生活，使他对政治非常敏感。有一次，他途经赵国都城邯郸时，发现在赵国做人质的秦异人有回秦国当国君的可能，他抓住了这个机

会，进行了一次非常大胆的政治投机。然后，他为异人出谋划策，出钱、出人将异人推上了王位，就是历史上的秦庄襄王。庄襄王为了感谢吕不韦，任吕不韦为丞相，封文信侯，食洛阳10万户。这就是中国历史上最著名的一次商业投资。再三年，庄襄王去世，太子嬴政成为秦王，吕不韦也成为相国，人称"仲父"。此时，吕不韦的权力达到了巅峰，这时候，战国"四君子"以门客众多而享誉四方，吕不韦也效仿"四君子"招揽天下文士，著书立说，这就是《吕氏春秋》的来历。自编成8览、6论、12纪，总共20余万字，冠名《吕氏春秋》，也叫《吕览》。吕不韦后来因为与秦太后有染，被嬴政罢黜，后饮鸩自尽。

虽然人们对吕不韦由商转政的道路和方法颇为诟病，但也不得不承认他具有超于常人的战略眼光。吕不韦非常有政治才华，《吕氏春秋》的编撰就是他这种战略眼光的体现。从某种意义上来说，这本书不仅是为他自己造势，也为秦国统一六国做好了舆论上、政治上、文化上的准备。作为第一本有组织、有计划编撰的图书，《吕氏春秋》在中国历史上有非常特殊的意义，对我国后世文化的发展也产生了重大影响。

《吕氏春秋》在编撰过程中就有非常明确的指导思想，是一部非常有系统的、主体与框架都非常明确的著作。全书以儒家学说为主干，以道家学说为基础，融合了先秦诸子学说，最终成为一部战国末期杂家的代表作。它的编写和成书都体现了一个非常显著的特点——兼收并蓄，取长补短，之后形成一家之言。

《吕氏春秋》作为杂家的代表性作品，最大的特点就是以实用为兼采的标准，广纳百家之长，而成一家之言，从而形成一套完整的国家治理学说。《孟夏纪·用众》中说："物固莫不有长，莫不有短。人亦然。故善学者，假人之长以补其短。故假人者遂有天下……虽桀、纣犹有可畏可取者，而况于贤者乎？……天下无粹白之狐，而有粹白之裘，取之众白也。夫取于众，此三皇、五帝之所以大立功名也。"正是在这样的指导思想之下，秦终于完成了对六国的统一。

《吕氏春秋》作为一部文学作品，它还是有着自己比较鲜明的文学特色的。因为编撰者多为吕不韦延揽的宾客，所以文章也就不免带有纵横家的气质，很多文章气势恢宏、行文无忌，大量运用排比、反复、对比、层层递进的表现手法。如："昔先圣王之为苑囿园池也，足以观望劳形而已矣；其为宫室台榭也，足以辟燥湿而已矣；其为舆马衣裘也，足以逸身暖骸而已矣；其为饮食酏醴也，足以适味充虚而已矣；其为声色音乐也，足以安性自娱而已矣。"（《孟春纪·重己》）又如："天有九野，地有九州，土有九山，山有九塞，泽有九薮，风有八等，水有六川。"（《有始览·有始》）连续几个句式相同的句子的使用，营造了一种连绵不绝、气势浩荡的氛围；而结构简洁、句式简短的语句，又带出一种节奏上的畅达，对后世骈文产生了重要的影响。

《吕氏春秋》在艺术表现手法上也注重博采众家之长，充分学习了诸子散文中运用寓言和神话表达思想的传统，比如"刻舟求剑""掩耳盗铃""涸泽而渔"这些寓言故事，以及现在听来非常耳熟的格言警句，如"石可破也，而不可夺坚；丹可磨也，而不可夺赤"（《季冬纪·诚廉》、"欲知平直，则必准绳；欲知方圆，则必规矩"（《不苟论·自知》）、"天下大乱，无有安国；一国尽乱，无有安家；一家尽乱，无有安身"（《士容论·务大》）等。这些都在文章中起到了表达思想的作用。

《吕氏春秋》集百家之言，形成一个有机的整体，是有意识整合文化的一种有益的尝试。而《吕氏春秋》的出现标志着诸子时代的结束，与此相对应的政治事件是秦统一六国，而文化的统一显然走在了前面。之后，秦帝国焚书坑儒从根本上结束了中国文化百家争鸣的盛况。

第三辑

蔚然大国——两汉文坛风貌

千古才情——贾谊

宣室求贤访逐臣，贾生才调更无伦。可怜夜半虚前席，不问苍生问鬼神。

——李商隐《贾生》

汉文帝六年（前174）四月的一天黄昏，一只鵩鸟（一种长得特别像猫头鹰的鸟）突然飞进了长沙王太傅贾谊的房中，悠闲自在地待在屋子的一角。贾谊很早之前就听说这种鸟代表不祥，"野鸟入室兮，主人将去"，意为如果这种鸟飞到屋子里，就代表屋主要遭遇不测。看到它，再联想到不祥的传言，贬谪长沙三年之久的贾谊突然感觉自己命不久矣。他自怜身世，感慨万端，挥笔写下了名篇《鵩鸟赋》。

赋云："万物变化兮，固无休息。斡流而迁兮，或推而还。形气转续兮，变化而蟺。沕穆无穷兮，胡可胜言！祸兮福所倚，福兮祸所伏；忧喜聚门兮，吉凶同域……天不可预虑兮，道不可预谋；迟速有命兮，焉识其时。"既然万事万物都在变化中，祸福、忧喜、吉凶都互相依存、没有定律。福祸相互依附纠缠，如同绳索绞在一起，天命不可解说，谁知道究竟？所以不必去执着追寻。天道难测，人事也有时因祸而至于福，互相影响，反复无常，不可预为思虑谋度。

赋中又云："千变万化兮，未始有极，忽然为人兮，何足控抟；

化为异物兮，又何足患！小智自私兮，贱彼贵我；达人大观兮，物无不可……释智遗形兮，超然自丧；寥廓忽荒兮，与道翱翔……其生兮若浮，其死兮若休；澹乎若深渊之静，泛乎若不系之舟。不以生故自宝兮，养空而浮；德人无累兮，知命不忧。"天地就像一个熔炉，人只是造化的偶然而为，那生命的长短又有什么值得人贪恋的？作者在苦闷中的自我开解，是一种消极的自我安慰，也是一种故作的旷达。

那么贾谊到底是什么人，为什么如此看待生死？又为什么这样故作乐观？

贾谊（前200—前168），洛阳人，西汉名士，西汉初年著名政论家、文学家，世称贾生。他少有才名，是荀子再传弟子的弟子，18岁时，就以博学能文闻名于当地；21岁被汉文帝任命为博士，后被提升为太中大夫，当时他才23岁，可谓少年得志。任太中大夫时，他为汉文帝献计出策，提出了礼制改革，还积极主张变法。但贾谊后遭到绛侯周勃、灌婴等的反对，左迁长沙王太傅。太傅之职有名而无实，位高权轻，实际上贾谊是被贬了。

贬谪途中，路过湘江时，触景生情，贾谊由屈原联想到自己，同因一腔报国热情而遭谗言贬谪，写就了名篇《吊屈原赋》。

"鸾凤伏窜兮，鸱枭翱翔。阘茸尊显兮，谗谀得志。贤圣逆曳兮，方正倒植。世谓随、夷溷兮，谓跖、蹻为廉；莫邪为钝兮，铅刀为铦。吁嗟默默，生之亡故兮。斡弃周鼎，宝康瓠兮。腾驾罢牛，骖蹇驴兮。骥垂两耳，服盐车兮。"这里铺陈大量比喻，描写了善恶颠倒、是非混淆的黑暗世界。

三年后，他又作了《鵩鸟赋》，抒发了谪居长沙的苦闷不平心情。同年，文帝召贾谊回长安，任梁怀王的太傅。梁怀王骑马摔死

▲ 贾谊雕像

后，贾谊自责于没有尽到太傅的责任，不到一年，抑郁而终。

《汉书·艺文志》记载贾谊散文共58篇，他的政论文和赋都有非常高的文学成就。辞赋流于情，而政论长于理，然而赋中有文，文中有赋，相得益彰。

《过秦论》就集中体现了贾谊的创作风格，兼顾了辞赋的词采铺陈渲染和政论的严密有力的说服力，以层层铺排、环环相扣之文一气贯之，表达了经世济民之意，成为独具特色的辞赋家的政论。

《过秦论》主要分析"秦二世而亡"的教训。在谋局布篇上大做文章，上篇通过对秦国兴盛历史的回顾，指出秦国得天下之势。中篇和下篇，作者具体论述了秦统一之后的"仁义不施"而直接导致了亡国。先写秦气之盛，后用四个方面的对比专写陈胜等的弱小，几种对比交织在一起，给人以强烈冲击。接着作者予以点睛："仁义不施而攻守之势异也。"结构自然宏伟，加之采用辞赋的艺术表现手法，使得气势自然磅礴，议论严密，气势轩昂，使读者不仅感觉在逻辑上一气呵成，深受启迪，在感情上也有饱满酣畅之感。

贾谊去世时年仅33岁，可以说他的死代表了以一人游说之力搅动一国风云的时代的结束，也代表着大一统帝国时代越来越完善的官员选拔制度的到来，属于纵横家与策士的时代最终结束了。

史家之绝唱，无韵之离骚 ——《史记》

> 后世诸史之列传，多借史以传人；《史记》列传，惟借人以明史。故与社会无大关系之人，并不限于政治方面，凡与社会各部分有关系之事业，皆有传为之代表。以行文而论，每叙一人，能将其面目活现。
>
> —— 梁启超

司马迁，生于公元前145年（一说前135年），卒年不可考，出生在黄河龙门（今陕西省韩城市附近），幼年好学，随父亲读书，青年时代受父命游学天下，收集遗闻古事，网罗散佚旧闻。这段经历为他写作《史记》积累了很多素材，同时也为《史记》"其文疏荡，颇有奇气"（苏辙语）的语言风格奠定了生活基础。其父司马谈学问广博，通天文历法，在汉武帝初年出任太史令，早年立志撰写一部通史，但不幸染病去世，未能完成宏愿。司马谈死后，司马迁继任太史令，秉承父亲愿望，撰写《史记》。汉武帝天汉二年（前99），司马迁遭李陵之祸下狱受腐刑，其时《史记》尚未完成。司马迁忍辱以各位先贤鼓励自己，坚持完成《史记》，用时16年终于写完了这部52万余字的著作。

司马迁在创作《史记》中，一方面深受传统史学著作《春秋》的影响，要明辨是非善恶；另一方面，他也想做出自己的创新，让史学脱离道德和政治的影响，成为一门真正独立的学问。

在考虑如何使史学回归史学，真正成为观照现在的镜子方面，司马迁做了很多努力。在他给任少卿的信中做了剖析："仆窃不逊，近自托于无能之辞，网罗天下放失旧闻，考之行事，稽其成败兴坏之理，凡百三十篇，亦欲以究天人之际，通古今之变，成一家之言。"（《汉书·司马迁传》）

作为一个有志向的优秀的史学家，司马迁在《史记》的编撰中形成的史学风格，对后世的修史方式和史学研究产生了重要影响，主要表现在两个方面：

其一，《史记》建立了杰出的纪传体通史体裁，是中国首部贯通古今的通史著作。之前史书均为编年体，在记录同一历史事件时，不易交代前因后果。同时，无法体现人在历史上的作用和地位。编年体史书的不足使得司马迁在撰写《史记》时自己构架了一个全新的编排体系。这就是我们现在所见的——纪传体。它以人物为主，既记言又记事，有足够的空间和篇幅反映各阶层人物在历史上的活动，所记之人，覆盖面广，能更集中地表现某一历史时期的社会风貌。

《史记》分本纪、表、书、世家、列传五部分，记载了上到传说时代的黄帝，下到汉武帝太初四年（前101）共约3000年的历史。以历史上的帝王等政治中心人物为史书编撰的主线，以"人物"为中心记载历史，完美的结构、完备的体系，使这部52.65万余字的长篇巨制条理清晰、一目了然。全书共130篇，分别是12本纪（记载历代帝王更替及政绩）、30世家（记录诸侯国和汉代诸侯更替衰亡）、70列传（记录影响社会的重要人物、周边少数民族事迹和历史，其中最后一篇为自序）、10表（就是我们现在所说的年表，主要记录帝王、诸侯世系）、8书（各种典章制度的记录，涉及天文、历法、礼、乐、封禅、水利、经济等）。文章后面的"太史公曰"，是作者对本章历史人物和事迹的评述，有时也补充了一些史料。

▲ 司马迁塑像

《史记》开创了一种新的史学编撰体例，为后世史书的编写树立了新的编撰范式，极大地推动了中国史学的发展。后来的纪传体史书，在体裁上基本都沿袭《史记》的路子。

其二，《史记》的独特个性还体现在叙事风格上。司马迁有极高的文学素养，写作技巧高超，他运用了多种写作技巧，刻画历史人物生动形象，通过个性化的语言展示了人物的不同个性。《史记》的人物传记有跌宕起伏的故事，有栩栩如生的人物，故事简练，人物精彩，使其流传至今。司马迁的创作让《史记》成为我国古代叙事散文一座新的、难以企及的高峰。后世众多散文大家韩愈、柳宗元、欧阳修、苏轼、归有光等，都以《史记》为创作典范，推动他们反对不良文风、倡导文学革新的运动。至于太史公写史的"笔法"，意蕴深邃的叙事风格，更是后代作者学习和效仿的重点。后世许多文学体裁的发展都从《史记》中得到借鉴，传记文学、小说、戏曲都直接或间接地受《史记》的影响。

《史记》不仅在中国史学史上，还在世界史学史上是一座不朽的、无法跨越的丰碑。《史记》被译成英、法、日、俄等文字广泛传播。1955年，为纪念司马迁诞辰2100周年，他被苏联科学界推崇为"世界文化伟人"。苏联历史学家将司马迁和被称为欧洲"历史之父"的希罗多德相提并论，足见司马迁和《史记》的地位和影响。

五言之冠冕——《古诗十九首》

> 观其结体散文，直而不野，婉转附物，怊怅切情，实五言之
> 冠冕也。
>
> ——刘勰《文心雕龙》

> 用笔之妙，翩若惊鸿，宛若游龙；如百尺游丝宛转；如落
> 花徊风，将飞更舞，终不遽落；如庆云在霄，舒展不定。此惟
> 《十九首》、阮公、汉魏诸贤最妙于此。
>
> ——方东树《昭昧詹言》

在《楚辞》以后，中国文学史经历了一个散文和辞赋兴旺的时
代，但是文人诗创作出现了断层。有汉一代，涌现了大量乐府歌谣，
也出现了大量五言诗。到东汉时很多文人开始尝试自主创作五言诗，
比如班固的《咏史》、秦嘉的《赠妇诗》、蔡邕的《翠鸟诗》等，但是
汉代五言的代表作，当推《古诗十九首》。

《古诗十九首》是一部文人五言诗选集，作者均为无名氏，非一
人一时之作，大概产生于东汉末年。由南朝萧统从无名氏古诗中选
录19首编入《文选》而成，题为《古诗十九首》。

东汉末年，皇权旁落，外戚和宦官争相弄权，有政治抱负的正
直官员屡遭不测，官场倾轧非常严重。加之汉朝选官采用举荐制度，

下层的文士必须通过上层权贵的推举才能进入官僚系统，他们漂泊京师，游宦无门。《古诗十九首》就是在这样的背景下创作出来的，抒写离愁别恨和彷徨失意之情，有游子思妇之情，也有仕途失意苦闷之情、人生无常之感，思想消极，情调低沉，从侧面反映了现实社会的黑暗，抨击了东汉末世官僚制度。

《古诗十九首》从内容上看，主要可以分为两类：游子诗和思妇诗。游子诗抒发仕途失意的抑郁之情，以及由此产生的人生短促、及时行乐的心态，如"昼短苦夜长，何不秉烛游"（《生年不满百》）、"四时更变化，岁暮一何速"（《东城高且长》）、"所遇无故物，焉得不速老"（《回车驾言迈》）、"人生天地间，忽如远行客"（《青青陵上柏》）、"人生忽如寄，寿无金石固"（《驱车上东门》），等等。社会的动荡不安造成诗人们建功立业信念的破灭，使他们在思想和文化上都有一种颓势。当孔子慨叹"逝者如斯夫，不舍昼夜"时，人们更多地体会到一种积极追求理想的不懈精神，而《古诗十九首》里对生命短暂的感叹却激发了游子及时行乐的心态。既然人生如此短暂，命运如此无常，追求理想的道路又如此曲折，那又何必浪费大好时光去追逐功名呢？不如抓紧时间享受人生。

　　　　　　生年不满百，常怀千岁忧。

　　　　　　昼短苦夜长，何不秉烛游！

　　　　　　为乐当及时，何能待来兹。

　　　　　　愚者爱惜费，但为后世嗤。

　　　　　　仙人王子乔，难可与等期。

在这首《生年不满百》中，作者批判了那些总是为未来烦闷、担忧的人，告诫他们生命是如此无常，又是如此短暂，我们只能日夜不停地享受这欢乐时光，才不枉来人间一遭。

《古诗十九首》中的思妇诗，不少是从女性角度着笔的，所写的离愁别绪，表达的情感，是人生来共有的体验和感受，从而成为最动人的吟诵。《涉江采芙蓉》写芳草赠美人的习俗，寄托了游子对妻室的思念之情；《明月何皎皎》通过描写思妇闺中望月的情景，表现她对丈夫的想念之情；《行行重行行》写妻子对远行丈夫的思念、担忧——"相去日已远，衣带日已缓。浮云蔽白日，游子不顾返。思君令人老，岁月忽已晚。"《客从远方来》描写了思妇收到丈夫从远方捎来的信件的喜悦之情。《迢迢牵牛星》以牛郎、织女相会的美丽传说，情景交融，描写了人世间的离别之情——"迢迢牵牛星，皎皎河汉女。纤纤擢素手，札札弄机杼。终日不成章，泣涕零如雨。河汉清且浅，相去复几许。盈盈一水间，脉脉不得语"，也表达了思妇盼望丈夫归家的殷切心情。在《古诗十九首》中，最为直抒胸臆的当推下面这首《青青河畔草》：

> 青青河畔草，郁郁园中柳。
>
> 盈盈楼上女，皎皎当窗牖。
>
> 娥娥红粉妆，纤纤出素手。
>
> 昔为倡家女，今为荡子妇。
>
> 荡子行不归，空床难独守。

楼外大好的春光引得楼上女子缕缕思人情思。春光大好，拥有这么美好的青春年华却独守空闺，万里远行的丈夫啊，我到底要不要继续等待你呢？女子本是歌伎舞女，过惯了迎来送往的热闹生活，不想却嫁了一个喜欢在外游荡的荡子，女子在等待与离开之间苦苦地挣扎。然而，这就像诗人的自画像，在社会急速变化的时代里，失意的文人在穷困和忧患之中徘徊，挣扎在人生的歧途上，承受着传统建功立业的信念破灭的压力，也在坚持自我与及时行乐、沉沦与非沉沦之间苦苦挣扎。这些诗歌以其清新自然的风格让这种痛苦直叩读者心灵。

《古诗十九首》标志着五言诗歌的创作从以叙事为主的民歌形式发展到以抒情为主的文人创作，逐渐趋向成熟，开启了一个诗歌盛世。

巨笔绘兴衰——班固

临渊羡鱼，不如退而结网。

——《汉书·董仲舒传》

水至清则无鱼，人至察则无徒。

——《汉书·东方朔传》

"苏武留胡节不辱，雪地又冰天，苦忍十九年，渴饮雪，饥吞毡，牧羊北海边。心存汉社稷，旄落犹未还，历尽难中难，心似铁石坚。夜坐塞上时听笳声，入耳心痛酸。转眼北风吹，群雁汉关飞，白发娘望儿归，红妆守空帷，三更同入梦，两地谁梦睡。任海枯石烂，大节总不亏。宁教匈奴惊心破胆，拱服汉德威。"这首《苏武牧羊》，很多人可能都是在戏曲中听到的，它塑造了苏武威武不能屈、富贵不能淫、贫贱不能移的动人形象。这个故事最早被东汉大史学家班固写在了《汉书·苏武传》中。

▲ 班固画像

　　班固（32—92），字孟坚，扶风安陵（今陕西咸阳市东北）人，东汉著名史学家和文学家。他出生于儒学世家，父亲和伯父都是当时的著名学者。在这样的家庭氛围熏陶下，班固"年九岁，能属文诵诗赋。及长，遂博贯载籍，九流百家之言，无不穷究。所学无常师，不为章句，举大义而已"。他16岁入太学，博览群书，系统学习儒家经典以及历代史书。公元54年，班彪去世，班固回乡守丧，继承父志，在父亲《史记后传》的基础上与弟弟班超一起编撰《汉书》。不久，班超投笔从戎，班固开始独自创作，公元62年，因被人告发"私修国史"反而受到明帝赏识，任命其为兰台令史。不久，他又迁升郎官，典校秘书，奉诏修书后在章帝建初七年（82）前后，完成《汉书》编写工作，历时20余年。和帝永元四年（92），受窦宪牵连，班固被捕入狱，61岁时死于洛阳狱中。

　　《汉书》是《史记》后又一重要的史学著作，开创了纪传体断代史的新范例，是"前四史"之一。但人们普遍认为，不管在文学上还是史学上，它都无法达到《史记》的高度。班固受诏修书，加之班固本人强烈的儒家正统思想，文风也较为"醇正"，他对《史记》的评价是："其论术学，则崇黄老而薄五经；序货殖，则轻仁义而羞贫穷；道游侠，则贱守节而贵俗功。"所以，在《汉书》中很难看到司马迁在《史记》中那种深刻的批判意识。但班固仍不失为一名严肃而有才华的历史学家。《汉书》中有不少出色的人物传记，如《李广苏建传》《张汤传》《霍光金日磾传》《外戚传》《王莽传》等，都是公认的名篇。《汉书》的语言风格有骈俪化的倾向，代表了汉代散文由散趋骈、由俗趋雅的趋势。范晔说："迁文直而事核，固文赡而事详。"（《后汉书·班彪列传下》）详赡严密，工整凝练，倾向于用排偶，喜欢用古字，重视藻饰，崇尚典雅。

《李广苏建传》中感情色彩较浓，感人至深，堪与《史记》的名篇媲美。其中描写苏武被流放牧羊的一节，写得可歌可泣，饱含深情，苏武持节不辍、大义凛然的气节扑面而来。

乃幽武置大窖中，绝不饮食。天雨雪，武卧啮雪与旃毛并咽之，数日不死，匈奴以为神，乃徙武北海上无人处，使牧羝（公羊），羝乳乃得归。别其官属常惠等，各置他所。武既至海上，廪食不至，掘野鼠去草实而食之。杖汉节牧羊，卧起操持，节旄尽落。

其中还写了投降匈奴的李陵（李陵当初领兵5000敌匈奴8万骑兵，矢尽援绝的情况下不得已投降匈奴，而汉武帝却将其家满门抄斩，定其为叛国罪。这样，李陵再也无法像苏武那样归汉了）以老友身份来看苏武，告诉苏武他的两个弟弟因为侍奉天子不周而相继自杀，其妻改嫁，其子女下落不明，想以此来说降苏武。但是苏武毫无所动，说："武父子亡功德，皆为陛下所成就……今得杀身自效，虽蒙斧钺汤镬，诚甘乐之。臣事君，犹子事父也，子为父死亡所恨。"听来让人肃然起敬。当苏武"苦忍十九年"终可归汉时，李陵来为他送行，此节写得异常精彩。

于是李陵置酒贺武曰："今足下还归，扬名于匈奴，功显于汉室，虽古竹帛所载，丹青所画，何以过子卿！陵虽驽怯，今汉且赏陵罪，全其老母，使得奋大辱之积志，庶几乎曹柯之盟，此陵宿昔之所不忘也！收族陵家，为世大戮，陵尚复何顾乎？已矣！令子卿知吾心耳！异域之人，一别长绝！"陵起舞，歌曰："径万里兮度沙幕，为君将兮奋匈奴。路穷绝兮矢刃摧，士众灭兮名已隤。老母已死，虽欲报恩将安归！"陵泣下数行，因与武决。

这一节尽管是用对照的手法进一步突出了苏武崇高的品格精神，但是也揭示了降将李陵的悲惨命运和投降匈奴后的复杂心情。人物描写鲜活真实，读来让人嗟叹不已。

班固同时也是著名的赋作家，以《两都赋》最为有名，他通过西都宾客和东都主人的论辩，展开了对西都景象和东都气象的描述，探讨了返都长安和定都洛阳的重大政治问题。

在体例和手法上，《两都赋》模仿司马相如的《子虚赋》和《上林赋》，但也有一定的开拓性，比如在赋作中引入了对政治问题的探讨，拓宽了视野，不仅描写了天子游猎，还描写了两都的日常生活。

操行有常贤，仕宦无常遇 —— 王充

汉得一人焉足以振耻，至于今，亦鲜有能逮之者也。

——章太炎

夫天道，自然也，无为；如谴告人，是有为，非自然也。

——王充

　　自从汉武帝"罢黜百家、独尊儒术"，确立了董仲舒学说在汉朝学术界的统治地位后，有汉一代深受"天人感应""阴阳灾异""谶纬学说"的影响，尤其对汉朝政治生活产生了影响，由神秘巫蛊事件引发了很多次宫廷动乱，著名的汉武帝皇后卫子夫就是巫蛊事件的受害人之一。这种将一切自然事件神秘化的思想窒息了人们对于自然现象的规律进行探索的生机，阻碍了科学技术的发展，使中国文化中长期以来就存在的思辨的能力被消解。

　　当中国文化中勇于探索的理性之光即将消亡时，一名叫作王充的思想家逆流而上，向这种神秘学说发起了最强的冲击。早年阅读他的文章时，犹记得关于鬼，他说了一段非常有意思的话：从古到今，累计的死者估计过亿万，可比我们现在活着的人多多了。如果人死了真的会变成鬼，那么现在这道路之上，岂不处处是鬼吗？王充认为人都是由阴阳二气构成的，"阴气主为骨肉，阳气主为精神""精神本以血气为主，血气常附形体"，精神和形体二者不可分离。他精辟地指出："天下无独燃之火，世间安得有无体独知之精！"说的是精神不能离开人的形体独立存在，所以世间根本就没有死去之人的灵魂。而关于鬼的传说，很多都是自己吓自己造成的，这样的声音在当时无疑是振聋发聩的。

王充，字仲任，会稽上虞（今属浙江）人，祖籍河北大名县，所以他性格中有一种慷慨之气，幼年博览群书，勤于思考，善于论辩，一生的思想主张比较尖锐。虽然一直希望自己能有所作为，但他在仕途上最高也只做过郡县的属吏，不久辞官回家，一心著书。由于王充长期没有机会进入核心权力中心，所以在思想上能保持独立。王充的论述很多，但存世的只剩下《论衡》85篇。

《论衡》写作于汉明帝永平末至章帝建初末的10余年间。他创作这本书的背景正是天人感应学说被郑重其事地写入"国宪"《白虎通义》一书，从此以后谶纬迷信和天人感应的学说被众人推向更高的地位。实际上，《论衡》也是站在原始儒学的古文经学立场上，激烈地批判这种官方批准的宗教化、庸俗化的今文经学。《论衡》中，《变虚》《异虚》《福虚》《祸虚》《寒温》《变动》诸篇，批判了儒家阴阳灾异、天人感应学违背了天道、自然规律，体现了王充朴素的唯物主义认识论。《死伪》《纪妖》《订鬼》《难岁》诸篇，批判了世俗的迷信"人间有鬼"的学说，反复阐明人死后无知无觉。书中认为人无法变成鬼，所以对待生老病死也应该再从容一些，提倡薄葬。王充在作品中所使用的论证方法，就是通过罗列大量的生活常识，运用层层推进的逻辑推理，希望能找到理性之光，击破虚妄毫无根据的迷信。以批判"人有所恨则死不瞑目"为例：

> 凡人之死，皆有所恨。志士则恨义事未立，学士则恨问多不及，农夫则恨耕未畜谷，商人则恨货财未殖，仕者则恨官位未极，勇者则恨材未优。天下各有所欲乎，然而各有所恨，必以目不瞑者为有所恨，夫天下之人，死皆不瞑也！（《论衡·死伪》）

王充的论述，简洁而明快，列举详尽，且他的大部分文章风格平实，表述流畅，毫无修饰。

王充坚决反对儒者"好信师而是古"的风气，反对人们过分相信过去和权威，鼓励自己思考、发现问题。儒者"以为贤圣所言皆无非，专精讲习，不知难问"，王充认为这种学习态度是非常奇怪的，而这也是"奇怪之语""虚妄之文"得以流行的真正原因。因此，他在辩论中，非常强调"效验"的力量，也就是实践的力量，他说："凡天下之事，不可增损。考察前后，效验自列。自列，则是非之实有所定矣。"又说："凡论事者，违实不引效验，则虽甘义繁说，众不见信。"他认为，凡事的来龙去脉都要有根据，假使说得天花乱坠，但是在实践中没有事实根据，也很难令人信服。

《论衡》中有很多地方表达了作者对文学、文章的看法，很有见地，在中国文学批评史上也有一定地位。王充是个追求实际和理性的人，所以他评价文章好坏的出发点，是重实用和忽视语言、技巧的魅力。他提出的作文标准，以传统儒家经世致用为基本标准，强调言之有物。所以，他强调文章要发扬劝善惩恶的实用性，尽量多地选取真实的内容，运用浅白、简短的语言，直接、有逻辑的走向结构。从学术论文的范例来说，是没有错的，但用这个标准衡量文学作品时，就难免有些片面。他否定了神话传说、民间"短书小传"的价值，对辞赋尤其苛责，如批评司马相如、扬雄"文丽而务巨，言眇而趋深，然而不能处定是非，辩然否之实。虽文如锦绣，深如河汉，民不觉知是非之分，无益于弥为崇实之化"(《论衡·定贤》)。有时候，王充的认识和评选标准也使他自己比较迷茫和矛盾。

严格地说，不管是在中国文学史上，还是在中国思想史上，《论衡》都不能算是一部有深刻特点的论著，它的文章虽简洁流畅，却缺乏文采；它的文学批评，也因为过于强调文学的实用性而忽略了文学性，会在一定程度上阻碍文学的发展。那么我们为什么还要看重它呢？

对于两汉以来妖妄荒诞、谶纬学说等神秘性的统治学说，需要的可能只是打破它的勇气，是简洁有力、平易明白、有说服力的批判，是一种尖锐而坚决的抗争态度。《论衡》正是这样恰逢其会的创作。《论衡》唤起理性的思辨之光，为在微光中挣扎、寻求出路的文学带来了思想上冲破束缚的动力，所以它揭开了思想史上崭新的一页，也预示着文学史上一个崭新时代的到来。

第四辑

建安风骨正始玄风

——魏晋南北朝文学

文坛三父子 ——"三曹"

魏武以相王之尊，雅爱诗章；文帝以副君之重，妙善辞赋；
陈思以公子之豪，下笔琳琅；并体貌英逸，故俊才云蒸。

——刘勰《文心雕龙·时序》

东汉末年，州牧割据，战祸延绵，百姓流离失所。196年，曹操迎汉献帝入许昌，改元建安，"挟天子以令诸侯"，强势统一北方。社会环境开始稳定，迎来了中国文学史上一个新高峰——建安文学。建安文学因创作时间主要集中在建安年间而得名，代表作家为"三曹"和"建安七子"，形成了被后世称为"建安风骨"的文学风格。曹氏父子三人，在文学创作上各有所长，也各具特色，"曹操古直悲凉，曹丕便娟婉约，曹植文采气骨兼备"（袁行霈《中国文学史》）。以"三曹"和"建安七子"为代表的诗歌创作，代表着诗人个性创作时代的真正开始，也代表着五言诗完成了由乐府民歌向文人诗的转化。诗歌创作也越来越具备多样性——七言诗和律诗登上了文学史舞台。

▲ 曹操画像

建安文学，尤其是诗歌的创作，与乐府诗侧重叙事不同，更重视诗人的个性化表达，长于抒情。这同建安时期的社会思想分不开。东汉末年政治崩溃、社会黑暗、道德沦丧，摧毁了整个社会的思想体系，各种思想蓬勃发展，突破了儒家思想道德观念的束缚，裹挟着不同的价值观冲击着文人的思维。表现在文学中，就是文人的创作更加突出自我意识，追求个性化表达，直抒胸臆，表达个人情感。

"三曹"即曹操、曹丕、曹植，因为他们特殊的政治地位、超群的文学素养以及杰出的文学创作能力，成为建安文学的领军人物。

曹操一生征伐四方，是著名的政治家和军事家，"御军三十余年，手不舍卷，横槊赋诗"（刘履《诗选补注》卷二）。所以，他的诗歌真实地反映了社会现实，表达了其渴望建功立业的抱负，其中艺术成就最高的就是几篇直抒胸臆的四言诗，首推《短歌行》：

> 对酒当歌，人生几何！譬如朝露，去日苦多。
> 慨当以慷，忧思难忘。何以解忧？唯有杜康。
> 青青子衿，悠悠我心。但为君故，沉吟至今。
> 呦呦鹿鸣，食野之苹。我有嘉宾，鼓瑟吹笙。
> 明明如月，何时可掇？忧从中来，不可断绝。
> 越陌度阡，枉用相存。契阔谈䜩，心念旧恩。
> 月明星稀，乌鹊南飞。绕树三匝，何枝可依？
> 山不厌高，海不厌深。周公吐哺，天下归心。

据传，这首歌作于赤壁大战之前，主题明确，全篇都在表达作者求才若渴的心情，开篇慨叹人生如此短暂，接着表达了自己因求贤而昼夜忧思，诉说自己对贤才的渴望之情，继而表明自己善待人才的心情，最后归结到统一天下、建功立业的渴望和信心。既然生命像露水一样转眼即逝，更要抓紧时间积极进取，努力建功立业，在有限的生命中实现崇高的价值。全诗以"人生几何"开篇，以"天下归心"收尾，充满了积极进取、昂扬向上的精神和悲凉慷慨、沉郁顿挫的情调，这就是对建安风骨的最好诠释。

曹丕，很多人知道他是因为那首著名的《七步诗》。文学史上的曹丕，我们了解得太少。他创作的《燕歌行》是现存最早的文人创作七言诗，他的《典论》是首部文艺理论批评专著，其中《论文》一篇是我国文学史上第一部有系统的文学批评专论作品。他的诗歌没有曹操的作品那般雄健刚毅、气魄雄伟，但在描写男女爱情、游子思妇题材时，委婉细致、清丽动人。他的诗歌创作形式多样，擅长五言和七言，其中以七言诗《燕歌行》最为著名：

▲ 曹丕画像

秋风萧瑟天气凉，草木摇落露为霜。

群燕辞归鹄南翔，念君客游思断肠。

慊慊思归恋故乡，君何淹留寄他方？

贱妾茕茕守空房，忧来思君不敢忘，不觉泪下沾衣裳。

援琴鸣弦发清商，短歌微吟不能长。

明月皎皎照我床，星汉西流夜未央。

牵牛织女遥相望，尔独何辜限河梁？

此诗艺术性地表现了女主人公在秋夜思念远在他乡的丈夫的情态，炽烈而又含蓄，千回百转，深婉感人。《燕歌行》是文学史上的第一首成熟的七言诗，对后世诗歌的发展影响很大。

曹植在"三曹"中文学成就最高，也最为大众所熟知，他的《七步诗》更是"国民诗篇"，人人都能上口："煮豆燃豆萁，豆在釜中泣。本是同根生，相煎何太急？"这是他在政治斗争失败后，写给屡次刁难他的兄长的。曹植作为曹操的儿子，少时就有一颗建功立业的雄心，他的著名诗篇《白马篇》就描写了这种纵横沙场的雄心壮志：

白马饰金羁，连翩西北驰。

借问谁家子？幽并游侠儿。

少小去乡邑，扬声沙漠垂。

宿昔秉良弓，楛矢何参差！

控弦破左的，右发摧月支。

仰手接飞猱，俯身散马蹄。

狡捷过猴猿，勇剽若豹螭。

边城多警急，虏骑数迁移。

羽檄从北来，厉马登高堤。

长驱蹈匈奴，左顾凌鲜卑。

弃身锋刃端，性命安可怀？

父母且不顾，何言子与妻！

名编壮士籍，不得中顾私。

捐躯赴国难，视死忽如归。

　　诗中以动人的情节塑造了一位武艺高强、渴望在沙场建功的热血少年。"捐躯赴国难，视死忽如归"，少年奋不顾身，甚至捐躯赴难的报国激情炙热而壮烈。但是，随着曹植在与曹丕的政治斗争中失败，他的一腔抱负，都成为生命的威胁。最终在曹丕的不断打击下，他郁郁而终。所以，曹植的创作，大致上可以分为前后两部分，以曹操去世为分水岭，前期歌唱理想和抱负，积极乐观，尽得建安风骨；后期因抱负难施，诗中尽是遭受现实打击的苦闷与痛苦。如《赠白马王彪》，诗歌中交融着痛苦、悲伤、愤怒等复杂的感情。《洛神赋》艺术成就很高，但相比其前期作品的笔力强健，更注重词采雕琢和笔法铺陈，为南北朝华丽文风开了头。

瑶林琼树啸傲风尘 —— 竹林七贤

> 言在耳目之内，情寄八荒之表……颇多感慨之辞，厥旨渊放，归趣难求。
>
> —— 钟嵘《诗品》

从建安文学集团开始，中国的文学史上出现了一种比较有意思的文学现象：有共同趣味的几个人，容易建立起某种松散的文学团体；团体中的人们在一起谈文论道，酬唱应和，在政治上也容易守望相助。在我国文学史上，第二个这样的团体就是"竹林七贤"。

他们经常在山阳（在今河南焦作市）这个风景优美的地方，在竹林葱郁、水清草嫩、小溪潺潺的地方饮酒作诗、谈玄论道，享受着远离尘嚣和黑暗政治的片刻安宁。世人把他们称为"竹林七贤"，他们的活动时间主要在魏正始十年（249）到嘉平四年（252）间，主要人物有阮籍、嵇康、山涛、向秀、王戎、阮咸和刘伶。

由于社会政治生活的残酷，从东汉末年延续到正始年间的自我意识的觉醒使得"竹林七贤"更容易感受到精神世界的压抑。而伴随玄学清谈的进一步发展，文坛开始形成以何晏、王弼为代表的"正始玄学"，主张名教与自然的和谐统一，成为这一时期的文坛主流。但以嵇康和阮籍为代表的"竹林七贤"则强调"越名教而任自然"，企图用"自然"对抗"名教"。

正始十年（249），司马懿父子发动兵变，抢夺江山，之后大规模诛杀曹氏集团人员，使得"天下名士去其半"。到司马师、司马昭相继执政，为了排除异己，他们又采取了不少杀戮行动，比如在嘉平六年（254）、正元二年（255）、甘露三年（258）接连杀掉了夏侯玄、毌丘俭和诸葛诞，使得全国一度弥漫着恐怖的政治气氛，几乎到了人人自危的地步。司马氏父子为了掩饰谋取权力的残酷，控制人们的行为，极力提倡儒家的礼法。在如此残酷严峻的政治环境之下，人们过着有今天、没明天的日子，很多人像"竹林七贤"一样，只能消极避世。

同样都处在社会剧烈动荡、思想潮流碰撞的时代，文学也走上了不同的大路。东汉末年的文学表现是健康的、向上的、积极的，人们慨叹时光流逝，是为了珍惜眼前美景、及时行乐，享受稍纵即逝的人生，或者在有限的生命中创造功绩。但是"正始文学"因着人生和社会政治之间不可调和的矛盾，以及政治生活的残酷性，他们将这种复杂的情绪发展为离经叛道的行为、嬉笑怒骂的情绪宣泄。他们强烈地抨击儒学名教，但依然找不到合适的出路。所以正始文人的创作很少反映现实生活，基本都是抒发个人忧愤或者对整个人类社会的理性思考。

▲《竹林七贤图》

在"竹林七贤"中，文学成就最高的当数阮籍和嵇康，此外向秀的《思旧赋》和《难养生论》、刘伶的《酒德颂》在文学史上也比较有名。

阮籍，字嗣宗，陈留人，少时家境贫寒，从小聪明，博览群书，尤为喜爱老庄之道，崇尚自然之道。他深刻厌恶曹魏末年的政治腐败，对名教道德礼俗更是深恶痛绝。史载他会"青白眼"看人，对礼俗之士就以白眼视之，对同道之士才以青眼看待。他的代表作《大人先生传》是一篇赋体散文，是对老庄思想的宣扬，也表达了他对虚伪的礼仪制度辛辣的嘲讽，体现了诗人对玄学的思考和对礼教的批判。作者通过文字，塑造了自己心中的"君子"形象，他超然物外、与天地同生，是作者心灵的寄托，表达了作者渴望像大人先生那样摆脱世间的所有束缚，从心所欲，追求自由的理想。文中通过"大人先生"对世俗"君子"的批驳，揭示了现实礼法的虚伪。文中有一段："且汝独不见夫虱之处于裈中，逃乎深缝，匿乎坏絮，自以为吉宅也。行不敢离缝际，动不敢出裈裆，自以为得绳墨也。饥则啮人，自以为无穷食也……汝君子之处区内，亦何异夫虱之处裈中乎？"以奇怪、恶心的意象辛辣地嘲讽了世俗君子，展现了作者精湛的讽刺技巧。

阮籍为人豪爽，任情放纵，整日与酒为友，常年处于醉酒状态。他用放诞、任情的行为遮掩自己，消极避世，但他的内心深处却是掩盖才华和雄心无法实现的苦闷，在乖张的行为背后是他无处安放、不可言说的对社会、对人生的不满。他一生所作82首《咏怀诗》，集中反映了诗人感叹生命短暂的苦闷、人生无常的茫然，以及心中抱负未能施展的孤独和苦闷。

咏怀八十二首·其一

夜中不能寐，起坐弹鸣琴。薄帷鉴明月，清风吹我襟。

孤鸿号外野，翔鸟鸣北林。徘徊将何见？忧思独伤心。

在夜不能寐时，想弹一会儿琴抚慰自己，却不想在这如水月色中，在阵阵寒风中，听见孤鸿悲鸣，惊飞了宿鸟，在一片萧瑟之中，处处感受到一种内心无法排遣的苦闷、无人可诉心意的凄凉。这就是诗人的自白。

嵇康，字叔夜，谯郡人，少小聪明，博览群书，广学诸多才艺。他少年丧父，由兄长和母亲教养成人；年少才高，又美姿容，为人行事难免放纵。他和阮籍都对司马家族统治下的社会政治和现实生活有诸多不满，但他完全不同于阮籍的消极避世方针：他公开表达自己对司马军事集团礼仪制度的鄙视，经常直言不讳，"出言不逊"地表达自己的观点。后来阮籍被迫入仕为官，而嵇康却始终不愿妥协哪怕一分钟，终究招来杀身之祸。《晋书》中记载了他临刑时的风采，以一曲《广陵散》为自己的生命画上了句号，慨然赴死之前，也只是担心《广陵散》绝传了。由此可见嵇康豪迈的性格。

嵇康的诗歌创作中尤以四言诗成就最高，代表作有《忧愤诗》和《赠兄秀才入军》。《忧愤诗》写于他受牵连下狱之时，诗歌分四段回忆总结了他对40多年人生经历和命运悲剧的愤叹，分析了自己思想性格的形成过程，抒发了身陷牢狱的懊悔和大意，最后表达了自己追求自由生活的意愿。《赠兄秀才入军》是他在自己的兄长离家从军时写的组诗，共有18首，诗歌想象了兄长在军中的生活，或叙事，或抒情，一片洒脱、激越之情。第14篇最受人们喜欢：

息徒兰圃，秣马华山。流磻平皋，垂纶长川。

目送归鸿，手挥五弦。俯仰自得，游心太玄。

嘉彼钓叟，得鱼忘筌。郢人逝矣，谁与尽言？

　　嵇康的散文代表作《与山巨源绝交书》是传颂千古的名篇。山巨源就是山涛，这封信写于嵇康听到山涛升迁之后推荐自己做他原来的职位之际。嵇康在文中直接拒绝了山涛，强调自己性格懒散，不堪礼法约束，坚决地表达了自己不屈服于世俗礼法的态度，但他更多的是通过这篇文章抒发了自己幽愤的情怀和追求自由的人生理想。

　　阮籍、嵇康的悲剧是整个时代文人悲剧的缩影，是整个时代的悲哀。在两汉经学的禁锢达300年后，人们以极大的热情去追求个性解放、自由、自然、真实的人生，然而严酷的社会政治现实使一切都化为虚无。人们发现了真实的自己，但是人们也同时发现了无法摆脱的受奴役的命运，于是文人心中产生了一种无法抚慰、无法排遣的孤独感和苦闷感。

古今隐逸诗人之宗 —— 陶渊明

陶彭泽诗，颜、谢、潘、陆皆不及者，以其平昔所行之事，赋之于诗，无一点愧词，所以能尔。

——《彦周诗话》

陶公高于老、庄，在不废人事人理，不离人情，只是志趣高远，能超然于境遇形骸之上耳。

——方宗诚《陶诗真诠》

历史车轮行进到魏晋，这片土地进入了政治上最为黑暗、思想文化上最为混乱复杂的时期。政治上空前的动乱，让当时社会各个阶层的人都处于朝不保夕的恐惧中，尤其是文人阶层，参与政治的意愿空前降低，形成了尚清谈、追求玄学的风气；在生活上，从统治阶层到下层文士竞尚浮诞。这种风气反映在文学创作上，文学内容空泛，追求形而上；在语言上浮华绮丽，雕琢堆砌。然而，就是在这样一个众生浑噩的时代，一位诗人以清新自然的鲜明风格，如一枝奇葩独自绽放，一洗辞藻堆砌之风，如一股清风，为魏晋文坛带来了新鲜血液，这位诗人就是陶渊明。

陶渊明，名潜，字渊明，又字元亮，自号"五柳先生"，私谥"靖节"，世称靖节先生。他从小生活在浔阳柴桑，早年受过传统的儒家教育，"有猛志，不同流俗"。陶渊明20岁时，因为家贫步入仕途，但终究因为不适应官场倾轧，屡次辞官归家，最终在彭泽令的任上，不愿为五斗米折腰而彻底归隐。此后，他开始"不以躬耕为耻"的田园隐居生活。田园生活使得陶渊明的精神世界空前自由，身体也获得了自由，他像普通农人

▲ 陶渊明画像

一样辛勤种植，也弹琴读书，著文赋诗。乡居生活使陶渊明真切地了解了田园和风土人情，为他的创作提供了大量的素材，开创了中国古典诗歌的一个重要流派。南朝钟嵘称陶渊明为"古今隐逸诗人之宗"。

陶渊明共创作诗歌约125篇，可以分为三类：田园诗、咏怀诗、哲理诗。其中田园诗约30首，成就最高。诗人用纯朴自然的语言表达了自己对田园生活的热爱，在表现手法上，景、情、理三者巧妙结合，将艰苦的田园生活描写得恬静优美、平和平淡。《桃花源诗》是陶渊明的代表作品，梁启超曾说："陶渊明的《桃花源诗序》正是浪漫派小说的鼻祖，那首诗自然也是浪漫派的绝好韵文。"（《中国韵文里头所表现的情感》）《桃花源诗》描写的桃花源是一处世外仙境，人们过着没有阶级、没有剥削、自由平等的生活，是陶渊明心中的理想社会。这种超前的意识，是陶渊明探索人类美好社会的结晶。诗序《桃花源记》的思想和艺术成就超越了《桃花源诗》，成为中国文学史的传世名篇。

作为一个受过儒家传统教育、少有猛志的人，生逢乱世，陶渊明的理想和志向注定不能实现，所以他对现实的失望和愤懑、希望和快乐，真切而自然地反映在他的咏怀诗里。如果说在田园诗中他是名平和的隐者，那么咏怀诗则让读者发现他"金刚怒目"的一面。"少时壮且厉，抚剑独行游。谁言行游近？张掖至幽州。"诗里的少年心有壮志，仗剑独行，不畏艰难。虽然现实让他屡次挫败而归，但他一直没有熄灭对生活的热情。他写下了30多首慷慨豪放的诗篇，如《咏荆轲》、《读山海经》组诗（13首）等，诗人的思绪纵横天地、飞跃历史，表现出俯仰天地的豪放气魄。朱熹称："渊明诗，人皆说是平淡，据某看，他自豪放，但豪放得来不觉耳。其露出本相者，是《咏荆轲》一篇，平淡底人如何说得这样言语出来。"（《朱子语类》）

除此之外，他的哲理诗也有自己的特色。魏晋时期，"理过其辞，淡乎寡味"的玄言诗风行诗坛，流传到今天的却寥寥无几。陶渊明的哲理诗多用老庄典故，语淡而意浓，辞约而旨远，源于玄理而又超越玄理，具有很高的审美价值。他既能借助景象阐发哲理，又能在日常生活中体玄悟道，对后世，尤其是宋代理趣诗有着重要影响。

陶渊明的辞赋与散文在魏晋时期也是独树一帜的。流传至今的《归去来兮辞》和《桃花源记》都是传诵千古的绝唱。陶渊明的辞赋在吸收了汉赋结构严谨的特点外，又有同时代魏晋辞赋篇章简密的优点，创造了独属于自己的纯真自然、朴素平淡的道路。《归去来兮辞》正文以"归去来兮"开篇，直接吐露心声，继而写船行如风，表达喜悦之情；回家后扶策涉园，表达归家的喜悦；亲涉农事，体悟生命之喜悦和恬淡，尾段以永不复仕抒发人生感慨，层层递进，剪裁取舍，恰到好处。宋代散文大师欧阳修称"魏晋无文章，只此一篇"。陶渊明的散文无论叙事抒情都感情真挚、语言朴素、音节谐美，有如天籁，呈现出一种天然真色之美。作者直抒胸臆，不假涂饰，自然纯真可亲，没有丝毫雕琢之气，对后世的散文发展产生了深远的影响。

魏晋文学华丽的骈文在文学史上并没有留下什么名篇，陶渊明平淡自然的诗文并不受当时文坛的喜欢。直到南朝萧统将陶渊明的诗歌、辞赋、散文整理成书，并作序之后，陶渊明才慢慢开始被人认识。到唐宋时，他声名大振，李白、杜甫、白居易都对他推崇备至，喜欢他的诗歌风格。宋代时，文人对陶渊明的喜爱被推上顶峰。苏轼曾这样评价："吾于诗人，无所甚好，独好渊明之诗。"（苏辙《追和陶渊明诗引》）朱熹将他视为古今第一流高士。可以这么说，正是因为陶渊明的诗歌在思想上和艺术上都表现出了独树一帜的特色和超出整个时代的审美，所以一代又一代的文学家从他的创作中吸收营养，直至今天。

陶渊明的作品，在整个中华文化圈都有传播，影响了很多作家的创作。朝鲜文学家许筠、朴厚享也深受陶渊明自然清新诗风的影响，写了许多类似风格的诗文（《中朝文学的传统友谊》，载《文艺报》）。而日本著名诗集《万叶集》里的一些作品风格也受到了陶渊明影响。正如大矢根文次郎所说："长期以来，陶渊明的作品在日本一直有着重大的影响。日本各个时期的艺术家都极为推崇陶渊明清高、贞洁的人格，十分爱好他的作品，在艺术上接受过陶渊明的熏陶，从中汲取了丰富的养分。陶渊明作为一个典型的东方诗人，他的作品在日本有着强大的生命力。"

情感七始，化动八风 —— 刘勰

鲁迅先生曾这样评价刘勰的《文心雕龙》："东则有刘彦和之《文心》，西则有亚里士多德之《诗学》，解析神质，包举洪纤，开源发流，为世楷式。"由此可知，《文心雕龙》在中国文学史上的重要地位，是中国文学宝库的瑰宝。

刘勰，字彦和，主要生活在南北朝的梁朝，京口人，就是现在的镇江，祖籍在今天的山东莒县，曾任多种官职，但官名不显，所著《文心雕龙》让他的名字永垂文学史。

刘勰年少失去父亲，一直热爱学习，因家贫，20出头去定林寺跟着僧祐生活。南北朝又是我国历史上佛学盛行的时期，社会思潮和个人生活在刘勰的人生观和文学思想上都打上了佛学的烙印。

随着曹丕《典论》的问世，文学评论和文学理论在魏晋时期有了长足的发展，文艺领域的繁荣，为刘勰创作《文心雕龙》提供了非常充足的理论基础。刘勰开始创作《文心雕龙》时，已经30多岁了，他的思想完全成熟，精力旺盛，正是创作的最好时间。大约5年后，37岁的刘勰写完了这部巨著。刘勰想要当时有"文坛宗主"之称的沈约评鉴自己的作品，所以他假扮卖书郎，在沈约上朝的路上，献上了书稿。沈约看完全稿后，认为"深得文理"，并时常翻阅。慢慢地，刘勰和《文心雕龙》被世人所熟知。

《文心雕龙》是在总结此前各种文艺理论的观点、概括前人文学创作中的经验教训基础上完成的。《文心雕龙》在前人零星、不成体系的文学评论中发展而来，刘勰建立了完整的理论体系，这是一部"弥纶群言"、博大精深的文学理论专著。

《文心雕龙》约3.7万余字，10卷，50篇。各篇在形式上相对独立，内容上紧密相连。全书分上、下两编，上编论述文学的最高原则并研究和评价各种文体流变和作家、作品；下编为创作论、批评论和统摄全书的序。从全书的结构来看，基本可以看出是总、分、总结构：

第一部分主要是《原道》《徵圣》《宗经》《正纬》《辨骚》5篇，是全书的纲领，明确地阐述了刘勰的文学理论的基本思想和根本核心，是全书之总。

第二部分，从《明诗》到《书记》20篇，以"论文序笔"为中心，论述了各种文体的流变，兼论作家和作品，涉及30多种文体，包括韵文、散文以及杂文等。

第三部分包括从《神思》到《总术》共19篇，以"剖情析采"为中心，侧重研究创作过程中各个方面的问题，包括如何构思、文学风格的形成、文学内容和文学形式的关系等，是《文心雕龙》中最有价值的部分。

第四部分为《时序》和《物色》2篇，关注现实和文学的关系，提出了"情以物迁""辞以情发"和"文变染乎世情，兴废系乎时序"等著名论断。

第五部分是文学批评论，包括《才略》《知音》《程器》3篇，集中对作家、作品及文学批评理论做了论述。

第六部分是最后一篇《序志》，为全书的绪论，总地说明了作者的创作动机、态度、原则。

　　《文心雕龙》是南北朝时期文学批评和理论的集大成者，形成了完整的理论体系。以孔子美学思想为基础，兼采道家，确立了文学的基本原则，认为"道"是文学的本源，"圣人"是文人学习的楷模，"经书"是文章的典范。把作家创作个性的形成归结为"才""气""学""习"四个方面。《文心雕龙》在总结前人理论的基础上，探讨了形式和内容、继承和创新的关系，在文学创作中十分强调情感的作用，探讨了艺术想象可以超越时间和空间的限制，提出了"物与神游"的重要观点，对文学的艺术本质及其特征有了比较明确而自觉的认识，开研究文学形象思维之先河。

　　《文心雕龙》作为中国文学批评史上一部杰出的理论巨著，首次建立了中国式的文学理论体系，是一部"体大思精""深得文理"的文章写作理论巨著，对文学理论和美学方面的问题有许多精辟的论述，对我们理解中国古代文学成就有直接的帮助，其中对一些代表性作家和作品的评价，观点新颖、独特、有新视角，对中国古典现实主义文学的发展，起了积极的促进作用，为我国古代文艺批评和文艺鉴赏树立了典范，为文学批评史和美学史的建立开拓了道路。

　　值得注意的是，《文心雕龙》虽然论述了很多问题，涉及了几十种文体的创作和流变，但系之以史，理论体系严密。清人章学诚在《文史通义·诗话》中评价《文心雕龙》："体大而虑周。"鲁迅先生认为："篇章既富，评骘遂生，东则有刘彦和之《文心》，西则有亚里士多德之《诗学》，解析神质，包举洪纤，开源发流，为世楷式。"将《文心雕龙》与《诗学》相提并论，极力推举，可见它对文学理论发展史影响之巨大和深远。

第五辑

流丽万有东方意境——唐朝文学

初唐四杰 —— 王杨卢骆

卢、骆、王、杨，号称"四杰"。词旨华靡，固沿陈、隋之
遗，骨气翩翩，意象老境，超然胜之，五言遂为律家正始。内
子安稍近乐府，杨、卢尚宗汉魏，宾王长歌，虽极浮靡，亦有
微瑕，而缀锦贯珠，滔滔洪远，故是千秋绝艺。

—— 王世贞《艺苑卮言》

"初唐四杰"，是唐代初年文学家王勃、杨炯、卢照邻、骆宾王
的合称，简称为"王杨卢骆"。"四杰"都少有才名，又有实干的才能。
骆宾王 7 岁"咏鹅"，被称为"神童"；杨炯 10 岁中童子举，翌年待制
弘文馆；王勃 16 岁时，应幽素科及第，授职朝散郎；卢照邻 20 岁即
为邓王府典签，"王府书记，一以委之。王有书十二车，照邻总披览，
略能记忆"。四人虽早有才名，但在建功立业的道路上，他们的经历
又都颇为坎坷，才高而位卑，心有壮志，但一直无处可以施展，最
终的结局都很悲惨。

可能恰恰是这种沉郁下层、仕途坎坷的经历，使得他们在唐初
文坛中独树一帜，表现出了完全不同的文学风格。初唐文坛秉承绮
丽文风，一度形成"上官体"。"四杰"挺身而出，王勃率先发声反对
初唐诗坛出现的"上官体"文风，接着其他三人积极响应，一起以实
际创作活动支持王勃。他们力图冲破绮丽文风和"上官体"的牢笼，

把诗歌的表现边界从宫廷扩展到广大的市井，从台阁移向广阔的江山和边塞，大大丰富了诗歌的题材，拓宽了诗歌的描写内容，给诗歌带来了新的生命力。他们创作的诗歌的思想意义大大提升，展现出一派新的诗歌风气，带动初唐诗歌健康发展。闻一多说："正如宫体诗在卢、骆手里是从宫廷走到市井，五律到王、杨的时代是从台阁移至江山与塞漠。"

"四杰"首推王勃，他的诗感情细腻，风格清丽，又有新的风尚，明朗壮阔，如那首千古传诵的送别诗《送杜少府之任蜀州》。王勃写离别之情，真挚而动人，虽有离别之愁，但更多的是旷达、宽慰友人之心。一二句开篇，气象广阔，雄伟长安城被三秦之地拱卫，以"风烟"渲染离别的情绪。三四句"与君离别意"，表现两人之间亲近的感情，"同是宦游人"，奠定了安慰朋友的情感基础。五六句，诗歌的境界突然又转为宏大，"海内存知己，天涯若比邻"，气势豪迈，情感乐观豁达，为七八句规劝友人"无为在歧路，儿女共沾巾"，做好了情绪上的铺垫，也让这场本来凄凉的送别转为舒缓。全诗文字朴实、意境开阔，有爽朗明快之美。另外，王勃的骈文以《滕王阁序》最为著名。《滕王阁序》一文，开篇写洪都"物华天宝""人杰地灵"，继而写登上滕王阁之所见，由近及远，浓墨重彩地描写了滕王阁秋景，再从宴会娱游写到人生遇合，抒发身世之感，最后简述自己

▲ 王勃塑像

的志向，对宾主的知遇表示感谢，对参加宴会并饯别作序表示荣幸。全文以四六句为主，行文起伏跌宕，自然流转，尤为人称道的，是作者将山景、水景、市景、乡景、远景、近景、动景、静景通过自己的妙笔展示给读者，全诗展现出的色彩美、动态美、虚实美、空间立体美，带给读者无限的想象。"落霞与孤鹜齐飞，秋水共长天一色"一联，成为千古绝唱。

杨炯的诗风是清新刚健而又精辟凝练的。他的诗歌，处处洋溢着豪放率真之气，"壮而不虚，刚而能润"。其中《从军行》最为有名，全诗用短短的篇幅，写出书生投笔从戎，出塞参战的全过程。字里行间处处是他从军报国的热情和渴望："烽火照西京，心中自不平。牙璋辞凤阙，铁骑绕龙城。雪暗凋旗画，风多杂鼓声。宁为百夫长，胜作一书生。"诗人高昂的斗志，展现出身处盛世渴望壮志能酬的豪情，诗里充满了昂扬向上的时代精神。诗歌笔力雄劲，直抒胸臆，初现盛唐雄浑诗风的气象。杨炯还有一些诗篇，状景抒情真实自然，且托物明怀，借史抒志，含意比较深刻，在悠然的情思中表现出一种天然的诗的情韵。如"相思明月夜，迢递白云天""行人断消息，春恨几裴回""美人今何在？灵芝徒有芳""山空夜猿啸，征客泪沾裳"，意趣天然，诗味无穷，绝似盛唐诗歌。因此，他在唐诗发展中起到奠基的作用，是继往开来的功勋。

卢照邻工诗，尤其擅长七言歌行，代表作是《长安古意》。此诗托古喻今，展现了初唐长安社会生活的广阔画卷。诗人的笔锋从宫廷到市井，既描写了豪门竞奢、追逐享乐的生活，也描写了万民狂欢的情景："楼前相望不相知，陌上相逢讵相识"；以及生死相恋的执着："得成比目何辞死，愿作鸳鸯不羡仙。"整首诗前半部分铺陈豪华故多丽句，结尾纵横对比则转清词，如闻一多所说，比起"病态"的宫体诗来，"气魄"不可伦比。行文对仗精巧，句法蝉联，以赋为诗。

骆宾王在"四杰"中诗作最多，擅长七言歌行体。诗风雄健刚劲、辞采华赡。他的《帝京篇》在当时就已被称为绝唱，后世将其和卢照邻的《长安古意》称为姊妹篇。另外，骆宾王还有一个壮举，他的讨武檄文——《代李敬业传檄天下文》，使他名噪天下。武则天读后，感叹曰："宰相安得失此人？"此文先声夺人，将武则天置于被告席上，以"伪"字开头，揭露武则天的种种恶行，节奏紧促、有如贯珠，道出讨伐武氏之必要性。次写起兵讨武是正义之举，民心所向，气势雄健，一泻千里。最后对王公大臣动之以情，晓以情理，以"请看今日之域中，竟是谁家之天下"结束，震人心弦的警语作结，显示出巨大的威慑力量。作为一篇政治散文，内容的真实性和可靠性存疑，但作者用骈文的形式，使其自始至终，壮气贯通，不愧为中国散文史上的不朽名篇。

清音悠悠响非凡 —— 孟浩然

孟诗胜人处，每无意求工，而清超越俗，正复出人意表。

—— 沈德潜《唐诗别裁集》

淡得看不见诗了，才是真正孟浩然的诗。

—— 闻一多《唐诗杂论》

孟浩然，名浩，字浩然，襄阳人，唐代著名的山水田园派诗人，世称"孟襄阳"。孟浩然生平简单平淡，大体可以归结为两段：前半生孜孜不倦追求仕途，后半生真心追求归隐。他生在开元盛世，早立治世之志，但仕途一直困顿，早年以归隐为手段，所以他大半生都和山川田园结下不解之缘。孟浩然前30多年的人生都在为科举和入仕做准备。他苦学了几十年，自觉"词赋颇亦工"，才"中年废丘壑，上国旅风尘"。但现实生活很残酷，他名落孙山了。

这次考试的失利并没有给他造成多少打击，真正给他带来毁

▲ 孟浩然画像

灭性打击的是他惹怒了唐玄宗。孟浩然科举失败后，得到王维的赏识，两人成为忘年交。传说，有一天王维邀请孟浩然去家里做客，两人谈兴正浓时，忽听"皇上驾到"的声音，孟浩然来不及回避只能藏到床下。皇上进来后，王维不愿隐瞒情况，禀报皇上说："诗人孟浩然在这里，自觉身份低下，不敢拜见陛下！"玄宗听后欣然召见孟浩然，孟浩然当场朗诵了一首新诗，但诗中"不才明主弃，多病故人疏"一句，惹怒了玄宗。

之后，孟浩然熄灭了自己对仕途的欲望，开始四处漫游，足迹遍布江海，活成了真正的"隐士""高人"。在维扬结识"诗仙"李白，互相欣赏，李白有诗《赠孟浩然》中说："吾爱孟夫子，风流天下闻。红颜弃轩冕，白首卧松云。醉月频中圣，迷花不事君。高山安可仰，徒此揖清芬。"

孟浩然的山水诗清雅中透露着豪放。《唐音癸签》中写道："孟浩然诗祖建安，宗渊明，冲淡中有壮逸之气。"孟浩然的诗清幽雅淡而又不失雄浑开阔，最能体现这个特点的莫过于《望洞庭湖赠张丞相》这首诗了："八月湖水平，涵虚混太清。气蒸云梦泽，波撼岳阳城。欲济无舟楫，端居耻圣明。坐观垂钓者，徒有羡鱼情。"前四句"起得洋洋称题，而气概横绝"，极力渲染洞庭湖秋高气爽、寥廓无边的清远气氛：八月秋汛，湖水为满；天水相接，混而为一；水汽蒸发，雾气笼罩；湖波汹涌，似乎摇动着岳阳城。气象万千，喻示着充满生机和活力的盛唐景象。紧接着孟浩然把这种气氛推向高潮，穷形云蒸霞蔚的荆楚大地，尽相巍然屹立于洞庭湖畔的天下名楼，从中见壮阔不平之气。孟诗的豪放与那些豪放派的诗不同，它寓豪放于平淡之中，或在雄阔壮丽中显出一派淡泊萧散的气韵。颈联和尾联借此壮阔之气抒己之磊落不平之情，委婉地向张丞相倾诉衷肠，抒发了自己因无官位而不能施展抱负的淡淡幽怨，表露求仕之心。《瀛奎律髓》中记载："予登岳阳楼，此诗大书左序球门壁间，右书杜诗，后人自不敢复题也。"可见这首诗的功力之深，地位之高，影响之大。

孟浩然的田园诗把田园情趣作为他隐逸生活的调剂，借以展示其高雅情怀、隐居清寂、登临清兴和静夜相思。如《过故人庄》，这是孟浩然田园诗的代表作，历代说孟诗者必提："故人具鸡黍，邀我至田家。绿树村边合，青山郭外斜。开轩面场圃，把酒话桑麻。待到重阳日，还来就菊花。"在这首"淡得看不见诗了"的诗里，首联写作者前往赴约：老朋友炖好了鸡，蒸熟了黄米饭，邀请我去他家做客。这首小诗写的事情虽然平常，却成功地表现了农家朴素纯真的人情和美丽恬静的田园风光，表达了诗人对农家生活的由衷赞美与农民朋友间的真挚友谊，给人以美好的艺术享受。

"诗佛"——王维

味摩诘之诗，诗中有画；观摩诘之画，画中有诗。

——苏轼

维诗词秀调雅，意新理惬。在泉成珠，着壁成绘。一句一字，皆出常境。

——殷璠《河岳英灵集》

王维，字摩诘，号摩诘居士，是唐代著名诗人、画家，祖上世居太原祁（今山西祁县），父亲迁家蒲州（在今山西永济）。他少有才名，15岁远赴长安举试，此后一直在长安和洛阳为仕途奔波。

除了诗歌和绘画，王维在音乐上也是奇才，这使得他的仕途相对顺利。因为多才多艺，王维一到长安，就成为王公贵族游宴的座上宾。王维的音乐和画艺之杰出，都有非常传奇的故事流传。《丹青记》就记载了这样一个故事：

王维曾经为岐王李范画过一幅《巨石图》，远远看去，就像真的巨石一样。一个风雨交加的夜晚，"巨石"不翼而飞，直到六七十年后，高丽使者才把此图归还唐朝。此时已经是唐宪宗时代，宪宗担心"巨石"再度不翼而飞，竟然洒乌鸡血以镇压。

故事可以听听，聊作谈资，但王维绘画技艺高强是确有其事。

110

由于王维在诗、画、音乐上的才艺，因此，他无意识地将作画和音律的感觉融入诗中。因此，对王维又有"诗中有画"的评价。

王维经过九公主的推荐，顺利中进士，开始官宦生涯。但是官场的种种利益妥协和政治权衡，使他非常失望。中年以后，他在做官和隐逸之间徘徊，过着半官半隐的生活。受佛家思想的影响，40多岁时，他在长安东南的蓝田县辋川建造别墅，常与友人诗歌酬和。

▲ 王维画像

也许正是因为这样的生活经历，王维的山水田园诗闲适恬淡，为后人所称道。佛教和隐逸生活的影响，使他的诗歌中充满禅意，创作追求"自然"，而且王维的诗画面感很强，且整首诗歌往往形成一种有韵律的动感，使音乐的节奏、绘画的构图、色彩和诗歌融合，形成后来大家一致称赞的"诗中有画"的佳境。刘士麟在《文致》中说："晁补之云右丞妙于诗，故画意有余。余谓右丞精于画，故诗态转工。"说的就是王维诗画相得益彰之妙。王维的山水田园诗在继承陶渊明、谢灵运的基础上，创造出以画入诗、以禅意入诗的表达手法，情景交融，创造出了或流动空灵或清淡静谧的诗歌意境。比如《汉江临泛》一诗充分展现了王维将构图技巧融入诗歌的能力："楚塞三湘接，荆门九派通。江流天地外，山色有无中。郡邑浮前浦，波澜动远空。襄阳好风日，留醉与山翁。"

开篇四句，诗人勾勒出江汉相汇之地的开阔之气。船行江上，举目远眺，浩浩荡荡的汉水在荆门与长江九派合流，水势浩渺，气魄宏大。江水仿佛从天地之外奔流而来，滔滔不绝，绵延青山隐现在缥缈水汽中，时有时无。从视觉角度而言，遥远辽阔的江面仿佛是从虚无之中突如其来，汹涌澎湃，而近在眼前的却是苍茫的两岸青山。仿佛是一幅着墨不多的水墨画，气韵生动，疏密相间，诗歌平添了一种迷茫、玄远、无可穷尽的意境。诗人将目不可及的景色写入诗中，收茫茫平原于纸端，纳浩荡江水于画边，为整个画面渲染气氛。接着诗人的笔锋"由远及近"，渐渐收拢，描写乘舟的体验，用飘逸灵动的笔法将"舟动波涌"用郡邑的"浮"、天空的"动"转化"动静"，在诗人怡然的笔触中感受风急浪涌、水势磅礴。

这首诗仿佛一幅意境深远的水墨画。整幅画布局高妙，远近相映，形意结合，让人浮想联翩。王维的诗笔，让这幅意境深远的水墨画充满乐观的情绪，让人生出沉醉于山水的熏然。

王维将画法带入诗歌，山水田园诗歌的创作，在状物写情方面，开拓出一种有别于精雕细琢白描式的写意表达，拓宽了诗歌的表达空间，可以让作者和读者共同驰骋想象。作者可以意随笔走，读者则完全可以凭借自己的想象不受约束地纵横在天地之间，驰骋于江海之上。王维这样特殊的笔法，也构建了文学史上"象外之象"的更大的心理空间。

王维的山水田园诗具有含蓄蕴藉、意在笔外的美学风范。诗人抒发的感情以"含蓄""曲意"见长，很多诗作平淡中颇富韵律和禅意。刘熙载曾在《艺概》中说："山之精神写不出，以烟霞写之；春之精神写不出，以草树写之。故诗无气象，则精神亦无所寓矣。"王维诗中状物写景也有这样的特征，景物和人物情感交融，在静动之中展现人的气质、性格、精神，从而使他的诗形神俱佳、气韵生动。

而山川景物的幽静，在王维或雄健或幽深的笔力下，又是另外一番景象。如《鸟鸣涧》："人闲桂花落，夜静春山空。月出惊山鸟，时鸣春涧中。"春深夜半，寂寂山谷，亭亭桂树，徐徐落花，鸟鸣山间，只为月明，宁静而幽美！诗人通过"花落"之声、"月出"之明、"鸟鸣"之远等一系列山谷暗夜中刹那而微小的动态，将"静谧"这种感受实在化、形象化，在动静结合间，烘托出春山月夜的静美。

▲ 王维《辋川图》

斗酒诗百篇 —— 李白

> 昔年有狂客，号尔谪仙人。笔落惊风雨，诗成泣鬼神。声名从此大，汩没一朝伸。文采承殊渥，流传必绝伦。
>
> ——杜甫《寄李十二白二十韵》

"五岁诵六甲，十岁观百家""常横经籍书，制作不倦"的李白是唐代的天才型诗人。后来，父亲将家从碎叶迁居到剑南道绵州昌隆县（今四川江油市）。有唐一代，中国传统道教影响较大，四川更是道教气氛浓郁的地方，青城、峨眉两地道教香火鼎盛。李白深受蜀中道教的影响，在诗中自述"家本紫云山，道风未沦落"（《题嵩山逸人元丹丘山居》），"十五游神仙，仙游未曾歇"（《感兴八首》其五），道教的影响，伴随了他一生。

除道教外，蜀中还赋予了李白一身"任侠"之气，刘全白《唐故翰林学士李君碣记》说他"少任侠，不事产业，名闻京师"。魏颢《李翰林集序》甚至说他"少任侠，手刃数人"。他自己也说："结发未识事，所交尽豪雄，……托身白刃里，杀人红尘中。"在《叙旧赠陆调》诗中他写了自己年少时一次打架事件，大概发生在他第一次来长安的时期。因为被一群长期在长安北门活动的无赖纠缠，李白与陆调两人仗着年少，自己也有一身武艺，同这帮无赖大打出手，后来寡不胜众，还是陆调引来巡逻的人，李白才得救。李白的

114

▲ 李白画像

青少年时代就在隐居、仙游、任侠中度过。

李白有仕途之志，因家庭原因不能参加科举。25岁开始"辞亲远游"。开元十五年（727），27岁的李白结婚，娶妻故相许圉师之孙女，定居安陆。3年后，即开元十八年（730），30岁的李白开始尝试干谒之路，屡次尝试未果。是年夏，李白入长安，寓居终南山，广交朋友，干谒权贵。

这段时间，李白穷困潦倒，信心也遭到了严重的打击。开元二十年（732）夏，李白沿黄河漫游，最后在洛阳落脚。唐玄宗开元二十四年（736），全家迁居山东，"学剑来山东"（《五月东鲁行答汶上翁》）。他游历任城时，与孔巢父等交游，人称"竹溪六逸"。之后，他继续漫游河南、淮南及湘、鄂一带，北登泰山，南至杭州、会稽等地，处处结识名士，诗酒唱和，名动天下。开元年间，他也曾屡次献赋给玄宗，但都没有开启他的仕途之路。

天宝元年（742）秋，李白的干谒之路终于有了结果，在玉真公主的推荐下，唐玄宗下诏征李白入京，惊喜于他的才华，授职翰林。李白仕途的高光时刻，使这位天真的诗人很快遭到其他人的嫉恨。一年以后，谗言四起，"白璧竟何辜？青蝇遂成冤"（《书情赠蔡舍人雄》），"君王虽爱蛾眉好，无奈宫中妒杀人"（《玉壶吟》），这些诗句记录了当时他险恶的处境。天宝三年（744）春，李白被流放还乡。这次任职翰林的时间很短，但对诗人的生活和思想产生了巨大的影响。他开始漫游天下，三次与杜甫相遇，两人抒怀遣兴，借古评今，纵谈天下大势，结下了文学史上传诵千古的友谊。其间，他请天师授道箓完成入道仪式。随着李白对社会局势的深度理解，他对自己不能为国家出力的心情是非常复杂的，有愤怒，"我本不弃世，世人自弃我"（《赠蔡山人》），也有不满、失望，但他依然有一颗建功立业、火热的心。天宝十四年（755），"安史之乱"爆发时，李白隐居于宣城（今属安徽）、庐山一带。至德元年（756）十二月，他怀着除叛乱、渴望统一的心加入永王幕府。后永王独立失败，李白遭牵连下狱，不久长流夜郎（今贵州桐梓一带）。乾元二年（759），李白遇赦时，已经59岁。此后一直寓居江南一带。61岁时，他的爱国之情不减，听说太尉李光弼欲领兵讨伐安史叛军，李白准备北上讨伐，因病返回。62岁时，在当涂县令李阳冰的寓所病逝。在人生的最后几年，李白基本依靠别人的救济生活，个人的生活境况不好，但他

▲ 李白故里

依然有一颗诗心，常与友人唱和。

李白一生所作体裁很多，其中乐府、歌行及绝句成就为最高。

李白的乐府作品留存下来的比较多，风格多样，这些乐府有些是消极的吟唱，如《将进酒》《襄阳歌》；有些是缠绵悱恻的情歌，如《长相思》；有些是想象奇特的游仙诗，如《怀仙歌》；有些是沉痛的怀古诗，如《战城南》；有些又类似于民歌，如《长干行》；有些书写个人的离情别绪，如《客中行》《静夜思》《赠汪伦》《金陵酒肆留别》。李白将乐府发扬光大，有继承又有创新，挖掘了传统乐府的深意。乐府起源于民间，但南北朝以来，受绮丽文风影响，文人乐府丢失了风趣和灵动的一面。而李白的"大雅"观和诗歌复古思想，使他乐于用乐府来创作，他大胆地精练词语，吸收民歌风格，加深立意，使乐府展示出新的风貌。

李白的绝句仿佛随意而出，自然飘逸，颇多神来之笔，能以简洁明快的语言表达出无尽的情思。这些绝句标记了李白性格中爽朗的部分，容纳他自由自适、赤子之心的气质，因此，带有自然清新、俊逸洒脱的意境。如《陪族叔刑部侍郎晔及中书贾舍人至游洞庭五首》其二："南湖秋水夜无烟，耐可乘流直上天。且就洞庭赊月色，将船买酒白云边。"通过水、月、白云的描写，塑造了一个清澈、透亮的月色世界，而李白在诗中表现出的天马行空式想象力，将世界描写得奇妙而浪漫。李白身上保留着纯真的赤子之情，使他很容易融入自然，在写景抒情时，保留一种稚子的好奇和对世界的想象力。如：

日照香炉生紫烟，遥看瀑布挂前川。飞流直下三千尺，疑是银河落九天。(《望庐山瀑布》)

天门中断楚江开，碧水东流至此回。两岸青山相对出，孤帆一片日边来。(《望天门山》)

朝辞白帝彩云间，千里江陵一日还。两岸猿声啼不住，轻舟已过万重山。(《早发白帝城》)

故人西辞黄鹤楼，烟花三月下扬州。孤帆远影碧空尽，惟见长江天际流。(《黄鹤楼送孟浩然之广陵》)

总之，李白是一个时代的骄傲，是盛唐的歌唱者、伟大的浪漫主义诗人。他的诗歌以豪迈的气质、奇绝的想象和夸张将文学的浪漫气质表达得淋漓尽致，塑造了盛唐刚健雄奇、自然清新的诗歌趋势。李白对后世有着超凡的影响力，诗中表达的"天生我材必有用"的自信，"安能摧眉折腰事权贵"的傲骨，那"戏万乘若僚友，视同列如草芥"的凛冽，那自然随意、奇绝想象，不断吸引着后来人。李白一生的创作，基本是以才力运笔，凭气质行文，他的诗歌创作无迹可寻，没有规律可以学习。在中国诗歌史上，李白是一座不可能被翻越的高峰，有着不可替代的不朽地位。

漂泊一生，忧民一世 —— 杜甫

史家只载一时事迹，诗家直显一时气运。诗之妙正在史笔
不到处。

—— 浦起龙《读杜心解》

铺陈终始，排比声韵，大或千言，次犹数百。

—— 元稹

"背郭堂成荫白茅，缘江路熟俯青郊。桤林碍日吟风叶，笼竹
和烟滴露梢。暂止飞乌将数子，频来语燕定新巢。旁人错比扬雄宅，
懒惰无心作《解嘲》。"诗人描写了自己的居所，饱含喜悦之情，字
里行间自然流露出一种闲适，毕竟之前已经居无定所四年。这就是
杜甫最后安居之地 —— 中国文学史的圣地"杜甫草堂"。

杜甫，字子美，祖上河南巩县人，杜甫的家族颇有历史，他的
13世祖是晋代名将名儒杜预，祖父杜审言名满初唐文坛，其父亲杜
闲为兖州司马、奉天县令，母亲出身儒学世家。因此，杜甫自小接
受儒家文化熏陶，有仕途立身的志向。

杜甫从小读书用功，很早就有才名，少年时，游历吴越，曾在
洛阳参加科举考试。游历时光中，他既增长了见识、认识了社会，
也结识了众多好友，还进行了干谒和拜访权贵的行为，为进入仕途

做准备。李白和高适就是他在这段时间结识的，三人曾携手同游，谈诗论道，结下深厚的友谊。创作于这一时期的《望岳》和《画鹰》，朝气蓬勃，乐观自信，流露出少年不凡的抱负。

▲ 杜甫画像

天宝六年（747），杜甫响应君王号召，到长安参加选拔考试，他满腹豪情，准备一展抱负，但现实很快显示出了残酷的一面，李林甫手握重权，导演了一场“野无遗贤”的闹剧。杜甫开始了长达10年的干谒投赠之旅，费尽周折，才当上了管理军械库房的小官。寓居长安的10年，杜甫看尽了权贵的奢靡与社会危机。在此期间，杜甫写了百余首诗歌，其中《兵车行》《丽人行》《前出塞》《后出塞》《自京赴奉先县咏怀五百字》等杰作，真实反映了“安史之乱”前夕的社会心理和社会现实，展示了盛世掩盖下的危机四伏的国家现状，也因此奠定了杜甫的现实主义的写作方向。

“安史之乱”爆发，天下大乱。杜甫举家逃亡，从长安而奉先，基本沿着玄宗的出逃路线，最后到达蜀中结束逃亡。这段逃亡之路，让杜甫亲眼见证了兵祸、人民生活的困苦，使他的思想发生了巨大的变化。长安、洛阳虽然得到了收复，但是安史叛军依然猖狂，双方交战激烈。唐军随时征兵补充缺少的兵源，百姓深受其苦。杜甫在逃亡路上经过一处村庄——石壕村（在今河南陕县东南），时间太晚了，他只好找到人家借住，农夫一家只剩下了老夫妇两人。就在

那天半夜，他正迷迷糊糊之间，忽然传来一阵粗暴的敲门声。杜甫在屋里听见，农夫立刻翻墙跑了，农妇则边应答，边去开门。敲门的是为官府抓壮丁的官差，他们行动粗暴，威严逼迫："家里的男人都在哪儿？"老妇边哭边说："三个孩子都去打仗了，前几天接到来信，两个兄弟都已经战死了。家里现在还剩一个媳妇和吃奶的孙子，已经没有其他壮年劳力了。"差役还是不依不饶，农妇哀求很久，差役依然不罢休。农妇实在没有办法，只好让差役带走自己去军营做苦役。天亮时，杜甫只能向农夫一人告别。

杜甫的心情久久不能平静，用一首诗歌记录了当时的情景，这就是《石壕吏》。这部作品是现实主义题材的典范之作，在艺术表现上，这首诗最突出的一点则是精练。以叙事铺陈到底，没有抒情，但句句含情，没有议论，但句句含讽，诗人将自己的爱憎、感叹、悲痛全都渗入"有吏夜捉人"这一突发事件中。通过细节塑造了农夫和农妇的形象，情节感人，就像一幕正在上演的话剧，人物举止、情貌跃然纸上。

杜甫滞留华州期间，前后以相同的题材创作了六首诗歌，就是我们今天看到的"三吏三别"：《石壕吏》《潼关吏》《新安吏》《新婚别》《垂老别》《无家别》。这前无古人后无来者的"三吏三别"中，杜甫以沉痛的心情，用"实录"精神创作了有"诗史"之称的作品，真实反映了战乱给人民带来的痛苦：百姓经受着叛军和官府的双重压迫，还要被迫承担保家卫国的责任。此后，杜甫一直坚持这样的创作情怀，漂泊西南时，杜甫以满腔忧民的情怀继续现实主义创作，描述了"安史之乱"中人民的生活，展示了更广阔、更完整的历史面貌，用文学的笔，补充了正史的细节。

杜甫是唐朝转折时代造就的伟大诗人。他以一颗忧国忧民的心，饱含热情关注社会现实，以一颗"史学家"之心，用文学家"之笔"表达了动乱时代的精神风貌和社会面貌。在诗歌艺术手法上，他转易多师，元稹说："至于子美，盖所谓上薄风骚，下该沈、宋，古傍苏、李，气夺曹、刘，掩颜、谢之孤高，杂徐、庾之流丽，尽得古今之体势，而兼昔人之所独专矣。使仲尼考锻其旨要，尚不知贵，其多乎哉？苟以为能所不能，无可不可，则诗人以来，未有如子美者。"所以他兼采各家之长，使诗歌艺术进入了一个新的时代，也树立了新的诗歌典范，因而杜甫被尊为"诗圣"。

一篇《长恨》有风情 —— 白居易

乐天少年知读佛书，习禅定，既涉世，履忧患，胸中了然，照诸幻之空也。

—— 苏辙

禁省、观寺、邮候墙壁之上无不书，王公、妾妇、牛童、马走之口无不道；至于缮写模勒炫卖于市井，或持之以交酒茗者，处处皆是。

—— 元稹

白居易"幼聪慧绝人，襟怀宏放"，"五六岁便学为诗，九岁谙识声韵；十五六……苦节读书，二十已来，昼课赋，夜课书，间又课诗……以至于口舌成疮，手肘成胝"。16岁，白居易离家到京师长安，揣诗去干谒名士顾况，顾况非常欣赏他的才华。

顾况知道他的名字后，还开了个玩笑："长安米贵，居恐不易。"后来读到"野火烧不尽，春风吹又生"时，才惊觉白居易文采之好。这首《赋得古原草送别》，白居易确实显露了自己的才华。

白居易一生仕途通达，是唐朝诗人中，难得的仕途顺畅之人，28岁乡试，29岁时，中进士，31岁时，试书判拔萃科，开始与元稹结交，由此创造了中唐文坛的"元白唱和"。36岁，授翰林学士，娶杨虞卿的妹妹为妻，元和三年（808）拜左拾遗。这段时间，白居易十分关注国家大事，体察民情，多次上书言政。特别在左拾遗任上，他感激皇帝的赏识，多次上书言事，不仅"有阙必规，有违必谏，朝廷得失无不察，天下利病无不言"，而且"启奏之外，有可以救济人病，裨补时阙而难于指言者，辄咏

▲ 白居易画像

歌之"，写有以《秦中吟》《新乐府》为代表的反映社会现实的诗歌，希望以此补察时政。

元和九年（814），白居易先被授官太子左赞善大夫，后因上疏请言"刺武元衡者"，被当时的宰相认为越权言事，先贬刺史，后又遭谗言，再贬为江州司马。屡遭贬谪，对白居易的思想影响甚大，为了不再遭是非，"不复愕愕直言""世事从今口不言"。江州的生活，主要的活动就是游历山水，他开始学习陶渊明，沉浸佛教，排遣自己抑郁的心情。后来虽然调回长安，但白居易的仕途之心变淡，开始做起了隐逸官员。

白居易的诗歌创作不仅在唐朝境内流传甚广，还在当时就远播国外，日本嵯峨天皇非常喜欢，经常吟诵；曾有鸡林（新罗国）商人重金求购。有诗以来，白居易是第一个在当时就有作品流传国外的作者。《长恨歌》是白居易的代表性著作，可能和白居易的文学追求有些差异，但诗歌本身确实代表了中国古代叙事诗的最高水准。相传，长安的歌伎如果能吟咏《长恨歌》，会风光一时。

124

　　《长恨歌》是一首长篇叙事诗，也是一曲爱情毁灭的悲歌，是中国古代第一次无意识贬斥"红颜祸水"论的歌曲。白居易作《长恨歌》，其意"不但感其事，亦欲惩尤物，窒乱阶，垂于将来"。诗歌本质上是在反思"安史之乱"的成因，全篇诗歌的主题是"长恨"，分三部分来表达这个主题：开篇至"惊破《霓裳羽衣曲》"是第一部分，叙述了唐玄宗因色起意，得到杨氏后，沉迷于酒色之中，疏于朝政，用32句的篇幅反复描写，体现了汉皇的荒唐生活，最终导致了政治决策的失误，终于酿成了"渔阳鼙鼓动地来"的"安史之乱"。这是整个悲惨历史的开始，是这个"爱情"故事的开始，也是"长恨"的内因。

　　第二部分从"九重城阙烟尘生"到"魂魄不曾来入梦"，具体描写了"安史之乱"后，玄宗一行仓皇出逃，杨妃在马嵬被"六军"逼杀，以及唐玄宗对她的思念。"宛转蛾眉马前死"是"长恨"悲剧的核心情节。而杨妃去世后，诗人用许多笔墨从各个方面反复渲染唐玄宗对杨贵妃的思念。诗人用空间改变和时间的流逝，来描写人物的思想感情。这段文字动人心弦，读者随着作者笔调沉浸在唐玄宗的思念中。

　　从"临邛道士鸿都客"到结尾为第三部分，写汉皇终究难敌思念之情，希望借道士之手找到杨氏。诗人运用浪漫主义表现手法，上天入地，描情拟状，杨妃含情脉脉、托物寄词、重申前誓，与前文唐玄宗的思念对应，最后以双方共誓"比翼鸟""连理枝"，进一步深化"长恨"的主题。诗歌的末尾，用"天长地久有时尽，此恨绵绵无绝期"结笔，点明题旨，斯人已去，终无回头，这一场相见只是满足了双方和读者的心愿，回应开头，颇有余音袅袅之感，给读者留下回味的空间。

　　这部文学作品最精妙的地方是将对爱情的赞美和讽喻时政结合起来。大家读诗的时候应该都能感受到，诗人在描述这种缠绵悱恻的爱情时，也写出了君王之爱的可怕之处。全诗上下，很难有单独一句直接讽喻，几乎每句诗歌都在描写李、杨的爱情，但读来却让人深思这种爱带来的恶劣后果，甚至一句诗、一个词语都有两个方面的解释，例如："缓歌慢舞凝丝竹，尽日君王看不足"，我们可以看出李、杨爱情浓烈，但我们又不得不去深思，一个君王如果这样度过一天，那么朝堂之事又在何时处理？我们也必定想到，正是李、杨两人过于专注享受爱情，而招致后来的"渔阳鼙鼓动地来"和杨玉环的"宛转蛾眉马前死"。李隆基虽然对杨妃诸多不舍，但一个逃亡的君主又怎么面对护驾的"六军"？当君王想起来振作时，显然这时的他已经"以天下之王，不能庇一弱女"，而导致"安史之乱"的直接诱因，"蛾眉"显然是一个微弱的力量，必然被代表着正义的"六军"消灭。李隆基夹在两方之间，有痛彻心扉的"无奈何"之感。这里没有单纯的善与恶的冲突，有的只是两种同样有价值的东西的交锋。

　　可以说，读完《长恨歌》确实有一种无可奈何的伤感，但作品通过第三部分的描写，将玄宗和杨玉环两人之间爱的坚贞表现得淋漓尽致。正是作者对李、杨对爱情坚贞执着的追求的描写和"天长地久有时尽"的感叹，使得这种无可奈何更加深沉悲哀，使单纯的感伤上升到一个新的境界。诗人笔锋把悲剧故事的情节推向高潮，使故事更加回环曲折，有起伏，有波澜。

楚雨含情皆有托 —— 李商隐

柳枝的名字出现在李商隐写于开成元年（836）的一组诗（《柳枝五首》）中。他还为这组诗写了一个长长的序言，讲述了柳枝的故事：她是一个洛阳富商的女儿，活泼可爱，开朗大方，在一个偶然的机会听到李商隐的诗（《燕台诗》），心生爱慕，于是主动与他约会。但李商隐失约了。他后来得知，柳枝被一个有权势的人收为妾。两人再也没有见过面，如果不是李商隐杜撰，这一段没有结果的感情很可能就是他的初恋。

人们都说，诗人的心是善感的，那么我们可以这样说，李商隐是诗人中特别善感的一个。

李商隐年少之时，就有一颗敏感的追求美的诗心，他的初恋就是在这一懵懂时期出现的。繁华的洛阳，百花盛开，暖风醉人，才华横溢的少年，清新纯洁的少女，这是多美的相遇。李商隐用了一种极有诗意的方式俘获了少女的芳心。

李商隐让堂兄李让山在少女柳枝家的院墙外朗诵自己的作品《燕台诗》，借着一腔诗才打动了多才多艺的柳枝的芳心，他们相约见面，以三日为期，但最后因误会错过。双方的失望和遗憾可想而知。就在同一年，柳枝入镇守东都的大官之府。在伤心和同情之中，诗人写下了五首小诗和序即《柳枝词》，来表达自己的怀念之情。

李商隐是晚唐乃至整个唐代，为数不多的刻意追求诗美的诗人。

擅长诗歌写作，骈文文学价值颇高。其诗构思新奇，风格秾丽，尤其是一些爱情诗和无题诗写得缠绵悱恻、优美动人，广为传诵。但部分诗歌（以《锦瑟》为代表）过于隐晦迷离，难于索解，至有"诗家总爱西昆好，独恨无人作郑笺"之说。

李商隐在政治上因为"牛李党争"不能得到重用，而生活中也和爱人长期分居两地，这让这个善感的诗人总是处在一种感伤抑郁中。年轻时，李商隐因才名受到天平军节度使令狐楚的赏识，成为令狐门人，但又被泾原节度使王茂元招为女婿，显然，这使得李商隐一生都要在朋党之争的夹缝中求生存。他不属于任何一派，但又被两派视为"背叛者"，备受压抑，死时年仅46岁。

李商隐一生创作了600多首诗歌。因《无题》诗享誉文学史，也代表着他诗歌创作的最高成就。所谓无题，其实就是没有具体主题，指向不明，作者表达的思想和感情都比较朦胧。《锦瑟》《碧城》等，也属无题诗一类。这类"指向不明"的诗歌有70余首，大多数的内容均为男女情爱的题材，语言精工、意境深邃、隐秘朦胧，诗歌塑造的形象优美。有的诗歌没有具体指向，只能感受到有所寄托，而这些隐约暧昧的诗歌，就像一个黑洞，吸引着后世万千读者，探究诗歌的指向，长盛不衰。

其中《锦瑟》就是一首传诵千古而又被历代注家争论不休的"朦胧"诗。1000多年来，大家对这首诗歌的内涵众说纷纭，各执一词。有人觉得是为人而作，为一名叫锦瑟的侍婢而作；有人觉得是一首咏物诗，歌咏瑟声的音乐意境；有人认为是悼亡诗，悼念亡妻的；有人觉得是感怀诗，感叹唐朝之颓败。其实，较为准确的解释，应该是此篇乃自伤寄托之词。

诗歌的创作时间大约在李商隐病逝之前，类似于绝笔诗，具体时间为大中十二年（858），诗人46岁。结合李商隐一生的经历来读这首诗歌：回首青春，感伤不幸遭遇，寄托诗人情怀。诗人一生失意，仕途失败，爱人不能相守，对自己一生的不解和遗憾苦闷之情，都包含在诗中"锦瑟"形象之中。

> 锦瑟无端五十弦，一弦一柱思华年。庄生晓梦迷蝴蝶，望帝春心托杜鹃。

> 沧海月明珠有泪，蓝田日暖玉生烟。此情可待成追忆，只是当时已惘然！

开头两句，由锦瑟起兴，比喻自己短暂波折的一生，引发青春年华的回忆。古瑟那么多的弦，声声拨动中，阵阵悲伤袭来。"无端"二字写出作者的疑惑和愤懑，为什么寸功未建，却岁月已老。诗人一生最重要的两件事：一是夹在牛、李党争中无法脱身，由此导致有志难伸，终生未成大器；二是与爱人分离两地，情感曲折，心灰意冷。诗人懊恼政治选择的失败，又遭遇爱情的打击，人生苦难颇多，开启了对人生的总结。首联总起，引领下文，以下都是追忆美好的青春。

颔颈二联，连用四个典故，庄周梦蝶、望帝杜鹃、沧海鲛泪、蓝田日暖写华年之思。以传说中的形象，创造出一种可意会不可言传的境界，用象征隐喻的手法，从不同的侧面感慨自己的身世。

采用比兴手法，运用联想与想象，把听觉的感受，转化为视觉形象，以片段意象的组合，创造朦胧的境界，从而借助可视可感的诗歌形象来传达其真挚浓烈而又幽约深曲的深思。全诗辞藻华美，含蓄深沉，情真意长，感人至深。

第三句用《庄子·齐物论》中庄生梦蝶的故事，塑造一种不知身处何方的迷茫、无措，隐喻自己深陷牛、李两党的政治斗争的旋涡，身不由己、自我怀疑的一生；第四句用《华阳国志》中蜀王望帝死后魂化为杜鹃，暮春时节悲啼不止直至出血的故事，包含着一种苦追无果的痛苦和悲愤。

李商隐借寓言和神话，表达自己一生总是在失意和无措中追求，不管是政治和爱情，这满腹的不甘、忧愤、痛苦只能通过望帝杜鹃之口宣泄。

第五句又用《博物志》里鲛人泣泪成珠的故事，第六句虽不知出自何典，但中唐人戴叔伦曾以"蓝田日暖良玉生烟"，形容可望而不可即的诗景。这两句，体现了诗人在长期的迷茫和执着之后，那种孤寂落寞，满腔热血和抱负无法实现、无法诉说的情感，诗人的内心深处无比寂寞和空虚，无论早年有多少美好的愿望，就像传说中的鲛珠一样，终究只能成为传说。

尾联总结全篇，上承五、六句的美好，下启遗憾心情，情味婉曲，深挚哀痛，这么多感伤和怅恨、热爱和执着，都化为泡影幻灭。回头来看，都只能成为记忆，在迷惘中缅怀。痛定思痛，不堪回首。

这就是诗人李商隐的一生，是自己总结的一生。

情致豪迈，轻倩秀艳 —— 杜牧

刻意伤春复伤别，人间唯有杜司勋。

——李商隐《杜司勋》

杜牧之与韩柳元白同时，而文不同韩柳，诗不同元白，复能于四家外，诗文皆别成一家，可云特立独行之士矣。

——洪亮吉《北江诗话》

杜牧一生称得上风流才子。他及进士第后，去湖州游览，当时的地方官是他的好朋友，深知他的兴趣所在，安排了很多歌伎任他挑选，结果没有一个能入杜牧的眼。他还到大街上寻找，也没有看到中意的。眼看日已近暮，忽然看到一个10多岁的小姑娘，惊为天人，立刻上前向伴着小姑娘的老婆婆求亲，双方以10年为期。14年后杜牧成为刺史，履行约定时发现，小姑娘已经嫁人生子了。为此，他还感叹"狂风落尽深红色，绿叶成荫子满枝"。

杜牧在扬州做节度使书记的时候，经常是白天办公，晚上寻欢。这使得他了解歌伎的命运，十分同情她们的命运，有一些这方面的唱和，如《遣怀》和《赠别二首》。

杜牧之所以成为"风流才子"，除了他个人的性情之外，当时的政治环境和他的身世也是影响他做出这种选择的原因。

　　杜牧出生于唐德宗贞元十九年（803），他生活的时代，唐王朝早不复当年繁荣，中央和地方藩镇争权，牛李党争严重，社会现实残酷。作为一个有政治想法的诗人，杜牧的文学创作和政治生涯不可能不受到影响。

　　杜牧出身名门，祖父杜佑官至宰相，家学渊源，少有才名。这样的家庭氛围，影响了杜牧很早就关注国家大事，确立了自己

▲ 杜牧画像

的政治抱负，因此，他苦学治国之策；又因当时中央和地方互有征战，他也关心兵事，专门研究过孙子，写过许多策论咨文。

　　杜牧26岁参加进士考试，曾用《阿房宫赋》做压卷干谒太学博士，太学博士读完当即赞道"真乃君王辅佐之才"。《阿房宫赋》也成为有唐一代最有名的赋。金圣叹评论道："穷奇极丽，至矣尽矣！却是一篇最清出文字。文章至此，心枯血竭矣。逐字细读之！"杜牧作《阿房宫赋》因"宝历（唐敬宗年号）大起宫室，广声色"，故"假借秦事以讽之"。文章通过对阿房宫兴建及其毁灭的描写，生动形象地揭露了秦始皇穷奢极欲的生活，总结了秦朝统治者亡国的原因，用以警告唐朝统治者，展现了诗人忧国忧民的情怀。

　　诗人全凭想象，用比喻、夸张等手法，用描写、铺排、议论等方式，从各个角度，层次分明地展现了秦始皇之荒淫：雄伟恢宏的宫殿，充盈后宫的歌伎、宫女，奇珍异宝之繁多，宫女所费之靡。通过作者的妙笔神思，处处展现出这种奢靡背后所掩盖的罪恶、剥削，

作者描述的艺术形象虽然是豪华富丽的阿房宫，但其笔触写出了不施仁爱的思想。重重笔墨中，不难发现，作者对于禁锢深宫的宫女的同情，以及对她们生存状况的愤懑之情。在中央集权的统治下，宫女问题从没有被人关注，它是一个重大的社会问题，宫女是中国妇女悲惨命运的一个重要体现；白居易也曾以"怨女三千放出宫"为宫女呼号。《阿房宫赋》体现了作者强烈的感情偏向，给统治者提出警示的同时，对宫女的同情之情，也表现出了作者进步的政治立场。杜牧因为历史的局限没有找到真正的原因，但是他敢于把一切的矛头对准统治阶级、对准皇帝，具有强烈的反抗意识和现实主义精神。全篇骈散结合，错落有致，行文自然流畅而富有韵律；语言艺术上，又颇为精练，工整富丽，不尚雕琢。末段文字，将叙事、议论、抒情熔于一炉，议论精辟、语言生动、气势雄健、风格豪放，没有汉赋用语晦涩、结构板正的弊病，在晚唐大片四六句式中，难能可贵。

杜牧的文学创作有多方面的成就，诗、赋、古文均擅长，喜老庄道学。杜牧主张凡为文以意为主，以气为辅，以辞采章句为之兵卫，对作品内容与形式的关系有比较正确的理解，并能吸收、融会前人的长处，以形成自己特殊的风貌。杜牧的古体诗受杜甫、韩愈的影响，题材广阔，笔力峭健。他的近体诗则以文辞清丽、情韵跌宕见长。七律《早雁》用比兴托物的手法，对遭受回纥侵扰而流离失所的北方边塞人民表示怀念，婉曲而有余味。《九日齐山登高》以豪放的笔调写自己旷达的胸怀，而又寓有深沉的悲慨。晚唐诗歌总的趋向是藻绘绮密，杜牧受时代风气影响，也有注重辞采的一面。这种重辞采的共同倾向和他个人"雄姿英发"的特色相结合，风华流美而又神韵疏朗，气势豪宕而又精致婉约。

真正使杜牧蜚声文坛的作品，是他的绝句，尤其是咏史诗。杜牧善写"翻案之作"。如《赤壁》《题乌江亭》等阐述作者独到见解、富含哲理、被誉为"二十八字史论"的咏史诗既是史又是诗,"用意隐然"。从这些诗歌中,可以看出作者指点江山、品评历史的勃勃才气,折射出作者独立的思想。如《赤壁》:"折戟沉沙铁未销,自将磨洗认前朝。东风不与周郎便,铜雀春深锁二乔。"杜牧嘲笑周瑜成功的侥幸,以讽刺表达自己胸中的不得重用的郁闷之气!他在诗中预设了一种情况,假如没用东风,东吴就是灭国的结局,乃暗示自己有这样的军事才能,却不能得到施展,托古讽今,以纾解心中不平之气,颇似阮籍"时无英雄,遂使竖子成名"那样的感叹,自信心爆棚,有一种勃勃生气凛然而来。又如《题乌江亭》:"胜败兵家事不期,包羞忍耻是男儿。江东子弟多才俊,卷土重来未可知。"此诗一面讽刺当朝统治者面对局势束手无策的现状,但更重要的是惋惜项羽的灰心丧气、自走绝路,表现了诗人自己的非凡气度以及百折不挠的精神,以议论入诗,体现杜牧俊爽的风格。另一种咏史七绝完全是借着咏史,警诫嘲讽唐王朝统治者。如《过华清宫绝句三首》其一:"长安回望绣成堆,山顶千门次第开。一骑红尘妃子笑,无人知是荔枝来。"诗人既不正面描写唐王和杨妃的荒淫,也不直白批判和揭露,仅仅截取生活中的"妃子笑"一个片段,无情的揭露、深刻的讽刺、尖锐的批判已然囊括其中,真可谓"不着一字,尽得风流"。

"诗豪"——刘禹锡

梦得佳作多在朗、连、夔、和时。

——《围炉诗话》

元和以后，诗人之全集可观者数家，当以刘禹锡为第一。其诗入选及人所脍炙不下百首矣。

——杨慎《升庵诗话》

刘禹锡（772—842），字梦得，洛阳人。世代官僚，"父讳绪，亦以儒学，大宝末应进士"。"臣家本儒素"，家学渊源，很小就开始学习儒家经典，所以他"少年负志气，信道不从时"，因为与柳宗元同时及进士第，又有共同的理想，他们结下了深厚的友谊。

刘禹锡是一个有强烈社会责任感的传统文人，34岁时参加了"永贞革新"。王叔文"尝称其有宰相器"，喜欢他的诗文和品格，又都有锐意进取的雄心壮志，于是他二人与柳宗元等一起成为倡导革新的核心人物。这段时间，刘禹锡的政治热情极为高涨，革新派也提出了不少具有进步意义的措施，但这些措施触犯了藩镇、宦官和大官僚们的利益，几种势力相互勾结发动宫廷政变，迫使顺宗退位，革新运动很快失败。作为核心人物的刘禹锡被贬至朗州达10余年。"巴山楚水凄凉地，二十三年弃置身"，正是他人生的真实写照。

刘禹锡是我国诗人中最为特立的一个，他多次被贬，但永远斗志昂扬，用自己的诗笔回击了宦官权贵们的政治倾轧。刘禹锡贬官朗州的10年，为他的创作提供了大量题材。为了表达自己被打压的不平、愤怒，他运用寓言表达自己的情感，一方面可以远离祸端，另一方面也可以更直接地揭示人的本质，反映社会的黑暗现状，所以寓言诗也成为刘禹锡作品的一

▲ 刘禹锡雕像

大特色。因为身历变革，他对当时的社会矛盾和诸多弊端认识深刻，使得他的寓言诗充满政治色彩。刘禹锡的诗，就像他的人一样，饶有豪猛之气，真正给人一种积极向上、永不妥协的精神力量。

刘禹锡的寓言诗有的是揭露朝廷弊端，如《养鸷词》《调瑟词》；有的为痛击政敌的，如《聚蚊谣》《百舌吟》《飞鸢操》；有的又表现作者自己的哲学思考，如《有獭吟》。在永贞革新前的作品中，《养鸷词》比较出名。刘禹锡用这首诗表达自己对藩镇割据的不满和讽刺，表达了希望朝廷能抑制藩镇的政治主张。在首联，刘禹锡通过写养鸷，表达自己对于军队控制权的看法："养鸷非玩形，所资击鲜力。"说明了军队培养是为了上阵杀敌、安邦定国。然而中央政府却只知道养兵，不知训练之道，"旦暮有余食"。但藩镇呢，有权有地有钱，还有独立的兵权，这让缺乏训练的中央军怎么跟藩镇抗衡？诗中"饮啄既已盈，安能劳羽翼"，不正是那些不服从中央调遣的藩镇军阀的形象吗？而那个不懂养鸟的少年不正是唐王朝中央政府的形象吗？

"二王八司马"事件使刘禹锡彻底地看清了统治阶层、保守势力的嘴脸，他愤怒、不敢相信、失望，但他没有消沉，而是奋起反击。

他的《聚蚊谣》，以辛辣痛快的笔触讽刺了保守势力，以群蚊形象为喻，对宦官和藩镇的丑恶嘴脸进行了重点刻画。他们为了利益相互勾结，就像一群吸血的蚊子一样，"利嘴迎人看不得"，为了自己的利益，时刻等待，成为祸国殃民的黑暗势力。他们虽然猖狂，"我躯七尺尔如芒，我孤尔众能我伤""天生有时不可遏"，但一定不能长久，他们最终逃不过既定的命运，必将消失于天地之间："清商一来秋日晓，羞尔微形饲丹鸟"，笔触尖刻、辛辣，预示了守旧派必将失败的未来。

刘禹锡不仅在讽喻诗领域有新的突破，同时他积极吸收民歌的优点，在内容上，多描写巴蜀之地的独特风情；在艺术上，则主动吸收民歌自然明快的特点和丰富的表现手法。他在夔州创作的《竹枝词》《浪淘沙词》等民歌体乐府诗，在形式上有创新，其取材的选择也贴近生活，思想朴素，有一种清新爽朗的气质。这些歌谣体小诗抒写得优美自然、形象生动、感情真挚而又含蓄。如《竹枝词二首》其一："杨柳青青江水平，闻郎江上唱歌声。东边日出西边雨，道是无晴却有晴。"这首民歌为后世称道，节奏明快，像俚歌一样上口。正是杨柳发青的时节，青年男女恰在此时邂逅，男子好像无意中一样哼唱起小调，传达着自己的浓情蜜意，拨动女子的心弦，女子最初还有些怀疑，"道是无晴却有晴"用谐音双关的手法表达了女子矛盾的心情，以"无晴"谐"无情"，以"有晴"谐"有情"，把自然景物和心情联系起来，形成一种奇妙的、耐人寻味的意境，使得男女双方互吐爱意的过程，委婉含蓄而富有情致。

刘禹锡的民歌体有别于普通民歌，又区别于文人创作，在中唐诗坛上独树一帜，对后世影响很大，堪称诗史上一大创举。翁方纲说刘禹锡："以《竹枝》歌谣之调，而造老杜诗史之地位。"

元和中兴，文章复古 —— 古文运动

> 文之作，上所以发扬道德，正性命之纪；次所以裁成典礼，
> 厚人伦之义；又所以昭显义类，立天下之中。
>
> —— 梁肃《补阙李君前集序》

所谓古文运动，指的是唐宋古文运动，从唐代中期开始一直延续到宋朝，以提倡古文、反对骈文为特点的文体改革运动。因涉及文学的思想内容改革，所以兼有思想运动和社会运动的性质。古文运动针对的是六朝以来讲求声律及辞藻、排偶的骈文，反对用语秾丽、过于雕琢和辞藻堆砌的文学创作。

什么是"古文"？所谓"古文"，就是指先秦两汉盛行的散文，以质朴自然、散行单句为特点。中国古代散文创作的第一个高峰是春秋战国时期，随着诸子百家发扬观点的需要而发展起来，涌现出了孟子、荀子、韩非子等一大批不朽的散文家，他们的散文创作技巧为后世提供了标杆。秦汉时期，是散文创作的第二个高峰。但是随着汉代赋的发展，文辞的发展进一步工整化。句式工整、辞藻华美的骈文日益受到作家的追捧。骈文对声律、句式的要求，丰富和发展了散文技巧，对散文的发展产生过有益的影响。但是，对音律的追求，使得创作走向了极端，只追求形式而忽略了散文的本质内容，"四六"文充斥文坛，浮艳纤巧、空虚贫乏的作品比比皆是。这

一潮流影响到初唐、盛唐时期，极大地限制了散文的继续发展。

骈文兴起、古文中衰的同时，复古运动也开始酝酿。古文运动风云际会，与事者的文学追求颇有差异；但是在对抗六朝之文道分离，以及摒斥骈文之浮华靡丽这一点上，各家还是达成了共识。

古文的落寞，引起了有识之士的注意，复古运动早在隋朝就有人提倡。隋文帝倡导摒黜浮华，李谔上书请求革正文体，大儒王通积极响应，提出"文章贯道"的思想。但这一切未能抵御住社会的流行，骈体文依然畅行不衰，几百年间形成的审美不是一朝一夕可以改变的，而且倡导革新的几位不能为人们提供一种新的写作规范和可以广泛流传的杰出著作。所以隋朝人进行的有心无力的改革局面，是需要唐人直接面对的。如果没有办法创作一种既实用又具有美感的新文体，或者没有一篇以这种新文体创作的名作，那么所谓"革五代之徐习"只能沦为一句口号。

唐初最著名的改革人物是陈子昂，他大张"复古"旗帜，提出了"风雅兴寄"和"汉魏风骨"的光辉传统作为创作的先驱榜样，在初唐文坛，他用实际行动进行诗歌创作内容上的革新，同时，也尝试进行文体革新。他的《谏政理书》《谏雅州讨生羌书》都是散体名篇。其后，萧颖士、李华等继起，提出取法三代两汉的主张，为韩柳古文运动做了思想准备。从作品脉络来说，王维的《山中与裴秀才迪书》、元结的《右溪记》等，代表着作家队伍的创作开始进入由骈入散的时代。但是这只是个别有觉悟的作家自发的尝试，并没有形成左右文坛的力量，也不足以撼动骈文的主流地位。

直到中唐，经"安史之乱"，社会思想受到了一定冲击。贞元以后，社会重回安定，经济有所发展，出现了"中兴"的希望，这样韩愈等人倡导古文运动的时机也就成熟了，开启了古文运动的高潮。

韩愈、柳宗元倡导古文是为了推行古道，复兴儒学。韩愈说，"学古道则欲兼通其辞；通其辞者，本志乎古道者也"（《题欧阳生哀辞后》）。所以，他们的古文理论都把明道放在首位，不过韩愈更注重儒家的仁义和道统，而柳宗元则主张"以辅时及物为道"（《答吴武陵论〈非国语〉书》）。他们提出"载道""明道"的基本理论，主张文与道合，道是内容，文是形式；道是目的，文是手段，文应当为道服务。

对于古文运动来说，韩、柳二人对古文的倡导或者关于把"道"放在首位的提议，都不及两人别开生面的古文，因为它"使一世之人新耳目而拓心胸，见异思迁而复见贤思齐"。

两人创作的散文，在提倡和引导创作上厥功至伟。

他们也主张文体革新。这其中有四个层次：其一是反对骈文"眩耀为文，琐碎排偶。抽黄对白，喁哗飞走。骈四俪六，锦心绣口"。其二是学习目标，主张"非三代两汉之书不敢观"，他们不拘泥于学习某一家，不仅重视经史，也吸收屈原、司马相如、扬雄等人的艺术成就，吸取精华，丰富自己的写作。他们看中创新，反对模仿因袭。其三，他们在重视道的前提下，也重视"文"的作用："言而不文则泥，然则文者固不可少耶。"并提出具体要求，"唯陈言之务去""惟

▲ 陈子昂雕像

古于词必己出""文从字顺各识职"。鼓励发挥想象，自创新词，这样就使韩柳所倡导的"古文"，既有继承又有创新，又能区别于先秦两汉的古文。其四，要求作家写作态度必须认真。韩愈为文，"惧其杂也，迎而距之，平心而察之，皆其醇也，然后肆焉"。柳宗元为避免文章"剽""弛""杂""骄"等弊病，慎防"轻心""怠心""昏气""矜气"。

古文运动不仅仅是一场发生在文坛的文学运动，更是一场思想运动，几百年提倡古文的努力，不仅是为了打破文体僵化，更是为了宣传新思想做准备。其实，古文运动也可以说是一场儒学的复兴运动，为宋代的新儒学运动做了铺垫和准备。综上，古文运动使得我国的散文创作又一次迎来高峰，它对于以后文学改革提供了一套可行性方案，不管是理论上，还是形式创新上。

寂处观群动，独立自吟诗 —— 柳宗元

夫古之善记山川，莫如柳子厚。

—— 茅坤

受家庭教育的影响，柳宗元青年时代树立大志，仰慕"古之大有为者"，向往于"励材能，兴功力，致大康于民，垂不灭之声"。他的少年时代是在长安度过的，对社会现实有过亲身感受，十几岁时，随父亲宦游，直接接触到社会，增长了见识。21岁进士及第，声名大振。25岁时，参加了博学宏词科考试并中榜，正式踏入仕途。此后，他仕途一直比较顺利，外放、回京、见识政治的黑暗，开始萌生革新的愿望。此后几年，柳宗元成为积极改革的中坚力量，他对此次改革充满热情，信心十足，时刻准备施展自己"辅时及物""利安元元"的抱负。但是寄托在"皇权"为主导的改革，随着顺宗中风已经失去了最大的支持者，别说朝中保守势力的阻挠，几个月后，改革以失败而告终。永贞元年（805）八月，保守派太子李纯即位，九月，柳宗元屡遭贬谪，最后贬为永州司马。同时被贬的还有其他七位司马，包括刘禹锡，史称"八司马事件"。

"永贞革新"的失败对柳宗元的进取之心、建功立业之心打击沉重，但却迎来了他文学创作的高峰。永州还属于未开发地区，"草中狸鼠足为患，一夕十顾惊且伤"，所谓的"永州司马员外置同正员"，

就是有编制的闲职，甚至都没有官舍。柳宗元带着母亲、妻儿只能借住在小寺庙，生活艰苦，不到半年，母亲就逝世了。雄心不能实现的打击带来精神的抑郁，加之不适应永州的生活环境，柳宗元身体极度消瘦，诸病缠身，到了"行则膝颤，坐则髀痹"的程度。好在没开发地区有没开发的好处，永州不经雕琢的山水之景给柳宗元带来极大的慰藉和寄托，他从消沉和抑郁中走出来，积极探索永州的山山水水，到田野地头和田翁农夫相交，不再沉浸在政治中，过起了田园生活。这片还没开发的土地，他觉得和自己很像，有才但却遭到了大众的忽视，随着不断探索，柳宗元创作了可以名垂千古的作品——《永州八记》。余秋雨先生在《柳侯祠》中如此评价柳宗元的永州 10 年，他说："灾难也给了他一份宁静，使他有了足够的时间与自然相晤，与自我对话！"确实，贬谪永州的 10 年，是柳宗元人生看不到希望、最为伤感的 10 年，却是他文学创作最丰富和哲学思想全面成熟的 10 年。

柳宗元的文章多抒写抑郁、怀友之情，幽峭清俊，自成一路。最为世人称道的，是那些韵味深长、清新俊爽的山水闲适之作。《永州八记》是散文的代表作，也是我国游记散文中的一朵奇花，其艺术魅力经得起时间的考验。

永州山水，因为当时开发不足，鲜为人知。但就是这样偏居一隅的山水，在柳宗元的笔下，总能在清丽中见幽深，优美中有含蓄，情境俱真。正如清人刘熙载在《艺概·文概》中所说："柳州记山水，状人物，论文章，无不形容尽致；其自命为'牢笼百态'，固宜。"柳宗元或直接勾画，或侧面烘托，描摹永州山水之美，使寂静幽冷的永州山水有高峻之感。

《永州八记》对自然美的描绘，贵在用白描手法，表达出了一种幽深之美。"八记"描写的大都是一眼就可看尽的景色，如小丘、小石潭、小石涧、小石城山等，柳宗元总能在小景中，运用自己的笔力和发现美的眼睛，创作出一件件艺术珍品。如《至小丘西小石潭记》对周围景色的描写，"四面竹树环合，寂寥无人，凄神寒骨，悄怆幽邃"，写出了一种空山无人的清幽之美。又如《石渠记》对渠水的描写，长不过十许步的小小水渠周围，处处都是美景，美不胜收。逾石而往是菖蒲掩映、鲜苔环周的石泓，又折而西行，旁陷岩石之下是幅员不足百尺、鱼儿穿梭的清深的小水潭，又北曲行，皆诡石、怪木、奇卉、美竹。

作者笔锋所到之处，字字皆景，静谧怡人，描画出永州山水的独特风姿。柳宗元曾经说："余虽不合于俗，亦颇以文墨自慰，漱涤万物，牢笼百态，而无所避之。"虽然改革失败，屡遭贬谪，但作者的内心仍然坚信理想，他借山水文，纾解心中郁闷之气，用自己心中的坚定之情，荡涤万物，包括天地万物万态，用手中之笔赞美山水，也将自己沉浸山水之美中，以此来寻找人生的真谛，聊以自慰。因而，我们发现，这些山水散文，不管是借景抒情还是寓情于景，读者总能在发现永州山水的形象美、色彩美和动态美时，感受到鲜明的思想感情，作者在抒情中以山水自喻，赋予永州山水以血肉灵魂，把永州山水人格化了。可以说，永州山水之美就是作者人格之

▲ 柳宗元画像

美，物我合一，汇合成一曲动人的华章。

《旧唐书·柳宗元传》说柳宗元"下笔构思""精裁密致，璨若珠贝"。"精裁密致"可以概括《永州八记》结构之美。八篇游记，整体构思，一气贯通。按照游览的先后和经过路程，采用正叙方法写成。文章虽然有八个地方，从西山之奇特开始，以"然后知吾向之未始游，游于是乎始"起笔，到《小石城山记》向苍天发出"吾疑造物者之有无久矣"的质问，为整个"八记"做结束。八篇游记以西山、冉水为中心串联起来，每篇起笔往往先叙述每个地点的方位、面积、形状，令人读之一目了然，获得总的印象；各篇以不同的形式与上篇相关联，形成呼应，成为一个浑圆的艺术整体。如前四篇，第一篇写西山宴游；第二篇开篇以"钴鉧潭在西山西"起笔，衔接自然，毫无过渡痕迹；第三篇又以"潭西二十五步"照应上篇；第四篇则以"从小丘西行百二十步"起笔。四篇以西山为起点，一路向西，接连出现三处美景，处处相连，景景相接，有应接不暇、移步换景之感。令人惊叹的是，"八记"前后四篇相隔很久，而作者依然能巧妙布局，给人一气呵成之感。

文起八代之衰，道济天下之溺 —— 韩愈

民间有这样的传说：韩愈因谏迎佛骨被贬到潮州上任不久，就遇到潮州大雨，正逢大雨成灾，洪水肆虐，到处白茫茫一片。于是他骑着马，走到城北，先观察水势，又观察地形，之后便吩咐随从张千和李万跟着他的路线插竹竿，标出堤线。插好堤线，让百姓按线筑堤。百姓非常高兴，谁知一到城北，就看见标记的地方拱出一条山脉，恰好在北来的洪水路上。据说以后再没发生过水灾。民间就有"韩文公过马牵山"的说法，这座山就叫作"竹竿山"。

韩愈在政治上是干实事的人，在文学上更是贡献巨大，被后人评为"唐宋八大家"之首。北宋文学家苏轼说韩愈是"文起八代之衰，而道济天下之溺；忠犯人主之怒，而勇夺三军之帅"。这句话可以说是韩愈一生的写照。前联赞扬韩愈首倡的"古文运动"对文学的历史性贡献，后两句称颂韩愈的忠勇爱国精神。

韩愈，字退之，河阳人。他3岁时，父母俱失，成为孤儿，由兄嫂抚育成人，25岁中进士，后任监察御史。韩愈言行直爽坦率，从不畏惧或回避什么，操行坚定纯正，却不善于处理一般事务，这使他在官场中难以摆脱政治旋涡，屡遭打击。所以很快，他因上书陈说关中灾情被贬。元和初屡次晋职，曾一度随宰相平淮西之乱，仕途稍有起色，又因上表谏宪宗迎佛骨被贬为潮州刺史。穆宗时，任国子监祭酒，兵部、吏部侍郎等。韩愈的一生仕途曲折，他为官勤

▲ 韩愈画像

政亲民，为师身亲躬行。此外，因为倡导古文运动，他成为中唐一代的文坛领袖，经常提携后进，广交朋友，因此他周围形成了一个松散的作家团体。历史记载，孟郊和贾岛都受到他的指点和提携，也曾鼓励李贺创作，并为他避父讳不能参加科举鸣不平；此外，他还与皇甫湜、卢仝、樊宗师、李翱等有密切交往。可以这样说，晚唐的很多文人都曾受到过韩愈的鼓励。

为了突破骈体文在文坛的统治地位，扭转文风，韩柳倡导了恢复秦汉时散文优良传统的古文运动。古文运动开辟了唐以来古文的发展道路，给当时的文坛带来雄健、自然的气息，鼓舞了作家们的创作热情。韩愈以自我实践为本，亲身示范新式散文创作，造就了流传到今天的一大批散文名作。韩愈的散文内容丰富，形式多变，语言自然精练、鲜明生动，常用新词，为古文运动树立了典范。他的文章"发言真率，无所畏避"或"鲠言无所忌"，风格雄健奔放。韩文分论说、杂文、传记、抒情四类。

他的论说文秉承"载道"理念，宣扬儒家正统，反对佛教，观点鲜明、逻辑推进、词锋锐利，《师说》《原毁》《争臣论》是其代表作。他的小品文形式活泼灵动，论点新颖，形象生动，《杂说四·马说》充分体现了他的这一特点。韩愈的传记文继承《史记》传统，通过叙事来刻画人物，褒贬分明，议论叙事互为表里。《张中丞传后叙》是公认的名篇。他的抒情文中的《祭十二郎文》是祭文中的千年绝调，全文融抒情于叙事之中，一往情深，感人肺腑。

韩文之美，不但真率、大胆、慷慨激昂，而且还写得自然随便、如话家常。像《张中丞传后叙》是韩愈的一篇议论与叙事相结合的散文。文中表彰张巡、许远抗击安史叛军的功绩，驳斥对张、许的诬蔑、中伤。全篇文章气势浩然。其中一段记张巡部将南霁云：

> 南霁云之乞救于贺兰也，贺兰嫉巡、远之声威功绩出己上，不肯出师救，爱霁云之勇且壮，不听其语，强留之，具食与乐，延霁云坐，霁云慷慨语曰："云来时，睢阳之人，不食月余日矣！云虽欲独食，义不忍，虽食，且不下咽！"因拔所佩刀，断一指，血淋漓，以示贺兰。一座大惊，皆感激为云泣下。云知贺兰终无为云出师意，即驰去，将出城，抽矢射佛寺浮图，矢著其上砖半箭，曰："吾归破贼，必灭贺兰！此矢所以志也。"愈贞元中过泗州，船上人犹指以相语。城陷，贼以刃胁降巡，巡不屈，即牵去，将斩之，又降霁云，云未应，巡呼云曰："南八，男儿死耳，不可为不义屈！"云笑曰："欲将以有为也。公有言，云敢不死！"即不屈。

这段文字描写乞师、就义二事，乞师一节，把南霁云置于尖锐矛盾环境中，通过人物的言行，刻画南霁云忠义、勇武、刚烈的品格，人物形象丰满、跃然纸上。就义一节，将南霁云和张巡放在一起互相映衬，显示了两位英雄精神上的契合。而张巡的忠义严肃，南霁云的临危不惧、慷慨赴死，又各具个性。至此，南霁云、张巡两位历史人物的慷慨英姿，与作者的敬仰之情融会贯通，形成文章的慷慨激昂的浩然气势，所以才激动人心。段中补笔"愈贞元中过泗州，船上人犹指以相语"二句，时空的突然转换，将人从两军对垒的激烈场面，瞬时切入平和的生活。其艺术效果，为读者提供回味和深思的时间。论审美感受，则是慷慨激烈的气势之中，呈现出平和从容的风姿。这就体现出大手笔的艺术涵养。

韩文之美，还在于"以龙渊之利议于割断"。论说文以立论新颖为文之眼，论点是一个人见识、观念的集中体现，而立论过程则要求主体同等或者更好的修养，只有这样，才能够精辟判断对象。应该这样说，精辟的判断本身就是一种美。《师说》一文就可以尽显韩愈的判断之美。

《师说》云：师者，所以传道、授业、解惑者也。又云：是故无贵无贱，无长无少，道之所存，师之所存也。又云：是故弟子不必不如师，师不必贤于弟子。闻道有先后，术业有专攻，如是而已。

这简直打破了以往对"师"的一贯认识，算得上教育哲学命题，基本在于定义了教师的作用、教师的本质、师生的关系，用语凝练，而断制分明，内涵完整、深刻，善于创新。如"无贵无贱""道之所存，师之所存"这一说法，确定了道德文化对于"师"的唯一的标准，高于其他任何划分形式，深化了孔子提出的"有教无类"这个说法，对其中所包含的教育面前人人平等的思想意义，做出了创造性的解读。这些命题，在我国教育史上，是一言而为天下法。因其简练精辟，所以美。

花间词祖 —— 温庭筠

"画屏金鹧鸪"，飞卿语也，其词品似之。

——王国维《人间词话》

不要根据条规和原则进行，只画你所观察到和感觉到的……最好不要失掉你所感觉到的第一个印象。

——法国印象派画家毕沙罗

温庭筠，原名岐，字飞卿，唐代诗人、词人。太原祁（今山西祁县）人。出身于没落贵族家庭。天赋出众，才华横溢，总是在每次考试中押官韵作赋，能八叉手而成八韵，因此，当时人称"温八叉"。又因为他才思敏捷，作诗从不打草稿，每赋一韵，一吟而已，所以科场中人又称他为"温八吟"。有时候，他在做完自己的题目，还能给邻座假手，据说每次都能"救"数人。另外，温庭筠还擅长对对子。据说，某次觐见，恰好唐宣宗正在赋诗，上句有"金步摇"，无人能对，温庭筠当场用"玉条脱"对上，非常工整，大获皇帝的褒扬。温庭筠才华横溢，不免放诞，生活中有时不拘小节，又饱含政治抱负，好讽刺权贵，多次触犯权贵而不自知，屡试不第。他行为不羁，经常出入秦楼楚馆，与歌伎舞女为伴，这种行为被一般的士大夫所不齿，权贵就很少与他相交。他桀骜不驯，又任性，不愿在权贵面前低头，因此失去了很多可以走上仕途的机会。他恃才傲物的个性，还有如下故事流传：宣宗时，宰相令狐绹曾让温庭筠代作《菩萨蛮》20首献给皇帝，本来有机会得到令狐绹的推荐，开始仕途生涯，但是温庭筠看不起令狐绹，屡次讽刺令狐绹不读书，没有见识，根本没有与地位相称的才能。令狐绹听到传言，大为恼火，上奏宣宗说温庭筠有才无行，不宜取中进士。所以，温庭筠前后三次参加进士考试，都没有中举，这与他得罪权贵有很大关系。

温庭筠与李商隐齐名，并称"温李"，但从诗歌创作艺术角度而言，温不如李。温庭筠在文学史上的地位主要是通过他的词来奠定的。他的词工于体物，有声调色彩之美，以香软秾艳的词风、对词体内容的开拓之功，被后人称为"花间派"鼻祖。像《菩萨蛮》这种秾艳华美、绮丽精巧的作品代表了温词的主要风格，这种风格与当时社会精雕细琢的审美之风及温庭筠自身风流的个性气质紧密相连。他的词常常使用错彩镂金的铺排手法，创造出一种幻梦般、让人沉醉、浓艳、感伤、神秘的美，这种美清婉精丽，既清晰又朦胧，备受时人推崇，它不是传统意义上的端庄之美，而是一种让人不知不觉沉醉的魔力之美。

《菩萨蛮》多写妇女的闺阁情思，通过铺排主人公的容貌、服饰和情态，表现女性的幽怨，意境隐晦，手法婉约曲折。

水精帘里颇黎枕，暖香惹梦鸳鸯锦。江上柳如烟，雁飞残月天。

藕丝秋色浅，人胜参差剪。双鬓隔香红，玉钗头上风。

整首词以华丽的辞藻细致地描写了女子的生活环境，而词中蕴含的情绪似有若无，从窗户看出去"江上柳如烟，雁飞残月天"。又是一个孤独的夜晚，唯有回忆能带来一点安慰，今天景色又有相似，而人却不同。这没有给人平板呆滞之感，而是使这本来静止的画面变得有了生气，甚至充满了幻想的意味。

词的上阕写女主人的心情意趣，却全在描写环境。开篇两句，仅14个字，并列地写了水精帘、颇黎枕、鸳鸯锦三件器物，全无堆砌之感，因为其中着意点染了轻轻浮动于室内的香气和主人公缥缈的梦思，相辅相成。鸳鸯锦就像是主人公的一种理想、一种寄托。一个"惹梦"之"惹"用字精妙生动，女主人公的活泼与娇嗔扑面而来，而梦境之美也在馥郁香气中弥漫开来。此二句前后对应，浓淡对比，淡者澄澈，浓者香软。外在环境小清新，心理活动多旖旎，两相映衬，相得益彰。上阕的妙处全在借景物做烘托，以极其含蓄委婉的笔法暗示女主人公的生活情状和心理活动。"水精帘里"二句是近景，"江上柳如烟"二句则是远景，不管近景远景，都紧紧围绕着女主人公的生活和情绪落笔。在前二与后二句看似松散的结构中，实际上贯穿着内在的有机联系。华丽的现在与凄清的过去到底哪个更好呢？这样辩证思考人生和艺术，让人不由自主地深思。

下阕开始正面刻画女主人公，同样有着含蓄深婉之妙。"藕丝"写衣着，"人胜"写女子头上的装饰，以"香红"代指好的面容，玉钗则是头上的首饰，用工笔细描主人公的精心打扮，不管是衣服"秋色浅"，还是人胜"参差剪"，都在表现主人公的期待和兴奋之情，而随着精心打扮产生的袅娜美感在细节铺排中渐渐呈现。这两句，读者仿佛跟随主人公亲历了一场"上妆"的全过程，最后，见证了一位头戴玉钗、两鬓插花、色彩鲜艳、香气袭人的美人产生，那玉钗的摇摆仿佛人心在晃动，摇曳中引发读者无限遐想。下阕虽写人，使用的也是借物衬托之法，作者写衣着、头饰等，没有一字写外貌，却使人可以想见她的外形与心灵之美好可爱。最关键的是，没有一字写主人公的心事，但更因此衬托出她的孤单处境。词人对她的同情，也就尽在不言之中。

温庭筠是唐代诗人中较早致力于词的创作的一个，但他的词受到南朝宫体诗的影响，题材狭窄，多写女子日常生活，着重表现人物的心理活动，思想性不高，然而注重词的文采和声律，艺术成就斐然。清代的刘熙载曾在《艺概》中给予温词以极高的评价，他说："温飞卿词，精妙绝人。"

由他开始，词成功脱离开诗，成为一种独立的文学样式，也奠定了"词为艳科"的基本风貌。

薄命君王绝代词 —— 李煜

二主词，中主哀而不伤，后主则近于伤矣，然其用赋体不用比兴，后人亦无能学者也。

——吴梅《词学通论》

文学史提出这样的评论体系 —— 知人论世，但世人一般很少能做到。在多如繁星的历史人物中，最直接的评价就是"贴标签法"，找到历史人物的最核心点，精准定位，简单、直接、响亮。但这样一来，就难免偏颇。李煜就是这样一个被标签法粗暴定位的人。

一提到李煜，"亡国之君""苟且偷安""纵情声色""侈陈游宴""迷恋宫廷豪华生活"这些词就会不约而同地出现在你的脑海中，词作评价一边倒，虽然承认他艺术成就很高，总难免带着一点"只是追怀过去宫廷生活的享受，没什么可取"的想法。这样的评价是否有失公正？李煜可能是一个不成功的君王，但他不失为一个好人，他的品行还是值得肯定的。面对强大的宋政权，他没有一味屈服；作为一国之囚，从未曲意逢迎，从未忘记家国，最后客死他乡。据传，是被宋太宗派人用牵机药毒死。这种毒药，会使人在死前经历非人折磨。

相传李煜之死是因为《虞美人》一词。李煜在词中抒发了亡国之痛和幽囚之悲、物是人非、时过境迁的感受。宋太宗因此极为不满，

▲ 李煜画像

因为它引起了降宋旧臣的怀国之思，太宗恐人心思变，于是有"牵机药"之事。

陈廷焯在《白雨斋词话》中评价李煜之词为"于富贵时能作富贵语，愁苦时能作愁苦语，无一字不真，无一字不俊"。可以说，后主的词，是李煜天然才情的产物，先天不凡的才能和后天习得的超凡的艺术表现力使他的词呈现出"粗服乱头不掩国色的天姿"。他的词处处体现自然本真之美，发自内心的情感表达贯穿李煜一生的创作。

李煜一生的创作分为两部分，以降宋为分界线，前期词主要反映宫廷生活和男女情爱，风格绮丽柔靡，格局不大，但"不失其赤子之心"。李煜早期创作的词，从题材上来说又大体可以分为三类：一类是关于男女情爱的，另一类是描写他酣歌醉舞、豪华享乐的宫廷生活的，还有一类就是对人世间离愁别恨的描写。李煜后期词作，主要描绘和反映他"日夕只以泪洗面"的囚徒生活。亡国之后，由于生活发生巨大的反差，他由一个帝王一下子沦为任人宰割的阶下囚，因此，这一时期的词作在方式上多是直抒胸臆。后期的词代表了李煜创作上的最高成就。

被俘后，词风一转而直接明朗，将亡国后的愁苦、悔恨、绝望、怀念、郁结表现得淋漓尽致，那种"烂嚼红茸，笑向檀郎唾""一向偎人颤""叫郎恣意怜"的温软情调没有了，"无奈夜长人不寐"那种强说愁的感觉也没有了，李煜迈进了他创作的最高境界。这一时期的作品，短小明朗，意境大、含义深远、力量充沛，具有非常强大的感染力。他的《破阵子》一首，是降宋被押北上前他辞别南唐太庙时写的，描述了他离开南唐时的心情和情景："四十年来家国，三千里地山河。凤阁龙楼连霄汉，玉树琼枝作烟萝。几曾识干戈？　一旦归为臣虏，沈腰潘鬓销磨。最是仓皇辞庙日，教坊犹奏别离歌，垂泪对宫娥！"有的人从这首词里看到了李煜对帝王生活的无限留恋和怀念之情；有的人从中看到了对往事的追悔和悲伤之情；还有的人从中看到了李煜对故国的怀念和对过去管理国家方式的反思。总之，不同的人对这首词的看法不同，这都说明这首词艺术成就之高。人生的荒诞，命运的无常全都浓缩在这短短的两句里：四十年来家国，三千里地山河。南唐曾经也国富民强，为什么温柔富贵、烟柳繁华转眼成空了？李煜十分沉痛地说出："几曾识干戈！"是因为"我"这个南唐最高统治者，从来没有注重，也不懂军事。

词的下半阕描写现在的生活，身为降臣囚徒的日常。身为囚徒，他永远也忘不了成为臣虏那一刻，李煜直接写出了他人生中最难堪、最狼狈的时刻："最是仓皇辞庙日，教坊犹奏别离歌，垂泪对宫娥！"最难堪的事，用最神奇的笔写得动人心魄，将几分钟的分别定格为人生永远的枷锁、桎梏（烙印）。这个桎梏又因为"几曾识干戈！"的反思，而变得更加痛苦。也许这就是宋太宗毒死李煜的重要原因，只因为惧怕他的觉醒。

《虞美人》被认为是李煜的"绝命词"，历来为各名家选本所推崇，是李煜第一代表作："春花秋月何时了，往事知多少。小楼昨夜又东风，故国不堪回首月明中。　雕栏玉砌应犹在，只是朱颜改。问君能有几多愁，恰似一江春水向东流。"

这首词之所以得到这么多人的喜欢，引起如此广泛的共鸣，很大程度上是因为这句："问君能有几多愁，恰似一江春水向东流。"将愁思写得形象又抽象，极富感染力和象征性，读者可以代入自己的情感，产生相同的体验和共鸣，不管自己的愁思内涵是什么。由于"形象往往大于思想"，李煜此词便能广泛引起共鸣而得以千古传诵。

这首词一大半的内容都在描写过去美好的生活，抒发今昔对比产生的沉痛、忏悔之情。词人用"春花秋月""小楼东风""千里明月"这些仿若美好的现实的情境，提醒着读者和自己，多少故事都已经随着江山易主而物是人非，从而触动了词人内心深处的伤痛，于是，转入后面一句的想象：故都金陵华丽的宫殿大概还在，只是现在的宫女大概早已不是当初的那些了。这六句，诗人将美景与伤痛、过去与现在、景物与人事的对比融为一体，尤其是通过永恒的自然和多变的人事的强烈对比，把深藏在心中、日夜折磨自己的痛苦、懊悔、悲伤曲折有致地倾泻出来，凝成最后的绝唱——"问君能有几多愁？恰似一江春水向东流。"难怪王国维要说："后主之词，真所谓以血书者也。"

第六辑

八音克谐，神人以和——宋代文学

无可奈何花落去，似曾相识燕归来——晏殊

> 晏元献公长短句，风流蕴藉，一时莫及，而温润秀洁，亦无其比。
>
> ——王灼

> 晏同叔去五代未远，馨烈所扇，得之最先。故左宫右徵，和婉而明丽，为北宋倚声家初祖。
>
> ——冯煦

晏殊（991—1055），字同叔，抚州临川（今江西抚州市）人。有早慧之名，又聪明好学，14岁以"神童"之名受到推荐参加考试，真宗赐进士出身。晏殊一生仕途坦荡，身居要职多年，但他平易近人，提携后学，范仲淹、韩琦、欧阳修等名臣皆出其门下。

晏殊在文学上有多方面的贡献和成就，诗歌、词曲、文章、书法，都有佳作，但他以工词著称文坛，尤擅小令，有"宰相词人"之称。他的词作给宋词的发展开了好头，虽然内容上多为男女之情的书写，但语言清丽，词风婉约而不绮丽，格调高雅，表现手法含蓄，意境比起南唐"花间派"更深远、本真。《宋史》本传说他"文章赡丽，应用不穷。尤工诗，闲雅有情思"。著有《珠玉词》。其代表作为《浣溪沙》《蝶恋花》《踏莎行》《破阵子》《鹊踏枝》等，其中《浣

溪沙》中"无可奈何花落去，似曾相识燕归来"被千古传诵。

词，在宋代之前，还是一种没有太大影响力的文体，不登大雅之堂，认真创作的文人对这种文体的流行没能起到更多的作用，一直到晏殊出现。因为喜欢词，晏殊创作了超过一万首小词，又因为他在政坛的地位，影响了一大批文人的创作方向，尤其是欧阳修、晏几道等著名人物。晏殊的词，上继承"花间"词派的典雅流丽，下开北宋婉约派之藩篱，在词的发展史上，有继往开来之功；他也因对宋代词坛贡献很大，而有北宋初期词家的"开山祖"之称。

如果从词本身的艺术性来说，晏殊的词，题材主要在集中在伤春悲秋、歌儿乐女这些内容上，思想比较狭窄。但晏殊凭借自己极高的文学素养，对这些作品进行了创新，在词中融入了更多个人感受和主观感情，脱离了思妇、闺怨这类单一情怀表达，开始加入词人自身的理想和情怀，使词更有文人气质和士大夫精神。艺术性高于同时代作者才是晏殊词特殊地位的决定性因素。晏殊的词，赋予客观物体以生命，将理性之思致，融入抒情之叙写中，在伤春怨别之情中有一种理性的清醒和反思，在锐感柔情之中，透露出一种闲雅旷达之理性的观照，形成了自己的特色。

一曲新词酒一杯，去年天气旧亭台，夕阳西下几时回？

无可奈何花落去，似曾相识燕归来，小园香径独徘徊。

(《浣溪沙》)

本篇上阕写眼前之景——"对酒当歌"，下阕则有对时间流逝"无可奈何"之感。有酒有歌，本是一幅轻松的行乐图，但词人不禁想起，去年也是此时此地、此情此景，好像没什么不同，然而，一切依旧的表象下又分明有什么东西已经一去不复返了，这便是悠悠流逝的岁月和与此相关的一系列故事，西下的夕阳正触动了"物是人非""时日难追"之感，于是词人从心底涌出这样的喟叹："夕阳西下几时回？"下阕开始以花落来强化上阕作者的感伤，却又有一种美好事物的消失不可抗拒的真实，接着以秋去春来，燕子去而复来，来审视人的青春不可以重来，充满思辨的理性之光，这种时间的循环，又给人一种回环起伏、抑扬跌宕的艺术美感，意味深长。

本篇以"无可奈何花落去，似曾相识燕归来"二句著名，这两句都是描写春天的，妙在对仗工整。仿佛天然而成，工巧而浑成，流丽而含蓄，声韵和谐，寓意深婉，用虚字构成工整的对仗，唱叹传神方面表现出词人的巧思深情，正是这首词出名的原因。作者自己也非常得意，又将其组织在一首七律中。这二句包含着充分的美感联想，有广泛的象征性。"落花"的衰亡、无情，"燕归"的新生、有情，都是司空见惯的现象，却有哲理的意味，充满辩证法，启迪人们从更高层次思索宇宙人生问题，词中涉及时间永恒而人生有限这样深广的意念，却表现得十分含蓄。因而，虽是"触着"之句，却是人生哲理品味中"妙手偶得"的感悟。

晏殊因为政治地位和文学艺术的成就，在宋代深受人们尊敬。范仲淹终生都执弟子礼，书题门状，必称"门生"；宋庠、宋祁稍晚出，并以文名："兄弟虽甚贵显，为文必手抄寄公，恳求雕润。"（《渔隐丛话》引《西清诗话》）"公之佳句，宋莒公（即宋庠）皆题于斋壁。"（《青箱杂记》）韩维官至太子少师，年60余，对晏殊晚子晏几道，犹自称"门下老吏"（《邵氏闻见后录》）。于此俱见时人对晏殊是极其尊崇的。

白衣卿相 —— 柳永

> 柳词曲折委婉，而中具浑沦之气，虽多俚语，而高处足冠群流，倚声家当尸而祝之。
>
> —— 宋翔凤

> 耆卿词，细密而妥溜，明白而家常，善于叙事，有过前人。惟绮罗香泽之态，所在多有，故觉风期未上耳。
>
> —— 刘熙载

想起柳永就会想起云舒雨淡，想起烟波浩渺、江南形胜；就会想起面容清俊、芝兰玉树的美男子，在桨声灯影之中吟咏。对于更多的读者来说，柳永代表了一种风流文人的符号，"才子词人，自是白衣卿相"。也许，一切都是我们的想象，无论如何，在读者心目中，柳永是个美好而必需的存在。

柳永（约987—约1053），原名三变，字景庄，后改名柳永，字耆卿。因家族排行七，又称柳七。北宋著名词人，婉约派代表人物。祖籍河东（今属山西），又有柳河东一称。柳永的人生非常有戏剧性。本来才高，已及进士，传说因为金殿对答不谨，没有被选官，才有"奉旨填词"之说。柳永一生仕途坎坷、生活贫困，他只能将满腔的经世治国的梦想耽溺于"倚红偎翠""浅斟低唱"中。在对官场彻底失望后，柳永将毕生精力用在词的创作上，并以"白衣卿相"自诩。柳永是第一位对宋词进行全面革新的词人，也是两宋词坛上创用词调最多的词人，在词史上有重要地位，现有《乐章集》存世。

柳永的《乐章集》传词将近200首，主要内容有三个方面。

其一，将男女恋情和怀才不遇、宦途失意、羁旅漂泊的感受相结合，在倾诉与情人依依惜别之情时，也寓意着词人仕途失意的抑郁、知音不再的悲凉以及江湖飘零的凄苦。这类词通常写景细腻，融情入景，通过铺陈、渲染将游子天涯零落的情怀与别离相思融为一体，在冷落凄清之中表达词人天涯沦落的失意和哀伤，具有强烈的艺术感染力。如其名作《雨霖铃》：

> 寒蝉凄切，对长亭晚，骤雨初歇。都门帐饮无绪，留恋处，兰舟催发。执手相看泪眼，竟无语凝噎。念去去，千里烟波，暮霭沉沉楚天阔。
>
> 多情自古伤离别，更那堪，冷落清秋节。今宵酒醒何处？杨柳岸，晓风残月。此去经年，应是良辰好景虚设。便纵有千种风情，更与何人说？

这是柳永的代表作之一。此词上阕写一对恋人临别时难分难舍的情景，起首三句点名离别的时间、地点，但词人铺陈景物描写时蕴含了主观的感受。蝉鸣凄切，刚刚下过急雨的傍晚，已经到了告别的时候了，渲染着离别之情，为下文"无绪"和"催发"做好了铺垫。词人正沉浸在别离之中，无心享受眼前的美酒和佳肴，但不远处的行舟不断催促启程，以精练之笔刻画了典型环境与典型心理，一边是留恋情浓，一边是兰舟催发，这样的矛盾冲突何其尖锐！词人直接书写离别之紧迫"兰舟催发",更能促使感情的升华。"执手"两句,以白描手法表现情人告别的情状,语言通俗、感情真挚,历历如在眼前。下阕作者承接上阕,但全以想象描摹,绘制了一幅别后生活图景,凄凉和孤独之感扑面而来,通过景物描写,给人一种身临其境的感觉,使人感同身受地体会词人凄切、怀念、苦闷的情绪。"今宵""清秋节""良辰美景"无处诉说的孤独、凄凉,在词人层层铺叙中,逐渐点染出"便纵有千种风情,更与何人说"的凄楚,由此亦见钟情之殷、离愁之深。整首词用语自然,写景直白,抒情含蓄蕴藉,情景兼融,起承转合优雅自如,时间的层次和感情的层次交融推进,将情人惜别的情感表达得真实缠绵、凄婉动人,艺术手法十分高明,不愧是千古名篇。"杨柳岸,晓风残月"更是千古名句,宋代以来人们就以此概括柳词的风格特点。

其二,将词的内容扩大,从一个失意文人的角度描写了多彩多姿的市井风情,表现了词人对市井女子特别是青楼歌伎的同情。也有了"凡有井水饮处,即能歌柳词"的传说,如其代表作《迷仙引》:

> 才过笄年,初绾云鬟,便学歌舞。席上尊前,王孙随分相许。算等闲,酬一笑,便千金慵觑。常只恐,容易芳华偷换,光阴虚度。
>
> 已受君恩顾,好与花为主。万里丹霄,何妨携手同归去。永弃却,烟花伴侣。免教人见妾,朝云暮雨。

全词通过一名歌伎的自我袒露心声,诉说自己想要脱离苦海的愿望和对美好生活的向往和追求。

"初绾云鬟,便学歌舞",为了能取悦王公贵族,给倡家赚到更多的钱，她刚成年，就开始学习歌舞，千金卖一笑对于她来说，不是什么新鲜事，但她从来没有欣喜过。她保持着清醒和理智，知道这样千金卖笑的日子不会很久，所以她担心青春年华虚度，希望有一天能够摆脱这样的生活和某一个人过上平常的生活——"永弃却，烟花伴侣。免教人见妾，朝云暮雨"。

作者全词用白描手法，刻画出女主人公摆脱悲惨生活的渴望，用语通俗自然，辞浅情深，读来真挚感人，干净利落，深切地反映了歌伎凄惨的生活和迫切的从良愿望。

其三，还有一部分词描写了北宋承平时代繁华都市汴京（开封）苏州、杭州等地的城市繁荣情况，此前的词中没有关于都市的繁华与山川的壮丽的描写内容，这也是柳永扩大词的内容的主要表现之一，为后人留下了宋代繁荣都市的画像。如其代表作《望海潮》：

> 东南形胜，三吴都会，钱塘自古繁华。烟柳画桥，风帘翠幕，参差十万人家。云树绕堤沙，怒涛卷霜雪，天堑无涯。市列珠玑，户盈罗绮，竞豪奢。
>
> 重湖叠巘清嘉。有三秋桂子，十里荷花。羌管弄晴，菱歌泛夜，嬉嬉钓叟莲娃。千骑拥高牙，乘醉听箫鼓，吟赏烟霞。异日图将好景，归去凤池夸。

这首词因为词的内容的扩展，也理所当然成为柳永词中传诵千古的名篇，更何况这首词还有高超的艺术成就。在这首词里，词人一反一贯以来的细腻风格，以大开大合的豪迈笔触描写了杭州的富庶与美丽。

全词以点带面，以铺张扬厉的手法描写了杭州市区的繁华和豪奢，迷人的西湖，壮观的钱江潮，不管是上层人物还是下层人民的生活，在词人的笔下都是杭州美景的一部分，词人以自己的豪情之笔书写了一幅词学上的"清明上河图"。"三吴都会""十万人家""三秋桂子""十里荷花""千骑拥高牙"以夸张的手法、虚实结合的手法，浓墨重彩地再现了杭州之美。

从以上分析可以看出，柳永作为词学史上第一个专力作词的作者，拓展了词的书写范围，使词的内容从男女之情扩展到更大的空间，从柳永以后，词从小调逐渐走向了大雅之堂。柳永的创作，最擅长描写羁旅行役，把诗歌中抒情言志的情志移入词，反映了流落江湖的落寞和凄惨，真实感人，此类作品达到了完美的艺术境界；他还有比较多的词篇反映市井青楼的男女之情，充满浓厚的市井气息，有的篇章表现了歌伎悲酸的生活和她们对美好生活的向往；柳词还描绘了承平盛世之中都市的繁华景象及四时节物风光，另有游仙、咏史、咏物等题材。

除了对词的题材内容的开拓，柳永在词体的发展上有更多的贡献。柳永现在存世的200多首词作中，词调的使用数量是超前的，达150个之多，大部分经过他的改造，或者是小令扩展为慢词，或者自制新曲，或者旧曲新翻，完备了词的体式，增加了词的表现容量，扩大了词的表现能力。

柳永还丰富了词的表现手法，将赋的铺陈手法移植到词中，他的词还构思精妙，讲究布局，章法委婉，层次分明。

他还革新了词的语音表达方式，以清丽的语言创作，大量使用通俗化、口语化的民间口语创作雅词，也创作了大量"俚词"。同时，柳永也精通音律，所以他的词更富于音乐美。他的词不仅在当时流传极广，对后世的影响也极为深远。他不愧是北宋前期最有成就的词家。

先天下之忧而忧，后天下之乐而乐 —— 范仲淹

"先天下之忧而忧，后天下之乐而乐"这句名言，每个人几乎都能上口。这两句话，是范仲淹一生所追求和践行的准则，也是他报国治世思想的高度概括。

范仲淹（989—1052），字希文，祖上世代居住在陕西邠州，后来移居苏州吴县（今江苏苏州）。他是北宋著名政治家、思想家、军事家和文学家，是中国历史上最负盛名的杰出人物之一。相对一般文人来说，范仲淹的一生在政治上比较成功，他有卓越的政治才华和军事才能。

他的一生政绩斐然。他领导了庆历革新运动，直接影响了王安石的熙丰变法；他"积极防御"的守边方略，使西北局势发生了很大变化，边境局势稳固了相当长的时期；他也积极提携人才，推荐提拔了一大批学者，奠定了宋代学术鼎盛的基础；他倡导的先忧后乐思想和仁人志士节操，是中华文明史上闪烁异彩的精神财富；他的文学创作在散文和诗歌方面也成就斐然，有《范文正公集》。

范仲淹存世作品不多，但多数是精品。他的诗词内容非常广泛，多反映现实之作，情义交融，意境深沉；他的散文政疏和书信居多，逻辑严密，有很强的说服力。

《岳阳楼记》是传诵千古的名作。全文不局限于单纯写山水楼观，

而将自然界的变化和个人的成
功得失联系起来，提出了"不
以物喜，不以己悲"的荣辱观，
将全文的中心转为抒发个人的
政治抱负，提升了文章的境界。
全文将写景、叙事、抒情、言
志融为一体，动静相生，明暗
相衬，文辞简约，音节和谐，
用排偶章法做景物对比，成为
杂记中的创新之作。

▲ 范仲淹画像

　　这篇散文在句式上也有自
己的特色，文中穿插了许多四言的对偶句，夹杂散句，使文章富于
变化。作者精于锤炼字句，比如"衔远山，吞长江"表现了洞庭湖的
浩瀚；"先天下之忧而忧，后天下之乐而乐"，把丰富的意义熔铸到
短短的两句话中，字字有力，表现了词人高尚的情怀，也概括了范
仲淹的一生追求，成为后世文人自勉的精神慰藉，激励无数仁人志
士奋发向上。

　　因为《岳阳楼记》被大家普遍熟知，在这里，我们就不再过多介
绍了，我们想要大家领略范仲淹的诗词的艺术魅力。

　　范仲淹的词流传到现在的仅有五首，但都是精品，在北宋词作
中，显出独特的艺术魅力。他的词有一种强劲的气息，初步显露出
豪放派的气息。这五首词，或写边塞生活，或写羁旅情怀，或悲壮
苍凉，或婉丽动人，开辟了宋词新的审美境界，对宋词的发展有承
上启下的作用。下面让我们来赏析两首他的代表词作。

塞下秋来风景异，衡阳雁去无留意。四面边声连角起。千
嶂里，长烟落日孤城闭。

浊酒一杯家万里，燕然未勒归无计。羌管悠悠霜满地。人
不寐，将军白发征夫泪。(《渔家傲》)

词的上阕，是词人用白描手法描摹的一幅辽阔而苍凉的边境图，
在号角声中，孤零零的一座边城矗立在一片长空中。下阕讲述戍边
将士报国壮志中夹杂着无以言表的忧思，最后一句的"泪"冲击着读
者的心灵，让人对这些默默坚守的将士肃然起敬。

这是范仲淹自请戍边时写下的一首词，作为戍边的主帅，范仲
淹体会到了戍边生活的艰苦，以及战士们渴望建功立业的热情和厌
战思归的矛盾心情。他为这样的士兵感动，于是创作了这首《渔家
傲》。范仲淹以文人之笔，书写忧国之思、戍边之艰，但同时他也会

▲ 范仲淹纪念馆

写婉丽动人的柔情之句。例如《苏幕遮·怀旧》：

> 碧云天，黄叶地。秋色连波，波上寒烟翠。山映斜阳天接水。芳草无情，更在斜阳外。
>
> 黯乡魂，追旅思。夜夜除非，好梦留人睡。明月楼高休独倚。酒入愁肠，化作相思泪。

这是一首游子思乡的作品，上阕写秋色明媚阔远，暗含乡思之情，"碧云天，黄叶地"从广阔处落笔，色彩鲜艳，展现出一派碧空万里、大地橙黄的开阔高远景象，一扫秋景衰败之气。接着词人接连描写了秋天的景色：渺渺秋江一片翠烟，夕阳西下，水天一色，萋萋芳草，遥接天涯，远连故园，勾起游子多少思乡之情，但它却丝毫不管人的情绪。

下阕承接芳草无情，由写景转入抒情，直接写出"乡魂""旅思"，以上下互文对举诉说自己思乡的黯然和游人的愁绪，将二者重叠相续，更加重了词人思乡离愁之情。"夜夜除非，好梦留人睡"，"除非"梦到故乡才能一夜好眠，于是才有下文"明月楼高休独倚"——只会让愁更愁。结尾两句"思乡之愁"无法排遣，只能寄希望于酒精的帮助，却不料最后都化作相思泪，更添思乡之苦，抒情深刻，造语生新。整首词借景抒情，情景交融，一气以贯之，历来为人们所称道。"碧云天、黄叶地"一句被元代戏曲家王实甫化入《西厢记》的《长亭送别》一折中，成为脍炙人口的佳句。

范仲淹一生词作数量极少，但这两篇不同风格的词，以其同样的感人的特质，奠定了他在词坛上的一席之地。怪不得前人称赞他的词为"字字珠玉，掷地有声"呢。

关西大汉尽唱苏学士 —— 苏东坡

苏、辛词中之狂，白石犹不失为狷。

—— 王国维《人间词话》

子瞻在玉堂日，有幕士善歌，因问："我词何如柳七？"对曰："柳郎中词只合十七八女郎，执红牙板，歌'杨柳岸、晓风残月'。学士词须关西大汉，铜琵琶、铁绰板，唱'大江东去'。"

—— 俞文豹《吹剑录》

从完美主义的角度而言，苏轼可以说是文学史上最完美的人，他就像想象中存在的人一样，诗、书、画、词、散文无一不是大师，是一个艺术全才。从政治生活而言，苏轼拥有最积极的心态，胜境不骄，逆境不馁，永远走在为国为民的路上。在个人生活上，苏轼又是深情的，他对亡妻的怀念让人感动。所以苏轼从来不缺崇拜者，从他生活的时代到现在，源源不绝。近代最有名的当属林语堂，20世纪30年代，林语堂尚漂流海外时，随身携带着厚重的《苏轼文集》，创作了文辞优美、脍炙人口的《苏东坡传》。他在《苏东坡传》中提到理由时，说："像苏东坡这样富有创造力，这样刚正不阿，这样放任不羁，这样令人万分倾倒而又望尘莫及的高士，有他的作品摆在书架上，就令人觉得有了丰富的精神食粮。现在我能专心致志为他写这本传记，自然是一大乐事，此外还需要什么别的理由吗？"（《苏东坡传·原序》）这正中林语堂自己的赞叹："苏东坡自有其迷人魔力。"

苏轼（1037—1101），字子瞻、和仲，号铁冠道人、东坡居士，世称苏东坡、苏仙，眉州眉山（四川省眉山市）人，祖籍河北栾城，历史治水名人，北宋著名文学家、书法家、画家。嘉祐二年（1057），苏轼进士及第。宋神宗时在凤翔、杭州、密州、徐州、湖州等地任职。元丰三年（1080），因"乌台诗案"被贬为黄州团练副使。宋哲宗即位后任翰林学士、侍读学士、礼部尚书等职，并出知杭州、颍州、扬州、定州等地，晚年因新党执政被贬惠州、儋州。宋徽宗时获大赦北还，途中于常州病逝。宋高宗时追赠太师，谥号"文忠"。

苏轼是北宋中期文坛领袖，在诗、词、散文、书、画等方面均取得了很高成就。文纵横恣肆；诗题材广阔，清新豪健，善用夸张比喻，独具风格，与黄庭坚并称"苏黄"；词开豪放一派，与辛弃疾同是豪放派代表，并称"苏辛"；散文著述宏富，豪放自如，与欧阳修并称"欧苏"，为"唐宋八大家"之一。此外，苏轼善书，"宋四家"之一；擅长文人画，尤擅墨竹、怪石、枯木等。

苏东坡一生恰逢北宋社会相对安定的时期，在仁宗嘉祐二年中进士。他的政治命运与变法和党争紧密相连。苏东坡在政治上是个中立派，王安石主持变法实行新政时，他反对一些过激的措施，被贬为杭州通判；到司马光主政时，他又反对保守派，所以苏轼一生命运坎坷，

▲ 苏东坡雕像

但他一直保持着积极的生活态度，他的文学创作也浸润着这种乐观的生活态度和积极向上的生命力。林语堂在《苏东坡传》中对王安石痛心疾首的贬斥与嘲讽让人莞尔，肖似苏轼的一些风格。苏轼是北宋中期文坛领袖，也是"唐宋八大家"之一。他是宋代文学最高成就的代表。他还是一个全面的艺术家，诗、文、书、画均为当世之绝。他创作了大量的优秀作品，影响了后世艺术的发展。

很多人喜爱苏轼，都是因为他的词。《人间词话》中，王国维先生认为东坡之词旷，雅量高致，有伯夷、柳下惠之风；并称苏轼的词在于有胸襟，若没有苏轼的胸襟而学他的词，不过是东施效颦。词作为一种文学体裁，反映着个人的胸襟，可由词观人，人高词也高。苏东坡最脍炙人口的莫过于以下两首：

明月几时有？把酒问青天。不知天上宫阙，今夕是何年。我欲乘风归去，又恐琼楼玉宇，高处不胜寒。起舞弄清影，何似在人间。

转朱阁，低绮户，照无眠。不应有恨，何事长向别时圆。人有悲欢离合，月有阴晴圆缺，此事古难全。但愿人长久，千里共婵娟。(《水调歌头》)

大江东去，浪淘尽、千古风流人物。故垒西边，人道是，三国周郎赤壁。乱石穿空，惊涛拍岸，卷起千堆雪。江山如画，一时多少豪杰。

遥想公瑾当年，小乔初嫁了，雄姿英发，羽扇纶巾。谈笑间，樯橹灰飞烟灭。故国神游，多情应笑我，早生华发。人生如梦，一樽还酹江月。(《念奴娇·赤壁怀古》)

苏轼一生所作诗词散文，收于《苏轼文集》的，有3800余篇。他一生喜好交友，唱作极多，朋友之间互作的题跋、杂记也很多，因为随机而作，流失的很多，文集中收集的这些逸文就像是随手写就的，十几字或几十字为一篇，长者不过百字，但这些随手所记在山水、人物、诗画的评点恳切高妙，仿佛信手拈来，亲切中有洒脱，是不可多得的品评精品。譬如，《后赤壁赋》中梦鹤化道的情节奇特而神秘，冷月下孤鹤的横空出世，戛然长鸣让人惊心动魄。细读苏轼的作品，你会发现苏轼不只是一个多才多艺的深情之人，他还是一个敏锐清醒的人，他创作的一系列人物笔锋犀利、言词咄咄，使得古人遍体鳞伤。他的《韩非论》《荀卿论》品人带着法家的逻辑和视角，而《孙武论》上下篇则激荡着几分兵家的凌厉，几乎不能让人相信这样的作家同时创作了《黠鼠赋》和《洞庭春色赋》。

奇绝的想象，细密的观察，精微的体悟，让苏轼逸文小品无论写景还是抒情都能曲尽其妙，达意深远。逸文汇编卷之六《题大江东夫后》云："久不作草书，适剧醉走笔，觉酒气勃勃，纷然指出也。"醉后草书，书成意尽，洒然之感顷然而出，而"酒气指出"这种细微的通感在写字和酒气之间建立桥梁，使读者能通过代入自己的日常体验这种感觉，使我们能在千年之后领悟他乘兴挥毫的风采。

苏轼以自己多方面、高水平的创作实践，承继欧阳修、梅尧臣等人的观念，继续领导和完成诗文的革新运动，并通过自己的影响力将革新运动带入词的领域，形成了豪放词派。他的文士精神和创作才能在当时就吸引了许多重要作家投在他的门下，被称为苏门四学士的黄庭坚、秦观、张耒、晁补之，都受到了他的热情鼓舞和栽培，苏轼的文采风流一直为后来的学者文人所企羡。

醉翁亭中醉翁醉 —— 欧阳修

> 疏隽开子瞻，深婉开少游。
>
> —— 冯煦《宋六十一家词选例言》

> 永叔"人生自是有情痴，此恨不关风与月""直须看尽洛城花，始共春风容易别"，于豪放之中有沉着之致，所以尤高。
>
> —— 王国维《人间词话》

阅读《醉翁亭记》，你就走入了欧阳修的琅琊山，听他讲这些宴饮游乐的故事。醉翁亭位于安徽滁州市琅琊山麓，庆历五年（1045），欧阳修被贬至滁州做太守，与琅琊寺住持僧智仙和尚成为知音。为了方便朋友聚会，修建了小亭。

此后，太守就想在此亭常驻，游乐和办公都在这里，"太守与客来饮于此，饮少辄醉，而年又最高，遂自号曰醉翁也"。有诗赞曰："为政风流乐岁丰，每将公事了亭中。"

这是"苍颜白发"的欧阳修。

欧阳修（1007—1072），字永叔，号醉翁，晚号六一居士，是北宋著名文学家、政治家，"唐宋八大家"之一，吉州永丰（今属江西）人，常自称庐陵人。欧阳修四岁丧父，依附叔父生活，知书达理的母亲为他启蒙教授知识。他于仁宗天圣八年（1030）及进士第，授官之后与梅尧臣、尹洙在文学和政治上互相欣赏，经常切磋，引为至交。景祐年间，欧阳修宦海沉浮，几经升降，让他经历和见识了官场黑暗的一面，点燃了他积极改革的欲望。庆历三年（1043），范仲淹、韩琦、富弼等人推行"庆历新政"，欧阳修参与并提出了涉及军事和吏治各方面的重要主张。改革失败后，欧阳修被贬为滁州（今安徽滁州）太守，创作了著名的《醉翁

▲ 欧阳修画像

亭记》。此后一直外放各地，历任扬州、颍州（今安徽阜阳）、应天府（今河南商丘）。到至和元年（1054）八月，重入京师，参与《新唐书》编写工作，在中国史学上留下重要的一笔。嘉祐二年（1057）二月，欧阳修主持当年科考，以主考官身份提倡平实文风，录取了苏轼、苏辙、曾巩等人，影响了他们以后的文学道路，特别是散文的创作，以此带动了北宋文坛的风气转变。

欧阳修的政论散文，如《与高司谏书》《朋党论》《五代史伶官传序》结合现实，表达了强烈的批判意识，是"古文"中的名篇。《醉翁亭记》连同他的《鸣蝉赋》《秋声赋》，骈文中加入散文句法，文辞华丽，节奏流畅又富于变化，舒卷自如。细腻逼真的叙事，迂徐有致的议论，严密曲折的章法，声律和谐、圆融轻快的语句，构成了欧阳修散文含蓄婉转的总体风格。

欧阳修的词较早地拓宽了宋词的新意境。他的词写得清丽自然，

一洗晚唐艳丽词风，在词的内容创作上，更多的仍是描写男女情爱之作，也多用怨女代言心声，风格却更清疏峻洁。王国维曾在《人间词话》中评述道："词之雅郑，在神不在貌。永叔、少游虽作艳语，终有品格。"著名的是《蝶恋花》与《踏莎行》：

> 庭院深深深几许，杨柳堆烟，帘幕无重数。玉勒雕鞍游冶处，楼高不见章台路。
>
> 雨横风狂三月暮，门掩黄昏，无计留春住，泪眼问花花不语，乱红飞过秋千去。（《蝶恋花》）
>
> 候馆梅残，溪桥柳细，草薰风暖摇征辔。离愁渐远渐无穷，迢迢不断如春水。
>
> 寸寸柔肠，盈盈粉泪，楼高莫近危栏倚。平芜尽处是春山，行人更在春山外。（《踏莎行》）

这两首都是即景抒怀之作。《踏莎行》书写游子思念家乡之情，通过联想远方情人的幽思，形成互动，颇有意境。《蝶恋花》创造了一个色彩艳丽的春光晚景，情思委婉，结句"泪眼问花花不语，乱红飞过秋千去"情词恳切，让人心痛。

欧阳修的词风与其散文相似，语言通俗易懂，自然清丽。譬如"不见去年人，泪满春衫袖"这样的句子，通俗易懂，感人肺腑。并且，欧阳修还创作了专门的艺术理论，对中国诗歌理论形成一定影响。他的《六一诗话》是文学史上以"诗话"命名的第一部文学理论，创建了一种论诗的新文体。欧阳修是古文运动的参与倡导者，他有自己的文学创作观点；对于孔孟等儒家经典著作，欧阳修有自己的理解，影响了理学、心学的开创。他的平易文风，深受后世文人推崇。

欧阳修的著述，今存《欧阳文忠公全集》。

据野史记载，欧阳修在扬州知府任上，经常到蜀冈游玩。因为视野开阔，就在这个地方修建了平山堂，经常在此设宴游玩。据《避暑录话》记述："公每暑时，辄凌晨携客往游，遣人走邵伯取荷花千余朵，以画盆分插百许盆，与客相间。遇酒行，即遣妓取一花传客，以次摘其叶，尽处则饮酒。往往侵夜，载月而归。"欧阳修去世后10余年，苏轼来做扬州太守，偶然登临平山堂，作《西江月》一首，凭吊欧阳修："三过平山堂下，半生弹指声中，十年不见老仙翁。壁上龙蛇飞动。　欲吊文章太守，仍歌杨柳春风，休言万事转头空，未转头时皆梦。"欧阳修的影响力，由此可见一斑。

▲ 永叔公园

务为有补，适用为本 —— 王安石

春风又绿江南岸，明月何时照我还。

—— 王安石《泊船瓜洲》

爆竹声中一岁除，春风送暖入屠苏。千门万户曈曈日，总把新桃换旧符。

—— 王安石《元日》

关于王安石，在中国历史上，尤其是在北宋历史上，说他是个文学家，毋宁说是个政治家。他对北宋的政坛和政治产生了重大的影响。

王安石，宋代改革家、思想家和文学家，字介甫，号半山，江西临川（今江西抚州）人，世称临川先生。王安石自幼聪敏过人，少年有才名，有"博闻强记，为文动笔如飞"的记载，庆历二年（1042）中进士第。在地方做官多年，政绩显著，有治世之才能，深得神宗赏识。熙宁三年（1070），王安石在宰相任上，大力推行改革，进行变法。王安石认为，"天变不足畏，祖宗不足法，人言不足恤"，这是他变法的精神支撑。王安石的变法以理财为中心，试图通过增加国库收入，实现富国强兵。施政方针主要集中在理财、强兵、育才三个方面。变法对当时的财政有一定的改变，但是触犯了大地主、大官僚的利益，也受到上至两宫太后，下到普通士族的保守势力的反对。改革期间王安石两次被罢相，改革进行得不理想，1085年神宗一死，新法全部废除，改革彻底失败。王安石变法实际上不能根本性解决当时的

▲ 王安石画像

社会矛盾，只能暂时性地缓解北宋"积贫积弱"的局面。

即便更认可王安石的政治作用，也不能否认王安石作为文学家的突出成就。只凭《泊船瓜洲》中一"绿"字，王安石就可以在文学史留名，更别说他还有类似于《游褒禅山记》这类哲理散文。王安石留存到现在的文集有《王临川集》《临川集拾遗》等。其散文简洁峻切，短小精悍，论点鲜明，逻辑严密，有很强的说服力，充分发挥了古文的实际功用，名列"唐宋八大家"；其诗"学杜得其瘦硬"，擅长于说理与修辞，晚年诗风含蓄深沉、深婉不迫，以丰神远韵的风格在北宋诗坛自成一家，世称"王荆公体"；其词写物咏怀吊古，意境空阔苍茫，形象淡远纯朴，营造出一个士大夫文人特有的情致世界。

王安石一生的文学活动与他的人生紧密相连，更多地反映了他一生的政治活动；他研究经史，推动古文革新运动的发展，反对西昆派文人过于注重辞藻的创作方式，认为"文者，务为有补于世而已""要之，以适用为本"，强调文章的实用性。他的散文以政论文为主，针砭时弊，有明确的政治主张和强烈的倾向性。

他的诗和散文一样拥有自己独特的风格。他的不少诗篇反映了

忧国忧民的情怀，同时表现出对人民的同情、对国家前途的忧虑，以及对社会现实的不满和对理想世界的向往。比如《河北民》一首：

> 河北民，生近二边长苦辛。家家养子学耕织，输与官家事夷狄。今年大旱千里赤，州县仍催给河役。老小相携来就南，南人丰年自无食。悲愁白日天地昏，路旁过者无颜色。汝生不及贞观中，斗粟数钱无兵戎。

写统治阶级税负严重，只为了平息兵患，导致南北人民常年辛劳，无论丰年还是灾年，都陷入流离转徙和"无食"的绝境。《兼并》《收盐》《感事》《发廪》《省兵》等都书写了这样的心怀，表现他关注民间疾苦、主张改革的理想。王安石还对北宋面对辽和西夏的兵祸威胁苟安的思想感到忧虑，不少诗篇表达了这种思想。如《阴山画虎图》：

> 阴山健儿鞭鞘急，走势能追北风及。逶迤一虎出马前，白羽横穿更人立。回旗倒戟四边动，抽矢当前放蹄入。爪牙蹭蹬不得施，碛上流丹看来湿。胡天朔漠杀气高，烟云万里埋弓刀。穹庐无工可貌此，汉使自解丹青包。堂上绢素开欲裂，一见犹能动毛发。低徊使我思古人，此地抟兵走戎羯。禽逃兽遁亦萧然，岂若封疆今晏眠？契丹弋猎汉耕作，飞将自老南山边，还能射虎随少年？

从一幅阴山健儿射虎的画中，捕捉健儿的矫健身姿，联想到汉代朔北胡天的抗边斗争，往往能取得胜利、靖边安民，而如今此地"杀气再高",我们又将如何应对?这首诗表现了他对北宋边防的担忧。

　　但是王安石的诗词创作实际上是在晚年达到艺术的成熟和高超水平的,政治热情消退以后,他的心情和生活发生了显著变化,引起了诗风的变化,写下了许多含蓄恬淡的小诗。比如《即事》,他描写山村景色,"纵横一川水,高下数家村。静憩鸡鸣午,荒寻犬吠昏"。几笔描摹,静寂的乡村像画卷一样在眼前展开。"纵横""高下"方位词的描写简练地勾画出水形村势。"静憩""荒寻",一个闲适慵懒,另一个清冷孤寂。而鸡在午间鸣叫,犬吠黄昏,使时间活化。《书湖阴先生壁》中"一水护田将绿绕,两山排闼送青来",对仗工整,搭配精绝。"护田""排闼"二词用典,但也写实,所以搭配得生动自然,绿和青既可以既理解为真实的客观事物,又可理解为一种色彩或精神。《葛溪驿》中写行人思乡意,病重善感,抒发双重感触的凄凉。"病身最觉风露早,归梦不知山水长"一句,梦中咫尺,梦醒天涯,身体因为病弱不能行动,虽然朝暮牵挂,但终不能成行,怎不叫人在这样的情绪中失望呢?《初夏即事》中"晴日暖风生麦气,绿阴幽草胜花时",天气晴朗,微醺的暖风吹来阵阵麦香,树荫浓绿芳草幽香,这样的风景,比花开时节更让人觉得美好。王安石非常喜欢改诗,还喜欢造硬语、压险韵、使用生僻的典故。后人虽然对王安石注重形式颇有微词,但也承认:人无及他博学精才。

山抹微云 —— 秦观

> 近来作者，皆不及少游。如"斜阳外，寒鸦数点，流水绕孤村"，虽不识字人，亦知是天生好言语。
>
> —— 晁无咎

> 秦少游词，体制淡雅，气骨不衰。清丽中不断意脉，咀嚼无滓，久而知味。
>
> —— 张炎

秦观（1049—1100），字少游，一字太虚，别号邗沟居上，扬州高邮（今属江苏）人。北宋婉约派词人，被尊为婉约派一代词宗。他少有壮志，除诵读经史外，还攻读兵书，希望为边境效力，并以为"功誉可力致，而天下无难事"（陈师道《秦少游字序》）。雄心壮志，不敌世事艰难，他直到37岁才中进士，43岁获得职务，随即卷入党争，屡次贬谪。先后到郴州（今属湖南）、横州（今广西横县）和雷州（今广东雷州）等地方。心有雄志而挫折太多，他的人生在各种打击中，逐渐走向衰败，52岁在雷州去世。

秦观是"苏门四学士"之一，在四学士中最为苏轼赏识。工诗、词、文，而以词的艺术成就最为高超，他的词在当时就享有盛名，如陈师道《后山诗话》誉之为"今代词手"，叶梦得《避暑录话》则说秦观"善为乐府，语工而入律，知乐者谓之作家歌，元丰间盛行于淮楚"。他被誉为词史上第一流的正宗婉约作家。其词学习南唐词风，自主吸收柳永影响，词风含蓄隐丽，取象设词追求意象的精致、幽美，情韵兼胜，语言淡雅，音律谐美，饶有余味，艺术成就很高。秦观和晏几道一样，都是"古之伤心人"（冯煦《蒿庵论词》），词中浸透着仕途坎坷、

▲ 秦观画像

多思人生的伤心的泪水，充满绵密的愁思："恨悠悠，几时休。飞絮落花时候、一登楼。便作春江都是泪，流不尽，许多愁。"（《江城子》）"日边清梦断，镜里朱颜改。春去也，飞红万点愁如海。"（《千秋岁》）这些需要用江海衡量的愁恨，都使词人坎坷人生的悲愤、迷茫、失望等种种无法言说的伤痛从心底流出，即冯煦所说的"他人之词，词才也；少游之词，词心也"（《蒿庵论词》）。他的词又被人称为"女郎诗"（元好问《论诗绝句三十首》之二四），这与他的经历和个性气质都有关系。

秦词以描写男女恋情和哀叹本人不幸身世为主，感情色彩较为浓重。他非常善于把男女的思念和悲欢离合之情与个人的生活际遇自然地结合，运用含蓄的手法、淡雅的语言，通过谐美的节奏、萧瑟的场景、富有新意的形象，抒发迁客骚人的愤懑和无奈，达到情韵兼胜，含蓄而有余味。清人周济说秦词"将身世之感打并入艳情，

又是一法"(《宋四家词选》)，就是针对这种情况而言的。

秦观词在艺术风格上被视为婉约之正宗，只是婉约中有太多的忧伤，但与他词的内容极为匹配，达到了情辞相称、意韵兼胜的效果。秦词善于通过描写清幽冷寂的自然风光，抒发词人的愤懑和无奈，营造萧瑟凄厉的"有我之境"。如"雾失楼台，月迷津渡，桃源望断无寻处。可堪孤馆闭春寒，杜鹃声里斜阳暮。 驿寄梅花，鱼传尺素，砌成此恨无重数。郴江幸自绕郴山，为谁流下潇湘去?"(《踏莎行》)全词写于郴州贬所，用实景和幻象结合，构成一种凄迷暗淡的景象，传达出词人哀怨的心情，特别是最后两句痴语含蓄蕴藉。词中所选意象与作者的心理感受融为一体，通篇渗透着词人的伤心泪水，让人不忍卒读。

秦词还善于捕捉日常生活的细节，对客观存在和主观感受做细微的刻画，以此来抒发深悠的哀伤。如《画堂春·落红铺径水平池》有这样的细节刻画："柳外画楼独上，凭栏手捻花枝。放花无语对斜晖，此恨谁知?"秦词还善于利用各种修辞手法，以及遣词造句上的精心选择表达纤细的感受和丰富联想。如《满庭芳·山抹微云》上阕："山抹微云，天连衰草，画角声断谯门。暂停征棹，聊共引离尊。多少蓬莱旧事，空回首，烟霭纷纷。斜阳外，寒鸦万点，流水绕孤村。""寒鸦"二句虽是化用隋炀帝诗，但不失自己的特色;"抹""连"两字平常，却深得画意，难怪苏轼要戏称他为"山抹微云秦学士"了。

在感叹人生命运无常之外，秦观也写了很多有关男女恋情的词。他将这个传统题材写得更真挚动人。像著名的《鹊桥仙》："纤云弄巧，飞星传恨，银汉迢迢暗度。金风玉露一相逢，便胜却人间无数。 柔情似水，佳期如梦，忍顾鹊桥归路? 两情若是久长时，又岂在朝朝暮暮!"以牛郎织女做比,写人间一段执着而深沉的爱情。也表达了作者在爱情上的严谨态度,体现出词人纯粹的感情需求,越发增加了"情"的感染力。受个人感情生活影响,他的爱情词也多偏于愁怨。

　　秦观词的艺术成就不可否认,但多有不足之处,他的词内容狭窄,风格偏于柔弱,境界多为凄凉,这与他的人生遭遇有很大关系,与他的心理脆弱、偏于消极也有很大关系。总的来说,秦观个人的遭遇和词的感伤基调非常容易吸引怀才不遇的人士共鸣,所以他向来被认为是婉约派的代表作家,对后世词人,从周邦彦、李清照直到清代的纳兰容若等,都有显著的影响。

富艳精工 —— 周邦彦

> 周邦彦字美成，自号清真，二百年来，以乐府独步。贵人、学士、市侩、妓女，知美成词为可爱。
>
> —— 陈郁《藏一话腴》

> 美成词如十三女子，玉艳珠鲜，政未可以其软媚而少之也。
>
> —— 彭孙遹《金粟词话》

到宋代，江南地区已经是我国才子遍出的地方，山水美丽、经济发达的浙江省成了宋朝重要的人才宝库。周邦彦就是这个宝库中最为闪耀的明珠。

周邦彦（1056—1121），字美成，号清真居士，钱塘（今浙江杭州）人。出身于诗书世家。少年时个性比较疏散，但相当喜欢读书。他"博涉百家之书"，很快成为一个学富五车的青年。对于文学史上的周邦彦来说，更重要的是他对词律的修改和创新，而从小培养的音乐才能奠定了他在词坛的重要地位。他能自度新曲，是柳永以后对词律有重大影响的又一人。他的作品题材多局限于闺情、羁旅的传统内容，偶有咏物之作。但他的词格律谨严，遣词造句典丽精雅，善用长调铺叙。为后来格律派词人所宗，时词论称他为"词家之冠"。有《清真居士集》，已经遗失。

周邦彦的词因其强烈的旋律性，容易被传唱，在当时就影响颇大，"贵人、学士、市侩、妓女，知美成词为可爱"（陈郁《藏一话腴》）。他博采众家之长，比如吸取温庭筠的浓艳、韦庄的清丽、冯延巳的缠绵、李后主的深婉，特别是柳永的绵密和冶艳，最终形成了"富艳精工"（《艺概·词曲概》）的一家之风，是北宋婉约词派之集大成者。他不仅善于继承，而且勇于创新，主要体现在他更注重写作技巧和人工雕琢，因而他的词较之上述词人更凝重，书卷气更浓。因此，周邦彦的词深得后人赞赏，并产生了广泛的影响。

周邦彦长于铺叙，变柳永的直笔为曲笔，结构回旋，多种叙事手法交替使用，或以心理时空感受为线索来结构篇章，使词更加复杂。用笔注重精雕细琢，研音炼字，使言情体物追求工巧周至。在抒情时更为深婉浑厚，产生一种顿挫沉郁的味道。同时，追求句法的新奇，讲究用典，善于化用前人诗词，使语言更为精致华美，妥帖工整。如《玉楼春》：

> 桃溪不作从容住，秋藕绝来无续处。当时相候赤栏桥，今日独寻黄叶路。
>
> 烟中列岫青无数，雁背夕阳红欲暮。人如风后入江云，情似雨余粘地絮。

全词八句全用对偶，且多处化用《幽明录》典故及钱起、温庭筠、参寥等人的诗意，在色彩的渲染和空间的布列上，可谓极工致精巧。又能"别饶姿态，不病其板"（《白雨斋词话》），深得剪裁之妙、典雅之美。

他后期的词风格更为圆浑，典丽缜密、浑厚醇雅，深沉含蓄而富于变化，章法张弛有度，回环曲折，是词史上的典范作品。如《兰陵王·柳》：

> 柳阴直，烟里丝丝弄碧。隋堤上，曾见几番，拂水飘绵送行色。登临望故国，谁识京华倦客？长亭路，年去岁来，应折柔条过千尺。
>
> 闲寻旧踪迹，又酒趁哀弦，灯照离席。梨花榆火催寒食。愁一箭风快，半篙波暖，回头迢递便数驿，望人在天北。
>
> 凄恻，恨堆积，渐别浦萦回，津堠岑寂，斜阳冉冉春无极。念月榭携手，露桥闻笛。沉思前事，似梦里，泪暗滴。

一首自伤别离的词，写作者离别之愁。身在异乡送别之愁，此一曲折；旧居重逢又别离，又一曲折；代客设想，又一曲折；孤帆远去之送者之心，又一曲折；追忆往昔相聚欢乐，又一曲折。反复回旋，时间、空间交错，主客变换。层层重叠，堆积情绪，语语吞吐，都是愁肠。萦回曲折，似浅实深，仿佛无数心事流荡其中。词中包含丰富内容，有生活细节，有人物活动，有主客体的心理意绪，形成词作较为鲜明的叙事性和戏剧性特色。无论景语、情语，都很耐人寻味。

除了个人进行创作外，周邦彦在审订词调方面做了不少精密的整理工作，使词的声律模式进一步规范化、精密化；并创制新声，创造了《六丑》等新词牌，丰富了词调，扩展了音乐领域。这些对词乐和词律的重大贡献，使他成了词坛的权威。他也在填词技巧上有不少新创举，开了格律词派的先河，为词的艺术形式做出了贡献。

周邦彦是一个多才多艺的作家。因其词才高于同时代的很多文人，所以他在将词规律化和精密化后，仍然不影响他创作出高水平的词，反而因其鲜明的书卷气成为独特的标签，但也正是因为词律的精密性，使得后世向他学习的文人，词的格局有所限制，很难有高妙之词。但因为音律和谐，他的作品受到很多人的喜欢。直到元代初期还有歌伎能唱他的词。一直到近代，清真词的影响依旧很大。周邦彦以自己的惊人才华和辛酸经历铸成的这些艺术珍品，将因给人们以美的享受而不会泯灭。

别是一家 —— 李清照

男中李后主，女中李易安，极是当行本色。

—— 沈谦《填词杂说》

张南湖论词派有二：一曰婉约，一曰豪放。仆谓婉约以易安为宗，豪放惟幼安称首，皆吾济南人，难乎为继矣！

—— 王士禛《花草蒙拾》

在中国 2000 年的古代文学史上，能青史留名的女性少之又少，李清照以其傲人的才华，位列其中，给森然的中国历史带来了几多灵气、几多温馨。让人不得不感叹和惊奇！

"昨夜雨疏风骤，浓睡不消残酒。试问卷帘人，却道海棠依旧。知否、知否，应是绿肥红瘦。"这首词，传唱度之高，普及性之广，难以统计。其朗朗上口的韵律美感，以及雨后绿肥红瘦的绝妙形容，给人耳目一新之感。这首词就是有"千古第一才女"之称的李清照的佳作。

李清照，自号易安居士，齐州济南（今山东济南章丘明水）人。生于元丰七年（1084），卒于绍兴二十五年（1155）左右。宋代女词人，婉约词代表人物。李清照出身于书香门第，生长于官宦之家，父母均有才学，少时生活优越，早有才名，能诗词，善书画。《碧鸡漫志》说她"自少年便有诗名，才力华赡，逼近前辈"。朱弁《风月堂诗话》也记载晁补之常向人称赞她的诗句。18岁与赵明诚结秦晋之好。婚姻生活美满幸福。

李清照的一生以南渡为线，分前后两段，文学创作也随着生活环境的变化而变化。前期生活优越，词作以描写闺阁悠闲生活为主，内容多描绘大自然，借景抒情，抒发真挚爱情的词风清新明丽，意境优美，委婉动人。南渡后，丈夫病死，境况大变，既感伤自己身世又遭遇家国大变，作品一变为伤时感世，情调感伤沉郁，词风趋于沉重哀愁。无论前期还是后期，她的词都以其朴实自然的语言、抑扬顿挫的音律、至情感性的感情、淡雅清疏的审美境界代代流传，带给人美的感受、至高的艺术享受，所谓"以寻常语度入音律"者也。

李清照前期的词大多数是写男女爱情以及离愁别绪，反映她闺中生活，属于词的传统题材。但李清照以女性口吻自写自心，便更为真实、细腻、体贴入微，因此，她的词作对女性心理把握精准，传情达意更为切中女性内心，选用意象也有别于男性，情绪的表达更为委婉动人，别有风致，如：

红藕香残玉簟秋，轻解罗裳，独上兰舟。云中谁寄锦书来，雁字回时，月满西楼。

花自飘零水自流，一种相思，两处闲愁。此情无计可消除，才下眉头，却上心头。（《一剪梅》）

薄雾浓云愁永昼，瑞脑消金兽。佳节又重阳，玉枕纱厨，半夜凉初透。

东篱把酒黄昏后，有暗香盈袖。莫道不消魂，帘卷西风，

人比黄花瘦。(《醉花阴》)

　　"轻解罗裳，独上兰舟"，柔美轻盈；"才下眉头，却上心头"，无处可寄托的缠绵；"帘卷西风，人比黄花瘦"，相思之苦和青春易逝的敏锐感受，都是男性作者不容易体验到的。

　　她善于打造情景交融的意境，在物我交融中，刻画人物形象，抒发自我感情，特别善于通过白描、叙事等一系列表现手法，刻画人物内心世界，于"短幅中藏无数曲折"(《蓼园词选》)，跌宕起伏中塑造缠绵、多情的主人公形象；既有直写活泼有趣的少女生活，又善于借景托物来抒情，因此创造了她极具个性化的词作意境。如文章开头提到过的《如梦令》。

　　李清照还善于将清新朴素的语言与淡雅疏远的风格及描写手法结合在一起。她长于创造性地运用语言，自然率真、近于口语，但又不失精美；善于调配各种修辞手法，自然和谐，达到了"极炼而不炼，出色而本色"(《艺概·词曲概》)的最佳效果。因而能将白描化的外在形式与精美化的内在特质完美地结合起来。如《声声慢》开头即用"寻寻觅觅，冷冷清清，凄凄惨惨戚戚"14个叠字，结尾又呼应以"点点滴滴"4个叠字，真如"大珠小珠落玉盘"，且准确而有层次地表达了主人公的心绪。词中的"乍""黑""了得""怎"等字口语入词，节奏利落、表情精准；"守着窗儿"一个行为，很本色、精准地反映了李清照的等待和期盼的内心世界。又如《永遇乐》：

　　　落日熔金，暮云合璧，人在何处？染柳烟浓，吹梅笛怨，春意知几许？元宵佳节，融和天气，次第岂无风雨？来相召、香车宝马，谢他酒朋诗侣。

中州盛日，闺门多暇，记得偏重三五。铺翠冠儿，撚金雪柳，簇带争济楚。如今憔悴，风鬟霜鬓，怕见夜间出去。不如向、帘儿底下，听人笑语。

这首词描写作者南渡后定居临安的一段生活，反映了词人饱经忧患后悲凉近乎漠然的心理状态。上阕开始连用三个问句："人在何处？""春意知几许？""次第岂无风雨？"问自己、问时光、问无常，都是明知故问之语，一重重问句反复表现自己化不开的乡愁和怀人之思，感叹时光流逝，生活动荡不安，祸福莫测的忧患，以及由此产生的人生无常的心灰意懒。下阕承接"酒朋诗侣"而下，由上阕的写今转为忆昔，充分体现那时候无忧无虑的游赏兴致，也从侧面反映了汴京的繁华热闹，语调轻松欢快。"如今憔悴，风鬟霜鬓，怕见夜间出去"三句，过去现在形成鲜明对比，迥然不同的心境，从侧面反映出词人心灵上的巨大阴影。"不如向、帘儿底下，听人笑语"写出想看不敢看的矛盾心理，依恋过去与难面现实伤痛在这一句集中爆发。在感叹个人悲伤内心的同时，流露出乡关之思和家国之恨，含蓄，悠长。

上阕四层抒情，每三句一层，每层都用乐景抒哀情，极具曲折沉郁之美；下阕两层的今昔对比，用盛景衬衰景，深寓无限的感慨。全词语言精练如洗又自然清新，"帘儿底下"的细节又包含了无限辛酸。在平淡中见浓烈，于细微处见精神，正是李清照词的独特风格。

在词的艺术表现方面，李清照有自己比较完整独特的看法。她创作了一篇《词论》，对唐代特别是北宋以来的主要词人提出了批评，从中显示出她个人的独特美学追求。譬如她认为柳永的词"虽协音律，而词语尘下"，表明她反对词过于俚俗化、市民化的倾向；认为晏殊、欧阳修、苏轼等人的词"皆句读不葺之诗尔，又往往不协音律"，表明她反对将词的功用无限贴近诗，和破坏音律的不严谨；认为晏几道的词"苦无铺叙"，贺铸的词"苦少典重"，秦观的词"专主情致而少故实"，表明她主张词的表现手法要多样、善于变化，更要追求深厚的文化内涵。概括而言，李清照的词学观点，强调了词在艺术上的独特性，即词"别是一家"，与诗歌相区别；特别重视词的声律形式；在语言上要求典雅而又浑圆。

李清照词因其自己的认识指导创作，所以在艺术上能自成一家，被后人誉为"易安体"，她被推为"当行本色"的婉约正宗和最高代表，在文学史上有着深远的影响。

▲ 李清照故居

一世豪杰 —— 辛弃疾

> 稼轩雄深雅健，自是本色，俱从南华、冲虚得来。然作词之多，亦无如稼轩者。中调、短令亦间作妩媚语。观其得意处，真有压倒古人之意。
>
> —— 邹祗谟《远志斋词衷》

> 稼轩之词，胸有万卷，笔无点尘，激昂排宕，不可一世。
>
> —— 彭孙遹《金粟词话》

和范仲淹一样，辛弃疾有着丰富的行军生活，他首先是爱国志士，然后才是一个成就颇高的词人，因而他的词"悲歌慷慨，抑郁无聊之气，一寄之其词"，迥异于同时代的大多数词人。

辛弃疾（1140—1207），南宋词人，字幼安，号稼轩，历城（今山东济南）人。出生时，山东已属金。所以他青少年时代的志向就是恢复中原。21岁时参加抗金义军，有将名，不久归南宋，先后在江西、湖南、福建等地做守臣。任职期间，积极政事。一生主张抗击金军，收复北地。然而现实是残酷的，南宋的统治者安于偏居，他虽有出色的才干、坚定的信念，但终究无法改变历史的走向，他的政见从未被采纳。由于受到主和派常年打击，他一直在闲居，以待时机。1203—1207年北伐，韩侂胄主事，辛弃疾被任命为镇江知府，但并未受到重用。不久北伐亦失败。辛弃疾赍志以殁，以至临终前"大呼杀贼数声"(《济南府志》)。

因为辛弃疾生长于被金政权统治的北方，国破的感受、恢复故土的愿望都比一般南宋士大夫更为直接和强烈，他一生以恢复国土为志，以功业自诩，他的理想不仅是民族共同心声的体现，也是他实现自我价值的终极目标。因此他把满腔激情和对国家兴亡、民族命运的关切、忧虑，全部寄寓于词作之中。其词艺术风格多变，而以豪放为主。激情洋溢，慷慨悲壮，笔力雄健，与苏轼并称为"苏辛"。他的词集《稼轩长短句》，保存了词作600多首。

主体情感的浓烈、主观理念的执着，成了辛词的一大特色。辛弃疾以满腔炙热的爱国之情与实现报国雪耻的崇高理想拥抱人生，表达着敢于担当的英雄豪情和壮志难酬的悲愤。他的词中，如"将军百战身名裂。向河梁、回头万里，故人长绝。易水萧萧西风冷，满座衣冠似雪。正壮士、悲歌未彻"(《贺新郎·别茂嘉十二弟》)，"夜半狂歌悲风起，听铮铮、阵马檐间铁。南共北，正分裂"(《贺新郎·用前韵送杜叔高》)，以及"恨之极，恨极销磨不得。苌弘事、人道后来，其血三年化为碧"(《兰陵王》)，都是激烈悲愤，心怀不能自已的悲怨心声，以强烈的冲击力激荡读者的心灵。辛弃疾词中也有旷达语，但他不像苏轼可以将旷达自我疏解为平静，而是转为低沉甚至绝望的方向，使得内心的情绪更加激烈。如"元龙老矣，不妨高卧，冰壶凉簟。千古兴亡，百年悲笑，一时登览"(《水龙吟》)，"甚矣吾衰矣。怅平生、交游零落，只今余几。白发空垂三千丈，一笑人间万事"(《贺新郎·甚矣吾衰矣》)，"身世酒杯中，万事皆空。古来三五个英雄。雨打风吹何处是，汉殿秦宫"(《浪淘沙》)，这些看似旷达实则无力颓废的句子，却更使人感受到清醒的痛苦和绝望。

他塑造的奇伟不凡的形象，携带着万丈豪情与痛苦绝望相交织的心情，在词作的创作中，就表现为情绪起伏不定，高昂与低回，反差强烈，形成强烈的情绪的冲击。如《破阵子·为陈同甫赋壮词以寄之》，开头回忆其当初抗金时的沙场生涯，激昂热烈，痛快淋漓，又有英雄胆气。但在"了却君王天下事，赢得生前身后名"之后，末尾接续"可怜白发生"，点出难返从前，多少壮志豪情，都成了过往，白发丛生都等不到再战沙场，前面有多少豪情，后面就有多少落寞绝望，英雄熬白了头，这种明知未来的绝望让人无处躲藏。再如《水龙吟·登建康赏心亭》：

> 楚天千里清秋，水随天去秋无际。遥岑远目，献愁供恨，玉簪螺髻。落日楼头，断鸿声里，江南游子。把吴钩看了，栏杆拍遍，无人会，登临意。
>
> 休说鲈鱼堪脍，尽西风、季鹰归未？求田问舍，怕应羞见，刘郎才气。可惜流年，忧愁风雨，树犹如此！倩何人，唤取红巾翠袖，揾英雄泪。

恢复国土的失意，对壮志未酬的苦闷，随着岁月的流逝、时局的变化，这种悲伤、失意、苦闷越来越积郁，最后成为绝望。但词人仍在百般求索，孤独和痛苦交织，眼泪里不知道是失望多还是悲哀多，但他依然在坚持，决不放弃，孤勇而坚定。直到晚年应北伐征召担任镇江知府时，《永遇乐·京口北固亭怀古》中仍然慨叹"千古江山，英雄无觅，孙仲谋处"，表达不甘衰老、可以力敌的壮烈情怀：

四十三年，望中犹记，烽火扬州路。可堪回首，佛狸祠下，
一片神鸦社鼓。凭谁问：廉颇老矣，尚能饭否？

辛弃疾心中永远有一团火，使他不甘于平庸人生，使他能历经
仕途坎坷仍然热血报国，这种精神伴随了、鼓舞了辛弃疾的一生，
也始终闪耀在他的词中，奏响了宋词的最强音。

不过，以上只是指辛弃疾词中主流部分的艺术风格而已。

辛弃疾在词史上的一个重大贡献，还在于题材的扩大，表达内
容基本与诗无二。他存世的600多首词作，内容非常丰富，涉及政
治、哲理，朋友之情、恋人之爱，田园风光、民俗人情，日常生活、
读书感受，可以说，凡是可以作为写作对象的内容在他的词中都有
表现。同时，伴随着内容、题材、情感的变化，辛词的艺术风格也
变化多端。他的词能刚能柔，既有雄深雅健、沉郁顿挫的一面，又
可以兼收并蓄，化刚为柔。如著名的《摸鱼儿》，辛弃疾发扬了苏轼
词的豪放清雄，又继承了传统词的婉约含蓄，所以形成了他的刚柔
相济的词风。上阕写惜春却又有深意，下阕写宫怨以表内心，借女
主人公的口吻，把一种哀怨失意的心情层层铺陈，写得回肠荡气，
曲婉深致，用笔细腻含蓄。描写田园风光和农家生活的作品，又是
那样清丽自然，活泼灵动。如《西江月》的下阕："七八个星天外，
两三点雨山前。旧时茅店社林边，路转溪桥忽见。"于朴素自然中
见明快大方，是一般人很难达到的境界。所以刘克庄《辛稼轩集序》
说："公所作，大声鞺鞳，小声铿鍧，横绝六合，扫空万古，自有苍
生以来所无。其秾纤绵密者，亦不在小晏、秦郎之下。"这也是比较
全面也比较公允的评价。

僵卧孤村不自哀 —— 陆游

　　放翁、稼轩，一扫纤艳，不事斧凿，高则高矣，但时时
掉书袋，要是一癖。

—— 刘克庄

　　无此绝等伤心之事，亦无此绝等伤心之诗。就百年论，谁
愿有此事？就千秋论，不可无此诗。

——《宋诗精华录》

　　"红酥手，黄藤酒，满城春色宫墙柳。东风恶，欢情薄，一怀愁绪，几年离索。错、错、错。　春如旧，人空瘦，泪痕红浥鲛绡透。桃花落，闲池阁，山盟虽在，锦书难托。莫、莫、莫。"

　　很多人都曾被记述了陆游和其前妻唐琬感人爱情故事的词《钗头凤》所感动，他们的爱情故事被现代的编剧们创作成电影、电视剧，而词则被作为主题曲广为传唱。通常，能感动我们的爱情一定有种缺憾美，更何况对于古代士大夫而言，爱情永远不可能是人生的全部，所以唐琬和陆游的故事以离婚结局。而陆游，在他浩瀚的文学创作中，爱情诗更是少之又少，这段爱情也只是偶尔凭吊的生命插曲，他一生都在追求忠君爱国的理想，他的文学创作也以此为核心，终使他青史留名。

陆游（1125—1210），字务观，号放翁，越州山阴（今浙江省绍兴市）人。南宋文学家、史学家、爱国诗人。陆游出身于仕宦之家，靖康之难给他们家族打上了深深的烙印，据陆游《跋傅给事帖》说，小时候有这样的记忆，"相与言及国事，或裂眦嚼齿，或流涕痛哭，人人自期以杀身翊戴王室，虽丑裔方张，视之蔑如也"。那样的时代背景下，在陆游的家庭氛围中，灭国的耻辱几乎被陆游从小记在心里，民族忧患意识影响了他的一生。陆游一生作品繁多，其《剑南诗稿》85卷，收诗9000余首，另有《渭南文集》50卷，其中包括词2卷（单独刻行的名为《放翁词》）。

他的文学成就以诗为最高，精华是爱国诗歌。这些诗内容丰富，思想深邃，感情真挚。这类作品反映了两个方面的思想：一方面是他渴望抗金复国、收复中原的信念，另一方面则是他壮志难酬的悲愤。

▲ 陆游画像

不管是早年的"战死士所有，耻复守妻孥"（《夜读兵书》），还是中年的"逆胡未灭心未平，孤剑床头铿有声"（《三月十七日夜醉中作》），抑或晚年的"一闻战鼓意气生，犹能为国平燕赵"（《老马行》），都始终在表达这两种感情。而且这两种感情在诗歌中互相激荡：愈悲愤理想愈坚定；对理想愈执着，悲愤也愈发强烈。这使他的诗歌充满英雄气概，在大气磅礴中蕴含悲怆情怀。如下面这两首名作：

　　黄金错刀白玉装，夜穿窗扉出光芒。丈夫五十功未立，提刀独立顾八荒。京华结交尽奇士，意气相期共生死。千年史册耻无名，一片丹心报天子。尔来从军天汉滨，南山晓雪玉嶙峋。呜呼！楚虽三户能亡秦，岂有堂堂中国空无人！（《金错刀行》）

　　早岁那知世事艰，中原北望气如山。楼船夜雪瓜洲渡，铁马秋风大散关。塞上长城空自许，镜中衰鬓已先斑。《出师》一表真名世，千载谁堪伯仲间！（《书愤》）

　　陆游的爱国诗作中表现出来的忠君思想更多是因为"君"代表着国家和民族，是一种象征，是当时社会大众的普遍心声。对政治清醒而理智的认识和感情上厌憎好恶相融合，造就了陆游爱国诗歌的热情洋溢，雄浑悲壮。

　　除爱国诗外，他对田园风光的描写也有很高的思想性。他把农村的平凡生活写得生动有趣，草舍茅屋、农田渔耕都在他的笔端熠熠生辉，"山居景况，一一写尽"（梁清远《雕丘杂录》）。有些诗还深刻地反映了当时的阶级矛盾，表达了对劳动人民的同情。如云："有司或苛取，兼并亦豪夺。正如横江网，一举孰能脱？"（《书叹》）"身为野老已无责，路有流民终动心。"（《春日杂兴》）有些诗生动地描摹了农民辛劳的生活，表现了诗人对劳作生活的热爱。如"老农爱犊行泥缓，幼妇忧蚕采叶忙"（《春晚即事》）。有些诗还记录了宋代的风土人情、民风民俗，具有强烈的乡村烟火气和一定的民俗学价值。如《社日》之写社戏，《赛神曲》之写祭神，《秋日郊居》之写教学的先生，《阿姥》之写去赶集的老妪，等等。有些诗是生动而单纯的写景诗，描绘农村的优美风光，但蕴含深刻的哲理。如《游山西村》："莫笑农家腊酒浑，丰年留客足鸡豚。山重水复疑无路，柳暗花明又一村。箫鼓追随春社近，衣冠简朴古风存。从今若许闲乘月，拄杖无时夜叩门。"

陆游的诗，除爱国题材及田园风光外，"其闲适之诗尤多"（《瀛奎律髓》卷23）。诸如游赏、读书、作诗、教子、宴饮、独酌、赋闲、咏物、记行、赏吟光景、歌咏节序等，都是他创作的好题材。他用一颗热爱生活的心体味日常生活的情趣，抒发细腻感受，"亦足见其安贫守分，不慕乎外，有昔人衡门泌水之风"（《瓯北诗话》）。如"小楼一夜听春雨，深巷明朝卖杏花"（《临安春雨初霁》），就是这类作品中出现的名句。

爱情诗也是陆游诗作中很有价值的一部分。由于理学的兴盛和宋词的发展，诗言情的功能在宋朝遭到削弱，陆游因为与前妻唐琬刻骨铭心的爱情，他的悼念诗写得情真意切、感人肺腑。如75岁时所写的《沈园二首》之一："城上斜阳画角哀，沈园非复旧池台。伤心桥下春波绿，曾是惊鸿照影来。"正如《宋诗精华录》所评："无此绝等伤心之事，亦无此绝等伤心之诗。就百年论，谁愿有此事？就千秋论，不可无此诗。"

陆游是整个宋代存世作品数量最多的诗人，他的诗以更为丰富广泛的题材、更为变化多样的风格和更为纯熟的创作技巧，取得了超凡的成绩。尤其是贯穿他的诗歌的那种激烈而深沉的对民族的热爱之情，反映出山河破碎、民族生死存亡之际的普遍心愿，在当时以及后世，都赢得了普遍好评。

瘦石孤花，清笙幽磬 —— 姜夔

姜白石词如野云孤飞，去留无迹。

——张炎《词源》

白石道人，中兴诗家名流，词极精妙，不减清真乐府，其间高处，有美成所不能及。

——黄升《中兴以来绝妙词选》

姜夔（约1155—约1221），字尧章，号白石道人。饶州鄱阳（今属江西）人。南宋文学家、音乐家。他从小家境贫寒，数次参加科考未果，终生未仕，以卖字为生，生命中的大部分时间靠他人周济过活。姜夔才华高标，精通音律，诗词、散文、书法、音乐，无不精善，是又一全能人才。作为有才华的士人，他怀抱一腔用世之理想，但他一生困守，漂泊江湖。又清高自诩，决不愿自折脊柱做清客文人。陈郁赞其"襟怀洒落，如晋、宋间人"（《藏一话腴》）。诗词创作存世80余首，内容题材广泛，有感时伤怀，有自伤身世，也有山水记游、咏物言志、男女之情等。词集中流传到现代的有17首自注工尺旁谱的词，是流传下来的唯一的宋代词乐文献，在音乐史上有重大研究价值。姜词风格清空高洁，用江西诗派瘦硬之笔作词，以清刚救周柳一派的软媚；又以委婉富有情致救苏辛派末流的粗豪，在词坛独树一帜，享誉很高，影响深远。有《白石道人歌曲》。

姜夔的词当以感时伤怀、自伤身世、咏物言志、男女之情等题材成就较高。有些词有一种处江湖之远，仍忧心国事的感情，有一定的爱国意义，但情调忧郁凄凉，含义隐约，如《扬州慢》：

> 淮左名都，竹西佳处，解鞍少驻初程。过春风十里，尽荠麦青青。自胡马窥江去后，废池乔木，犹厌言兵。渐黄昏，清角吹寒，都在空城。
>
> 杜郎俊赏，算而今重到须惊。纵豆蔻词工，青楼梦好，难赋深情。二十四桥仍在，波心荡，冷月无声。念桥边红药，年年知为谁生？

这首词是姜夔的代表作，全词分为上下两阕。但两阕的写作手法都是运用一种鲜明对比，以往日扬州城的繁荣兴盛景象对比现时扬州城的凋残破败惨状，写出了战争带给扬州城的万劫不复的灾难，抒发了诗人《黍离》之悲。作者就事写景，以情入景，情景交融，抒发了内心的幽愤，表达了作者的爱国深情。《扬州慢》艺术表现上的一个最为显著的特点就是移情入景，情景交融。词人写景，以扬州城各处风景名胜为主，围绕今昔对比，为统一的主题铺排，即为抒发《黍离》之悲"而写。词人"解鞍少驻"扬州之时，恰逢金主完颜亮南犯后的15年。战争

▲ 姜夔画像

的创伤处处可见，但词人却仅仅选取了两个镜头："尽荠麦青青"和满城的"废池乔木"。这些景物连接着的，就是人们现在还不能提起那场战争——"犹厌言兵"。这一句话刻画出创伤情痛的人们的复杂心理状态。"犹厌言兵"四字，"包括无限伤乱语。他人累千百言，亦无此韵味"（陈廷焯《白雨斋词话》卷二）。上阕结句中，"清角吹寒"四字的"寒"字写得很好。号角的声音和天气给人触觉联通，作者利用通感，让读者体会到这座空城可怕的寂静。而作者的痛苦心情层层增添，达到了高潮。作者在扬州城的见闻感受，都交织在一起，在这座"空城"里。景中情与情中景融为一体，突出《黍离》之悲"。下阕第三句："二十四桥仍在，波心荡，冷月无声"，用精细的特写镜头来映衬今昔不同、繁华不再的情景，突出"冷月无声"的静。在俯仰之间映衬着词人低首沉吟的形象，让人一窥今日的萧条。姜夔运用"通感"手法，"使本色之外，笔补造化"，让触觉感受"冷"与听觉感受"无声"互相沟通，强化了读者对冷寂凋敝景象的感受。词人移人情于物象的手法运用，增强了词的艺术感染力。上阕在叙事写景中化出深情抒怀，下阕又从今昔对比中抒情，很具骚雅派特色。

姜夔词的艺术风格就像张炎所评的，用"清空"二字可以概括。他说："词要清空，不要质实。清空则古雅峭拔，质实则凝涩晦昧。姜白石词如野云孤飞，去留无迹。吴梦窗词如七宝楼台，眩人眼目，碎拆下来，不成片段。此清空质实之说……白石词如《疏影》《暗香》《扬州慢》……不惟清空，又且骚雅，读之使人神观飞越。"

姜夔的词在南宋自抒心机，很受后代名家推崇。张炎《词源》评为"古雅峭拔""读之使人神观飞越"；张炎说"如野云孤飞，去留无迹"（《词源》）；陈郁《藏一话腴》也说白石"意到语工，不期高远而自高远";戈载《宋七家词选》更称赞姜夔"前无古人,后无来者,真词中之圣也";王国维虽觉姜夔词如"雾里看花,终隔一层",但也说,"古今词人格调之高,无如白石"(《人间词话》)。

姜夔的词风清刚醇雅,空灵蕴藉,意境高远,创造出一种冷的词境;用语力求醇雅,素淡幽远,能给人以冷峻清虚之感;笔力清俊遒劲,言情体物,善用奥峭之笔,形成刚劲峭拔之风;讲究律度,多自制曲,格高韵响,谐婉动听。

《灵芬馆词话》说他"一洗华靡,独标清绮,如瘦石孤花,清笙幽磬",道出白石词的独特个性。姜夔创作态度严肃,注重精雕细琢,精通乐理,作词着力求工,追求字句的推敲,严于格律。其词风很受南宋晚期的骚雅派和清代浙派词人推崇。影响所及,当时就有史达祖、张炎、王沂孙、周密等,号为"姜派"词人。到了清代,朱彝尊倡导"浙派"词,更推姜夔为其宗师,姜夔在词史上的地位,由此可见。

姜夔的诗歌创作水平也很高,最早诗风像江西诗派,后又自主吸收唐诗的妙处而自有风格,杨万里把他比为晚唐陆龟蒙,称其诗"有裁云缝月之妙思,敲金戛玉之奇声"(《直斋书录解题》引)。白石诗或写游历山水的奇险经历,如古体《昔游》;或写边塞居民的风俗尚,如《契丹歌》,笔墨古朴自然,章法开阖有致,写景状物较有气魄。七言绝句如《除夜自石湖归苕溪》《湖上寓居杂咏》等,吟咏江湖漂泊生活,描摹湖山胜景,对句工整精妙,意境清幽,很有诗情画意。但其诗名为词名所掩。

生逢乱世佳作出 —— 元好问

　　大较遗山诗祖李、杜，律切精深，而有豪放迈往之气；文宗韩、欧，正大明达，而无奇纤晦涩之语；乐府则清雄顿挫，闲宛浏亮，体制最备。又能用俗为雅，变故作新，得前辈不传之妙，东坡、稼轩而下不论也。

—— 徐世隆

　　好问才雄学赡，高古沉郁，金元之际，屹然为文章大宗，所撰《中州集》，意在以诗存史，去取尚未尽精。至所自作，则兴寄深远，风格遒上，无宋南渡末江湖诸人之习，亦无江西派生拗粗犷之失……至古文，绳尺严密，众体悉备，而碑版志铭诸作尤具有法度。

——《四库全书总目·遗山集》

　　元好问，字裕之，号遗山，世称遗山先生。金朝文士，生于金章宗明昌元年（1190），卒于元宪宗蒙哥七年（1257）。金末至大蒙古国时期著名文学家、历史学家。太原秀容（今山西省忻州市）人。元好问生活的时代，正是宋金对立、金元兴替之际，金由盛而衰及至灭国的时代。在这样社会动乱的时代，元好问也经历了国破家亡、流离逃难的痛苦煎熬。元好问是宋金对峙时期北方文学的主要代表、文坛盟主，又是金元交替之际在文学上承前启后的桥梁，被尊为"北方文雄""一代文宗"。

元好问才华横溢，是一位多才多艺的文学家，诗、词、文、曲诸体皆善，以诗最工，其"丧乱诗"尤为有名。存世诗歌1361首，有《元遗山先生全集》《中州集》。他的诗歌内容丰富，部分诗篇生动形象地反映了当时的战乱现实和人民苦难，郁结的感情爆发为悲歌，感染力很强。诗人善于抓住典型的场景、用白描手法，以简单直接的语言勾勒出家国破灭的惨象和时代的悲剧，沉郁悲凉，有老杜之风，堪称一代史诗。其写景诗，意境清雅，豪壮、语出自然，不事雕琢，有很多名句。擅长七言。《金史》本传称："其诗奇崛而绝雕刿，巧缛而谢绮丽。五言高古沉郁，七言乐府不用古题，特出新意，歌谣慷慨，挟幽并之气。"好问词存世377首，题材广泛，有感时抒怀、言情咏物、登临怀古、送别赠答等。其词在艺术成就上，以苏、辛为典范，博采众长，兼有豪放、婉约各派风格，是金代词坛第一人。好问散曲，用俗为雅，变故作新，具有开创性，存世9首。此外他还有笔记小说集《续夷坚志》，其中不乏优秀篇章。他的诗词理论和文学批评是金代巨作，仿杜甫《戏为六绝句》体例所写《论诗绝句三十首》在文学批评史上影响颇大。他选编的金诗总集《中州集》(附金词总集《中州乐府》)，保存了金代大量的珍贵文化资料。

元好问在文学上的最高成就还在于诗，他的诗歌各体皆工，五言古诗、七言古诗、五言绝、七言绝、五言律、七言律都有大量诗作存世。他的诗风格质朴沉郁，境界慷慨悲凉，情感有强烈的时代感，"奇崛而绝雕刿，巧缛而谢绮丽"，其独特的风格在金朝文学史上占有突出地位，被称为一代宗师。他的诗追随老杜，所以在反映人民痛苦、抒发忧国之情上，诗作颇多，其中"离乱"是元好问诗的重要内容，有不少名篇传世。元好问的诗歌创作实践他的诗歌理论，"上薄风雅，中规李杜，粹然一出于正，直配苏黄氏"（郝经《遗山先生墓铭》）。特别是那些金亡前后的丧乱诗，内容写实，现实性和真实性很强，笔力饱满，风格沉郁，颇具老杜之风，其诗如：

> 百二关河草不横，十年戎马暗秦京。岐阳西望无来信，陇水东流闻哭声。野蔓有情萦战骨，残阳何意照空城？从谁细向苍苍问，争遣蚩尤作五兵？（《岐阳三首》其二）
>
> 万里荆襄入战尘，汴州门外即荆榛。蛟龙岂是池中物，虮虱空悲地上臣。乔木他年怀故国，野烟何处望行人。秋风不用吹华发，沧海横流要此身。（《壬辰十二月车驾东狩后即事五首》其四）

这两首诗都沉挚悲凉而笔力强健，把战争的破坏性给人民带来的痛苦和诗人救国无门的悲愤，以凝练、集中的形式展现出来。前一首虽然战事发生在岐阳（今陕西凤翔一带），但诗人有感于金王朝的无能，发出了朝不保夕、战祸随时降临的感叹。诗人选取几组典型意象，组合成一幅动态画面，比如：用一"萦"把野蔓与战骨组合起来；用一"照"把残阳与空城组合起来，从而产生一种超越时空的艺术效果。篇末的"从谁细向苍苍问，争遣蚩尤作五兵"，不仅仅是对战区民众的同情，也是对自我命运的悲鸣，后一首有"乔木他年怀故国"之句，描摹战争的残酷。汴梁（今河南开封）这样雄伟的城市即将被攻破，只剩下乔木、野烟、几无行人，与前一首残阳空城的境界相仿。只是后一首还讽刺了不能保卫家国的群臣，表达了对自己挽狂澜于既倒的信心，比前一首思想和内容更为复杂；两首词都含有巨大的感情能量。这种激烈豪壮的感情和由此带来的雄奇、丰富的想象，加之以高度的表现能力，就是元好问诗歌艺术成就之所在。

元好问文学成就的取得，与中国北部文学中的率真自然的传统具有密不可分的关系。在元好问的诗歌创作中，将金文学中任情率真的特点与汉族诗歌的艺术表现手法有机地结合了起来，取得了显著的成就。也正因此，以元好问为代表的金代文学表现出与宋文学的不同特色，和元代文学（尤其是元杂剧）的联系也更紧密。这种特色使元好问的诗词受到了后人高度的评价。赵翼说："（遗山古体诗）构思窅渺，十步九折，愈折而意愈深，味愈隽，虽苏（轼）、陆（游）亦不及也。七言律则更沉挚悲凉，自成声调。唐以来律诗之可歌可泣者，少陵十数联外，绝无嗣响，遗山则往往有之。"（《瓯北诗话》）况周颐评其词，则谓为"亦浑雅，亦博大，有骨干，有气象"（《蕙风词话》）。这些评价可能有历史的限制，不够精准，但也足以说明他在文学史上曾有过的影响。

集诸儒之大成，授百代之精深 —— 朱熹

> 他的渊博的学识，使他成为著名的学者；他的精深的思想，使他成为第一流哲学家。尔后数百年中，他在中国思想界占统治地位，绝不是偶然的。
>
> —— 冯友兰

宋代是中国儒学的复兴时代。宋儒吸取了玄学、佛学、道教的思想成果，根据新的时代要求，对儒家经典进行了再阐释、再创造，形成了被称为"道学"的新儒学，分化为"理学"与"心学"两大派别。在宋儒的众多著述中，影响最深广、最持久者，莫过于南宋理学家朱熹所撰的《四书集注》了。

朱熹的理学思想对元、明、清三朝影响很大，成为三朝的官方哲学，是中国教育史上继孔子后的又一人。

在中国历史上，对文人士子产生过巨大影响的，除了孔子，可能就要算朱熹了。朱熹，字元晦，改字仲晦，号晦庵，晚称晦翁，谥文，世称朱文公。祖籍

▲ 朱熹画像

徽州婺源（今属江西），出生地是福建尤溪。宋朝著名的理学家、思想家、哲学家、教育家、诗人，闽南学派的代表人物，儒学集大成者，世尊称为朱子。从小受孔孟之学熏陶，家风以儒学作为教育之本。10岁立大志，19岁考中进士，仕途不是很顺利，历任江西南康、福建漳州知府、浙东巡抚等。他一生的主要精力都在著书和育人上。他利用任地方官的机会，复建白鹿书院，建立武夷精舍，重开岳麓书院，修设沧州精舍，对发展古代高等教育做出了重要贡献。朱熹一生著述颇丰，有《近思录》《诗集传》等，又有《朱文公文集》100卷、《朱子语类》140卷，而影响最大者则是《四书集注》。

所谓"四书"，指《论语》《孟子》《大学》《中庸》。朱熹著《四书集注》后，《论语》《孟子》《大学》《中庸》终于形成了与"五经"同等重要的"四书"概念，"四书五经"从朱熹开始成为儒家经典的总称。

《四书集注》全称《四书章句集注》，是朱熹在不同时间段完成的。在《四书集注》中，朱熹经过反复研究，对这四部不同时代的儒学著作进行精心编排，形成了结构完整、条理贯通、无所不备的系统性巨著。朱熹通过编排次序，规范了人们的学习顺序："先读《大学》，以定其规模；次读《论语》，以立其根本；次读《孟子》，以观其发越；次读《中庸》，以求古人之微妙处。"（《朱子语类》）这就是说，在朱熹看来，"四书"实际上是有严密系统的思想体系，各著作之间的思想承继有其内在的、不可逾越的逻辑关系。《大学》是进入这个体系的大门，是系统的纲领，《论语》奠定了这个体系的基本思想，《孟子》是对这个体系的展开和发挥，而《中庸》则蕴含着这个体系的精髓，是这个系统的核心。朱熹认为，人们只有按照这个顺序读"四书"，才能步步深入，层层铺垫，真正领会和把握儒家义理，获得孔门真传。实际上，朱熹在《四书集注》中精心编排的思想体系，是为了阐发自己的理学思想，并由此来促进和推动自己的理学体系被大众接受。可以说，《四书集注》的主旨就在于

▲ 朱熹武夷书院

以理学注"四书"，以"四书"论理学。

朱熹著《四书集注》，在哲学史和文化史上有双重的意义：一方面，他加固并强调了"理"的意义，强调了道德精神和道德实践的作用，强调了教化对人的自然属性的改造和塑造的作用。在这里，他抓住并突出了人的本质、社会的本质。另一方面，他在人的个体价值与类价值、物质利益与精神境界之间，又过分强调了类价值、精神境界，而忽视了个体价值、物质利益。

他通过解释儒家原典，阐发了自己的思想，是对古代解释学的一大发展；他又将儒学原典推上了神圣不可超越的高度，禁锢了人们对于世界、宇宙和人本身的探索。

1313年，元仁宗下令以"四书"为科举考试的主要内容，以《四书集注》为官方解释和立论根据。这种考试方法一直沿用到1905年废科举。《四书集注》作为官方教科书和科举考试的核心用书，长达600年之久。

江西诗宗——黄庭坚

今代词手，惟秦七、黄九耳，唐诸人不逮也。

——陈师道《后山诗话》

黄山谷词，用意深至，自非小才所能办。惟故以生字、俚语侮弄世俗，若为金、元曲家滥觞。

——刘熙载《艺概》

黄庭坚自幼有过目不忘之才，又聪明好学，相传他七岁时写下了《牧童诗》："骑牛远远过前村，吹笛风斜隔陇闻。多少长安名利客，机关用尽不如君。"因此深得父亲喜欢。长大后，黄庭坚在文学上取得了不凡成就，与张耒、秦观、晁补之并称为"苏门四学士"，并且后来居上，世称"苏黄"。黄庭坚创作中最重要的成就是诗。他的诗歌传作在宋代影响很大，开创了江西诗派，被江西诗派推为一祖（杜甫）三宗中的三宗之首。有《豫章黄先生文集》、书法《华严疏》《松风阁诗》《幽兰赋》等。

▲ 黄庭坚画像

他的词也有流传，遗作有《山谷集》。

文学史上一般是这样记载黄庭坚生平的：

> 黄庭坚(1045—1105)，字鲁直，自号山谷道人，晚号涪翁，洪州分宁（今江西修水）人。其父黄庶是专学杜甫诗的诗人，舅父李常是藏书家。黄庭坚生长在文学氛围浓厚的家庭，自幼好学，博览经史百家。英宗治平四年（1067）登进士第。曾入京编修《神宗实录》，《实录》修成，黄庭坚迁起居舍人。后遭诬枉，被贬涪州（今四川涪陵）、黔州（今四川彭水）等地，死于贬所。

寥寥几笔，可以窥豹一斑，知人论世可以让我们通过诗人的生活经历理解诗人的文学主张和创作实践。小传中提到"遭诬枉"的经历，可能使得黄庭坚提出"温柔敦厚"的创作主张，诗歌创作中很多

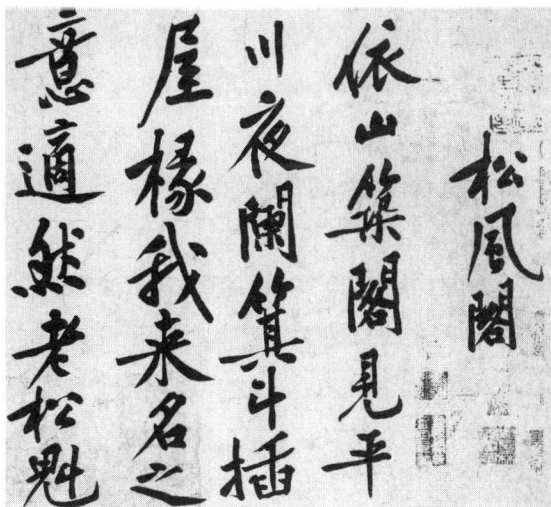

▶ 《松风阁》诗帖

都是自我抒发，记录自己的感悟和生活，当诗歌创作提出不当有"散谤侵陵"的内容时，我们可以推测，黄庭坚的传作有避祸而自我抑制的因素。

黄庭坚的文学主张有矛盾的一方面。他过于强调学习前人，尤其强调读书查据，以故为新，"无一字无来处"，提倡化用前人诗句"点铁成金""换骨夺胎"，强调"诗词高胜要从学问中来"（《苕溪渔隐丛话》前集卷47）。有时他又很强调创新和自成一家，说"文章最忌随人后"（《赠谢敞王博喻》），"随人作计终后人，自成一家始逼真"（《以右军书数种赠丘十四》）。但实际创作中，黄庭坚的革新主要集中在外在的表现形式上，忽视了内容这个根本源泉，不关注表现客体（社会生活）对诗歌创作的影响，造成了"重流轻源"的本质性欠缺。加之他明确提出：反对以诗干政，反对以诗"强谏净于庭，怨愤诟于道"，认为这样做是"怒邻骂座之为也"（《书王知载胸山杂咏后》），所以他的诗缺少对社会生活的反映，感情色彩较为稀薄，流入表现"不怨之怨"的温柔敦厚的诗风之中。

但对于黄庭坚个人诗作而言，因为性情洒脱、胸襟开阔，博闻强识，艺术功力深厚，态度谨严，因而在诗歌创作上独树一帜，有鲜明的个性，艺术成就上虽称不上"本朝诗家宗祖"（《后村大全集》卷95），但体现了宋诗美学风范。他存世诗1600首，题材广泛、内容丰富。其中写得最多最好的是表现自我形象的作品，其次是写文人活动中的日常器物和品评之论，也有少数作品反映了北宋中晚期的社会生活，但只是浮光掠影。他的诗求新求奇求深，追求一种独有的、特别的、生新瘦硬的意境和情韵。"尚奇"，成了后人对他的一致评价。他的尚奇多表现在布局谋篇、修辞选韵等文学形式上，但终产生了一些章法回旋、神兀气傲之作。如《登快阁》："痴儿了却公家事，快阁东西倚晚晴。落木千山天远大，澄江一道月分明。朱弦已为佳人绝，青眼聊因美酒横。万里归船弄长笛，此心吾与白鸥盟。"既有杜甫的骨力、李白的豪迈，又有宋人特有的峻健，而造句炼意，尤其是第二、三联想象奇崛，独具黄诗的本色。

黄庭坚还善于将"点铁成金""换骨夺胎"等理论运用于用典等创作手法中，善于用典，广征博引，堪称以学问为诗的典型。妙句也确实能"以故为新"，化腐朽为神奇，如《寄黄几复》："我居北海君南海，寄雁传书谢不能。桃李春风一杯酒，江湖夜雨十年灯。持家但有四立壁，治病不蕲三折肱。想得读书头已白，隔溪猿哭瘴溪藤。"全诗多处使用了《左传》及《史记》中的典故，但铺排得非常自然，再加上"桃李"一联用语清新奇巧，对仗工整，确属佳作。但黄诗也有弄巧成拙、点金成铁者。

总的说来，黄庭坚诗作视野不广，又太过于注重形式和技巧，讲究用典以工，力求以故为新，"宁律不谐，而不使句弱，用字不工，不使语俗"（《题意可诗后》），难免诗词晦涩生硬之弊，而一些学者"未得其所长，而先得其所短"（《岁寒堂诗话》），放大了他的弱点。这也使得后人对江西诗风的评价不高。王若虚说："山谷之诗有奇而无妙，有斩绝而无横放，铺张学问以为富，点化陈腐以为新，而浑然天成、如肺肝中流出者不足也。此所以力追东坡而不及欤！"（《滹南诗话》）这段话评议黄庭坚诗歌中的不足，是比较中肯的。

牢笼万态杂剧兴——元代文学

响当当的铜豌豆 —— 关汉卿

有日月朝暮悬，有鬼神掌着生死权。天地也，只合把清浊分辨，可怎生糊突了盗跖颜渊：为善的受贫穷更命短，造恶的享富贵又寿延。天地也，做得个怕硬欺软，却原来也这般顺水推船。地也，你不分好歹何为地。天也，你错勘贤愚枉做天！

——《窦娥冤》

不是我窦娥发下这等无头愿，委实的冤情不浅。若没些儿灵圣与世人传，也不见得湛湛青天。我不要半星热血红尘洒，都只在八尺旗枪素练悬。等他四下里皆瞧见，这就是咱苌弘化碧，望帝啼鹃。

——《窦娥冤》

在元代戏曲史上，《窦娥冤》和关汉卿，成为反抗的标杆，关汉卿作为一粒蒸不烂、煮不熟、捶不扁、炒不爆、响当当的铜豌豆，耿直、坚毅、不屈。他成为中国人精神文化史上无法绕过的丰碑。

关汉卿，生平事迹不详。元代杂剧作家，号已斋（一作一斋），大都（今北京市）人，又说祁州（在今河北）、解州（在今山西）人。出生在金元交替时代，贾仲明《录鬼簿》吊词称他为"驱梨园领袖，总编修师首，捻杂剧班头"，由此可见他在元代剧坛的地位。据各种文献资料记载汇编，关汉卿编有杂剧67部，存世18部。个别作品是否是关汉卿手笔，学术界尚有分歧。其中《窦娥冤》《救风尘》《望江亭》《拜月亭》《鲁斋郎》《单刀会》《调风月》等都是他的代表作。下面我们着重介绍、评析他的《窦娥冤》。

《窦娥冤》写窦娥遭无赖陷害，被官府错判问斩的冤屈故事。全剧四折一楔子。剧情梗概是：窦娥从小丧母，7岁时，被父亲窦天章卖给蔡婆婆家做童养媳，以换取上京赶考的路费。窦娥17岁成婚后，丈夫因病去世，婆媳相依为命。有个流氓叫张驴儿，看她们二人无依无靠，逼迫婆媳嫁给他们父子，婆婆软弱答应，窦娥坚决拒绝，痛骂了张驴儿一顿。张驴儿怀恨在心，使计谋想毒死蔡婆再逼窦娥成亲，不料他的父亲误喝暴毙，张驴儿便诬陷窦娥杀人，官府接受了张驴儿贿赂，严刑逼供婆媳二人，窦娥为救婆婆承认自己杀人，被判斩刑。窦娥在行刑之时大骂天地不仁，并指天为誓，死后血溅白练、六月飞雪、大旱三年，以明己冤，果然都应验。三年后在京城做官的窦天章返乡，为窦娥昭雪，杀人凶手张驴儿被处以死刑，贪官知府也得到了应有的惩罚。

在《窦娥冤》中，县官这个本该公正廉明、代表世间正义的角色，却扮成小丑，好笑之至，糊涂之至，荒唐之至。关汉卿将决定窦娥生死的大权放在这样一个小丑式的人物手上，已经可见地预示了窦娥的命运。县官一出场的告白："告状来的要金银。"张驴儿等人下跪时，他也跟着下跪，从衙役的旁白中得知，县官跪的是他的衣食父母，也就是能给他钱的人。后来窦娥诉说冤情，说得详详细细合情合理，县官不予采纳，而张驴儿言辞张狂毫无道理，县官却言听计从。然而所谓"无巧不成书"，为窦娥申冤昭雪的清官是她的父亲，窦娥的亲生父亲是否就能做到最公正的判决？窦天章，到底

222

▲ 关汉卿画像

是一个主持公道者的官，还是含冤者的爹？作为窦娥的嫡亲，他为窦娥说的好话是公道没有偏私的吗？他为窦娥平反，有公报私仇的嫌疑。假若以局外人的眼光设计了第三者身份，重新审理窦娥案件，冤案被揭露后将会有更加震撼人心的效果，对窦娥的不公能感触更深，对窦娥的反抗更加肃然起敬。但转念一想，窦天章的身份是一种父权和君权的双重结合，塑造了窦天章这一理想知识分子的形象。窦天章站在父权的角度维护了孝道的尊严，满足了父慈子孝的纲常伦理；作为君权的代表，又是诗礼文化的最后裁决人，公正严明的代表，又满足了君权的神圣和公平，从而可以看出第四折不是纯为替窦娥平反昭雪而设，也是为了理想官员而设立的。

虽然窦娥有过反抗意识，有过指天画地的怒骂，但她依然愿意活在封建伦理的道德规范之中，她相信君权和父权的美好，会成为她申冤的有力支持，变了鬼也相信道德的力量，遵守伦常。作者写窦娥对道德的恪守之余，再写窦天章遵循道德，父女二人的形象相叠，强化了这一主题：对遵奉封建道德的高洁志士的颂扬。由此可以推断出关汉卿在乱世中渴望道德秩序能重振纲常，表现出他对汉文化的渴望之情，以及关汉卿本人是一个将封建道德内化成自己骨骼的人，叫人肃然起敬。

愿天下姻眷皆完聚 ——王实甫

> 风月营，密匝匝列旌旗。莺花寨，明飙飙排剑戟。翠红乡，
> 雄赳赳施谋智。作词章，风韵美，士林中等辈伏低。新杂剧，
> 旧传奇，《西厢记》天下夺魁。
>
> ——贾仲明《凌波仙》

在中国古代剧作史上，王实甫是杂剧作家的杰出代表之一。他的杂剧《西厢记》自问世以来，让无数青年男女为之倾倒、痴迷，一度被认为是禁书，是我国古代以爱情为题材的剧作中的丰碑。

王实甫，名德信，大都（今北京市）人。生卒年月和经历因资料太少，难以确定。

根据《录鬼簿》和《太和正音谱》等的记载，王实甫所作杂剧颇多，共14种，全存的仅有《西厢记》《丽春堂》和《破窑记》3种，保留一折的有《贩茶船》《芙蓉亭》2种。此外，王实甫还创作过不少散曲，但流传下来的极少。

《西厢记》的故事源于唐传奇《莺莺传》（元稹所作），文人骚客以《莺莺传》为蓝本，创作了各种形式的戏曲作品。到元统一后，流行的各种戏曲、说唱，在大都、杭州等地集聚，南北戏曲风格得到交流，为王实甫写《西厢记》提供了借鉴、创新的基础。他在前人的基础上，重新编写加工，创造了一部五本多折的连续演出的杂剧，

使《西厢记》的内容形式臻于完美，成为一出千古绝唱。

《西厢记》书写了书生张生（张君瑞）与相国小姐崔莺莺的自由恋爱的过程，他们在丫鬟红娘的帮助下，以执着的精神，冲破孙飞虎、崔母、郑恒等人的重重阻挠，终成眷属。反映了元朝时青年男女反抗封建婚姻制度、勇敢地冲破门第等各种封建观念，渴望自由选择配偶的强烈愿望，写情与欲的不可遏制与正当合理，揭露了以崔夫人为代表的封建卫道者的虚伪，提出了"愿普天下有情人都成眷属"这一美好的婚姻理想。

作品着力打造了莺莺、张生、红娘这几个有代表性的形象。莺莺是出身名门、美丽多情的少女，她美丽聪慧，既有大家闺秀的贤淑，又有贵族少女的文才。她内心充满对爱情的向往，然而礼教的约束，包办婚姻的不能自主，使她的内心充满苦闷与哀伤。在与张生的自由恋爱中，她与老夫人斗智斗勇，显示出了大家闺秀的矜持和稳重，也表现出了一个花季少女可贵的反抗精神与对爱情的渴望和执着。

张生的形象也极富个性。他出身低微，但祖上也曾是官宦家庭，追求自我的内心过程中，他表现出了多方面的个性特征，时而单纯得近于痴，时而机敏，时而刚强……总之，忠诚、正直、正义、积极主动是他性格的核心，书生气的痴呆而又可爱，不经世事的鲁莽直率又可亲，在他身上，折射出那个时代青年的爱情理想。

红娘是中国文学史上正面塑造的第一个成功的奴婢形象。她聪明伶俐、富有正义感，胆大心细、善于出谋划策。她竭力支持崔、张的爱情活动，敢于以个人身份对抗相国夫人，在"拷红"戏中，她性格中的闪光点全面迸发。在老夫人的逼问下，一方面迫于威势，将崔、张交往的隐情如实相告，一方面又为两人的交往强力辩白，抓住老夫人失信在先这一点，反复劝说，显示出聪明伶俐的特点和侠肝义胆的性格。在她身上集中体现了下层劳动人民自发冲击封建礼教的精神及富有同情心的美好品质，因而受到后世创作家的交口称赞。

《西厢记》在艺术上有很高的成就，是中国古典戏剧的现实主义创作高峰，为明清以来的戏剧蓬勃发展提供了宝贵的经验。王实甫善于把人物放在复杂的矛盾冲突中，通过人物自身的言行来塑造人物，使得人物的性格和情节的发展更加巧妙地结合；情节安排曲折复杂，结构合理巧妙，全剧采用双线展开剧情，两线相互制约、交错，富于戏剧性。全剧一波三折，剧情引人入胜，充满张力，具有很强的舞台生命力；作者在语言的运用上，将抒情的唱词和道白的语言分别处理，使人物语言充满个性化和戏剧化；作者对杂剧的体制做出了突破和革新，将杂剧1本4折、每折由一人唱到底的通例，改造为5本21折，且部分打破了一折一人唱到底的惯例，采用了旦角、末角轮唱的方式，为杂剧艺术的发展做出了贡献。

《西厢记》的影响力广泛而持久。它自问世以来，就好评如潮，戏剧家、评论家都表达了极高赞誉。明人都穆说"北词以《西厢记》为首"（《南濠诗话》），王世贞称《西厢记》为北曲的压卷之作，王骥德认为杂剧南戏之中，"法与词两擅其极，唯实甫《西厢》可当之"，称之为"千古绝技"（《曲律》）。

明代著名思想家李贽在《焚书》中，对《西厢记》出神入化的艺术技巧发出由衷赞叹；清代戏曲家李渔更下了这样一个结论："自有《西厢》以迄于今，四百余载，推《西厢》为填词第一者，不知几千万。"（《闲情偶寄》）

对戏剧创作的影响，《西厢记》超出世人的期待。它开创戏剧创作的一种范式：青年男女后花园密会，反抗家长婚姻专制，最后走向大团圆结局的模式，成为后世爱情剧作的基本套路。明清以来，以爱情为题材的戏剧基本都受到这部剧的影响，即使在描写爱情的桥段中，如《红楼梦》也都稍微含有《西厢记》的印记，至于其他遍及天下的话本、言情小说，受其才子佳人恋爱格局的影响，更是不胜枚举。

《西厢记》不仅深受中国人民的喜欢，而且成为世界性的经典剧目。19世纪末以后，《西厢记》最早曾被翻译成拉丁文和英文，虽然是零星的翻译，但它已经开始走出国门走向世界。

迄今为止，已经有多种语言的、不同版本的《西厢记》在各国出现。《西厢记》逐渐散发出自己的光辉，成为世界文学宝库中的一颗明珠，用一位日本汉学家的话说，它已"成为世界戏剧史上的伟大文学作品了"。

◀《西厢记》书影

曲状元 —— 马致远

万花丛里马神仙，百世集中说致远，四方海内皆谈美。

—— 贾仲明《凌波仙》

马致远，名不详，致远为字，号东篱。元曲四大家之一，生卒年不详，只知其生活年代晚于关汉卿、白朴，而早于张可久。大都（今北京市）人，曾任江浙行省务官，生平事迹不详。

从他的散曲作品中推测可知，他年轻时追逐功名，有"佐国心，拿云手"的理想，但由于种种原因，一直没能实现，"二十年漂泊生涯"之后，他看透了人生的宠辱，退隐山林，晚年生活闲适。马致远早年就参加了杂剧创作，加入过"书会"，与文士王伯成、李时中，艺人花李郎、红字李二都有交往。

马致远着力创作杂剧的时间很长，名气也很大，有"曲状元"之誉。他的作品流传著录的有15种，今存《汉宫秋》《荐福碑》《岳阳楼》《青衫泪》《陈抟高卧》和《任风子》6种，另有《黄粱梦》，是他和别人合著而成。

《汉宫秋》，元曲四大悲剧之一，是马致远早期的作品，也是马致远杂剧中最著名的一种，讲述王昭君出塞和亲的故事。马致远的《汉宫秋》根据历史传说，汲取历代笔记小说、文人诗篇和民间讲唱文学的成就，加以虚构而成，突出了昭君出塞的无可奈何，完成了匈奴武力胁迫的构想，把王昭君与汉元帝之间的关系美化为爱情关系。

在故事的结局处理上，剧中王昭君投江自杀，未入匈奴境内，从这个角度表现了王昭君对祖国和故土的依恋之情。剧中王昭君这个角色承担了大量爱国思想和作者的主观感情，昭君勇于承担、大无畏的奉献精神，赋予了这个角色新的内涵，歌颂了她在民族矛盾中保持崇高气节的精神。

《汉宫秋》一改正史所记录的昭君和亲的史实，将和亲这一核心情节放置于汉室式微、民族矛盾十分突出的历史背景下，使故事一开始就笼罩在悲剧气氛中。这种改变，反映了民族矛盾的现实，以及作者作为汉族知识分子的失意，对元朝统治者的愤怒，借昭君故事来浇自己心中块垒。由此来看，《汉宫秋》杂剧的产生和流传，是元朝社会大转折的时代，统治集团内部的矛盾与民族矛盾在戏曲舞台上的集中反映。第四折以梦结局，梦醒恍然，表现汉元帝对昭君的思念，也有作者对民族斗争中家破人亡的感慨。剧中作者对汉元帝有更多的同情和过分美化，也表达了作者自己的心理状态，整部剧感伤情调也比较浓。

《汉宫秋》曲词清丽飘逸，意境辽阔深远，音律和谐华美，剧情结构精妙，具有强烈的抒情性，文学艺术成就很高，舞台效果动人心弦。第三折通过深秋夜色的萧瑟和深宫的凄凉冷落衬托离情别绪。第四折梦中相叙被孤雁的悲鸣打断，抒发元帝对王嫱（昭君）的怀念与不得而见的恼怒，写得很凄婉动人。大段大段忧伤凄婉的唱词，表现出汉元帝对王嫱的无限怀念和思恋之情，把剧本的悲剧气氛渲染得愈加浓郁，将剧情推到了高潮。在塑造戏剧人物的同时，也直接抒发了作者感叹人生无常的忧思。

《荐福碑》也是马致远的早期剧作，写落魄书生张镐穷困潦倒，霉运缠身。他动了到荐福寺求长老让他拓印庙中碑文卖钱，以便做赶考的盘缠的念头，每次想这样做的时候，半夜都会有碑文被雷电击毁，因此一直没能实施这个想法。后来他时来运转，受到了范仲淹的赏识和资助，考取状元，走上了青云路。剧本通过主人公的不幸遭遇，抨击了社会现实中贤愚不分、是非颠倒的现象，间接地表达了作者怀才不遇、不甘沉沦的思想感情。剧作家借主人公之口，讽刺和诅咒当时社会："这壁拦住贤路，那壁又挡住仕途。如今这越聪明越受聪明苦，越痴呆越享了痴呆福，越糊涂越有了糊涂富。"

此外，《青衫泪》是以白居易《琵琶行》演变而成的爱情剧，艺术地虚构了白居易与妓女裴兴奴的悲欢离合故事。

马致远写得最多的是"神仙道化"剧。这些剧作表达了作者对世态炎凉的失望以及逃离喧嚣尘世的渴望，宣扬人生如梦的消极思想。如《岳阳楼》《陈抟高卧》《任风子》以及《黄粱梦》，都是讲述全真教故事，宣扬全真教道义的。这些道教神仙故事，往往运用历史上富有传奇色彩的神仙故事加以推衍、变形，主要宣传人生如梦，功名利禄不足取，摆脱人世间的负累，在隐逸和寻仙访道中寻求解脱与自由。这些剧作宣扬消极避世的思想，是一种懦弱的生活态度。但另一方面，剧中也因为对现实社会的描写，客观上起到了批判的作用，否定了儒家功名为上的传统价值观，把自我的意志、想法放在更重要的位置，只不过作者没能找到实现个体价值的合理途径。

在众多的元杂剧作家中，马致远的创作集中地反映了当时正统文人的内心矛盾和思想苦闷，并由此侧面反映了一个时代的文化特征。马致远的创作是典型的借剧中人物之口抒发自己的愤世之情和离世之感，因此他的创作重在抒情，人物形象的塑造并不突出，戏剧冲突缺乏紧张感。马致远大多数杂剧的戏剧表达效果并不是很强。前人之所以对他的杂剧评价很高，主要有两个原因：一是借人物抒发自我情怀，引起了旧时代文人的共鸣；二是语言多姿。

马致远同时也是散曲的高手，是元代散曲大家，存世散曲约有130多首。他的写景作如《秋思》，28个字勾画出一幅羁旅荒郊图，如诗如画，余韵无穷；他的叹世之作也能酣畅淋漓地表达情性。他是元代散曲作家中"豪放"派的主将，不过也有清婉雅致的作品，曲风以疏宕豪放为主。他的语言特点是将诗词与口语熔于一炉，合乎作品的特定情景而富有鲜明个性。

后人对马致远的艺术才能评价很高，元代后期的周德清尊马致远为"元杂剧四大家"之一，明代的朱权更将马致远列于元曲家之首。总体而言，马致远创作擅长悲剧性的抒情，情调凄凉、悲愤，曲词老健、清晰，是一位独具艺术特色的杂剧作家。

墙头马上——白朴

元人咏马嵬事无虑数十家，白仁甫《梧桐雨》剧为最。

——李调元

白朴（1226—1306），原名恒，字仁甫，后改名朴，字太素，号兰谷。祖籍隩州（今山西曲沃），后来迁居真定（今河北正定），晚岁流落金陵（今南京市）。元代著名戏曲作家。与关汉卿、郑光祖、马致远并称为"元曲四大家"。他出身于官宦家庭，但他生活的年代，战乱频仍，青年时代的经历使得他看到了社会凋敝、国破家亡的社会景象，这对白朴的心理形成了巨大的伤害，他常有疮痍满目之叹，对家庭教育中受到的儒家用世思想开始反思，觉得为这样的统治者效劳可悲又可叹。因此，他放弃了追逐官场名利，而以亡国遗民的身份，以词赋为专门之业，寄情于放荡生活，用歌声宣泄自己胸中的怨恨。

白朴是元代最早以文学世家的名士身份投身于戏剧创作的作家。他的剧作著录留存的有16种，全本得以留存的有《墙头马上》与《梧桐雨》两种。

《墙头马上》全名《裴少俊墙头马上》，是白朴的代表剧作，是一部充满反抗精神和斗争精神的喜剧，带着浓郁的市井风情。《墙头马上》与关汉卿的《拜月亭》、王实甫的《西厢记》、郑光祖的《倩女离魂》合称为元人四大爱情剧。作品根据白居易《新乐府·井底引银瓶》的故事情节进行了创作，重要的是，白朴虽然以传统故事为框架，但他所写的人物，实际上是以现实生活为依据，是有血有肉的鲜活的形象。该剧讲述了这样一个故事：裴少俊买花时路过李世杰的花园，被从墙头看春景的李世杰之女李千金看到。两人一见倾心，互致情诗，约定当晚在后花园私会，为李家乳母撞破，二人相约私奔到长安。李千金在裴家花园匿居七年，生一子一女。后因一次偶然的机会，被少俊父裴行俭发现，他大为吃惊，把李千金看作娼妓，强行分开少俊和李千金。千金无奈回到洛阳，父母亡故，她在家守节。少俊中进士后，经过重重波折与李千金正式完婚。全剧结构严谨而情节设置合乎情理。有些曲词自然通俗，趣味十足，人物性格鲜明。作品正面歌颂了青年男女争取自由婚姻的合理要求和反抗封建婚姻制度的斗争，塑造了李千金的光辉形象。

李千金是作者着力塑造的最重要和最具有个性的人物。她的性格积极主动，勇于追求，一开始就是她主动追求裴少俊，"既待要暗偷期，咱先有意，爱别人可舍了自己"，而且从戏剧开始到结尾，她对自己的私奔行为都是理直气壮的，没有当时闺阁女子的自惭，用泼辣的语言为自己辩护，也勇于回击裴尚书等人对自己的指责。在"大团圆"的庆宴上，她还这样唱道："只一个卓王孙气量卷江湖，卓文君美貌无如。他一时窃听求凰曲，异日同乘驷马车，也是他前生福。怎将我墙头马上，偏输却沽酒当垆。"她还大胆吐露自己对于满足情欲的要求，唱词直白袒露，如刚出场的唱词："我若还招得个风流女婿，怎肯教费工夫学画远山眉。宁可教银钲高照，锦帐低垂，菡萏花深鸳并宿，梧桐枝隐凤双栖。这千金良夜，一刻春宵，谁管我衾单枕独数更长，则这半床锦褥枉呼做鸳鸯被。"总之，通过对李千金这一人物的行动和语言的描写，剧本对自由的爱情，以及由此产生的私奔之举、男女的情欲都做出率直坦露、毫无畏怯的肯定和赞美，比《西厢记》更有一种勇敢和直接的气派。这个人物形象的个性与她在剧中出身实际并不相符，在她身上，更多地被作者赋予了市井女子的性情和市民社会的世俗化审美趣味。与这样的人物形象及思想情趣相匹配，《墙头马上》的语言以自然通俗、朴素生动为主要特点。

与《墙头马上》的世俗化倾向和本色自然的语言不同，白朴的另一剧作《梧桐雨》更多地表现出文人化的高雅趣味，尤其以富丽堂皇的文采、典雅华丽的语言、富于抒情诗特征的曲词著名。《梧桐雨》，全名《唐明皇秋夜梧桐雨》，描写唐明皇和杨贵妃的爱情故事。杂剧前三折重点铺陈李隆基和杨贵妃的生活日常：懒理朝政，歌舞酒宴频繁，荒唐度日，导致"渔阳鼙鼓动地来，惊破《霓裳羽衣曲》"的"安史之乱"和"六军不发无奈何，宛转蛾眉马前死"的马嵬兵变，通过舞台艺术形象的变化，表现封建王朝由盛而衰的历史过程。第四折根据《长恨歌》"春风桃李花开日，秋雨梧桐叶落时"的诗意，写安史叛乱平定后，明皇从西蜀返回长安，退居西宫养老，日夜思念贵妃，偶然夜半梦到贵妃设宴长生殿，邀请他参加，好梦正酣，却被窗外一阵阵梧桐落雨惊醒。全剧通过描写李、杨爱情侧面探讨"安史之乱"发生的原因和唐王朝由盛至衰的过程。

《梧桐雨》有特别浓厚的抒情氛围，在词采中加入大量古典诗词的意境、意象，创造出富丽堂皇的文采。尤其是第四折，全部23支曲子集中描写唐明皇的内心活动，写他的孤寂、空虚、怀旧、相思、愧悔、孤独、哀愁等种种心情，是全剧最精彩的部分。其中后13支曲子，通过对秋夜风雨的描写，在特定环境中衬托人物心情，相互映照，彼此交融，创造出浓郁的悲剧氛围，艺术效果强烈，我们以《黄钟煞》的末节为例：

> 斟量来这一宵，雨和人紧厮熬。伴铜壶点点敲，雨更多泪不少。雨湿寒梢，泪染龙袍，不肯相饶，共隔着一树梧桐直滴到晓。

在《梧桐雨》里，白朴利用梧桐这一客观之物，将杨、李的悲欢离合联系起来。李隆基看着梧桐回忆："当初妃子舞翠盘时，在此树下；寡人与妃子盟誓时，亦对此树；今日梦境相寻，又被它惊觉了。"自然点明了梧桐在整个剧作中的作用。在诗文传统中，梧桐这一意向，包含了伤悼、孤独、寂寞的情感蕴藉。白朴让梧桐作为见证人世变化的旁观之物，让秋雨淅沥中梧桐的形象，唤起人们意识中的情感联系，使剧本获得了独特的艺术效果。加上作者集中10多支曲子，着力描绘李隆基哀伤、孤苦的心境；配合沉痛婉丽的语言，几重表现手法共同打造出荡气回肠的感觉，更能深刻地感受世事沉浮变迁的伤痛。可以说，《梧桐雨》强烈的抒情性戏剧冲突、酣畅优美的笔墨、沉郁含蓄的意境以及醇厚的诗味，使这部历史剧成为元代文坛的一朵奇葩。

曲词最甚的杂剧家 ——郑光祖

其词出语不凡，若咳唾落乎九天，临风而生珠玉，诚杰作也。

——朱权《太和正音谱》

郑德辉清丽芊绵，自成馨逸，均不失为第一流。

——王国维《宋元戏曲史》

如果说，哪个鬼最让人同情，那只能是小倩。小倩是中国文学史上、剧作史上的唯一，王祖贤让小倩火到了现代；各个版本的小倩，使她的故事耳熟能详，但大多数人并不知道这个故事的起源。我们可能有人知道郑光祖的杂剧《倩女离魂》，但更早的故事原型是什么很少有人探究。这个故事最早记载于唐传奇，是为陈玄祐的《离魂记》，最终定型成为郑光祖的杂剧《倩女离魂》，我们现在所拍的电影、电视剧都是根据郑光祖的杂剧剧本衍生而来的。

郑光祖，字德辉，平阳襄陵（今山西襄汾县）人，生卒年不详。元代著名杂剧家、散曲家。他是元代后期一位著名的剧作家，与关汉卿、马致远、白朴并称为"元杂剧四大家"。在元代后期的杂剧作家中，他的创作活动时间较长，作品传唱广泛。郑光祖的生平没有太多记录可查，从钟嗣成的《录鬼簿》中我们可以知道，他早年读书学习儒学，在杭州做过小官员。从小受到戏曲的熏陶，很早就投身于戏剧创作，他一生才华都献给了杂剧创作。

据考证，郑光祖一生创作了18种杂剧剧本，现在流传下来的有8种。这8个剧目中，《辅成王周公摄政》《立成汤伊尹耕莘》《钟离春智勇定齐》《虎牢关三英战吕布》《程咬金斧劈老君堂》等5个剧目主要写历史故事；《迷青琐倩女离魂》《㑇梅香骗翰林风月》以爱情故事为主；《醉思乡王粲登楼》则是思乡抒怀之作，写的是王粲的感想，表达的是整个封建知识分子群体穷困潦倒、怀才不遇的愤懑之情。作为元代南方戏剧巨擘，郑光祖的作品覆盖题材之广、全本数量之多、质量之高，都是高于同时期作家的。他的作品还蕴含着作者深刻的思想内容，在戏剧的花园中，闪烁着夺目的艺术光彩。

《迷青琐倩女离魂》简称《倩女离魂》，是郑光祖根据唐传奇《离魂记》创作，当属元朝后期杂剧中最优秀的作品。剧本讲了这样的一个故事：王文举和张倩女是"指腹为亲"的未婚夫妻。不承想，长大以后，王文举家道败落，又屡试不第，倩女的母亲就开始嫌弃文举功名未就，还以这个为借口，不允他和倩女的婚事。文举没办法，只能上京应试，谁知倩女知道这个消息后，竟相思成疾，卧床不起，导致灵魂脱离躯体，一路追赶文举赴京。文举三年后中举得官，带倩女回到家中，倩女灵魂和那卧病在床的躯体才合二为一，一家人才高高兴兴地吃这迟到的新婚酒。这一剧作整体以情节离奇取胜，但离奇的情节中又蕴含着深刻的内涵，即人的天然的情感是不可压抑和控制的，正如倩女所唱的"你不拘箝我可倒不想，你把我越间阻越思量"，表露了人们渴望追求个体的自由和幸福的愿望。

从艺术描写方面看，《倩女离魂》的曲词有强烈而浓厚的抒情气息，笔墨细腻优美，又不会产生纤巧、柔弱的感觉，文辞隽美却没有雕琢堆砌之感。第三折写倩女因相思卧病在床，自怜自叹的曲子《普天乐》，将曲词的意境和剧中人物的心理活动有机结合起来，用语生动活泼而又自然清丽，演唱起来柔情婉转，幽怨动人，充满少女的烂漫和青年女子的柔媚：

> 绕晴雪杨花陌上，趁东风燕子楼西。抛闪杀我年少人，辜负了这韶华日。早是离愁添萦系，更那堪景物狼藉。愁心惊一声鸟啼，薄命趁一春事已，香魂逐一片花飞。

《倩女离魂》在情节设计和人物形象设定上，都受到了《西厢记》的启发。全本曲词受婉约派词风的影响偏多，曲词一方面写出了封建社会青年女子勇于追求自己幸福的坚定执着；另一方面，在家卧病的倩女，又真实地再现了封建礼教束缚下，青年女子想要而不敢行动的内心的幽怨，这个独特情节的设计和表现使《倩女离魂》成为具有独特艺术成就的浪漫主义爱情剧，影响了后来汤显祖的《牡丹亭》的创作。

和《倩女离魂》同一类型的《㑇梅香》，主要描写的是诗人白乐天的弟弟白敏中和晋国公裴度的女儿裴少蛮的恋爱故事，情节完全虚构。整个情节和故事梗概有意模仿《西厢记》，素有《小西厢》之称。全剧所呈现出的思想倾向远远没有《西厢记》那样鲜明。主角婢女樊素的唱词和念白都过于文人化，用了太多的之乎者也，充满了浓厚的封建文人气息，既不符合婢女的身份，又使戏剧失去了活力。剧中某些唱段虽然也比较优美，但过于工整、雕琢，失去了戏曲的生活气息。

郑光祖的《王粲登楼》是根据王粲《登楼赋》敷衍虚构而成的，

戏曲中王粲落魄荆州，登楼作赋的场面，唱词很好地抒发了游子飘零异地、怀念家乡的寂寞之情和怀才不遇的苦闷之情。

> 雕檐外红日低，画栋畔彩云飞。十二栏杆、栏杆在天外倚。(许达云)这里望中原，可也远。(正末唱)我这里望中原，思故里，不由我感叹酸嘶。(带云)看了这秋江呵，(唱)越搅得我这一片乡心碎。（第三折《迎仙客》）

> 泪眼盼秋水长天远际，归心似落霞孤鹜齐飞。则我这襄阳倦客苦思归。我这里凭栏望，母亲那里倚门悲。(许达云)仲宣，既如此感怀，何不早归故里。(正末云)吾兄，怕不说的是哩。(唱)争奈我身贫归未得。（第三折《红绣鞋》）

这些曲文中所表露出的飘零他乡的感叹，特别容易引起失意文人的共鸣，尤其是在元代那个特殊的时代。明清以来，出现的很多以文人为描写对象的杂剧，有不少是受到这部戏曲的影响。

除了上面的这些作品，郑光祖还有五部描写历史故事的杂剧，其中《智勇定齐》较有特色。它以无盐的采桑女钟离春为主角，写了相貌奇丑，却有超人智慧和胆识的采桑女，因为聪明才智受到齐公子的喜欢，并将她娶为后。钟离春运用自己的聪明才智辅佐齐公子治理国家，抵御外来战争，最后，在与秦燕的斗争中取得了胜利，齐国也被尊为上国。作品讴歌了一位在封建社会抵御外敌侵略、保护家国的巾帼英雄，这在当时的背景下是非常难得的。

郑光祖的杂剧在曲词创作方面显示了超出同期的技艺。后世有人将他置于关、白、马之上，这种定位虽然不是很合理，但也间接表明了他在元曲中的地位。

第八辑

万仞崛起——明代文学

情乎？欲乎？——汤显祖

情不知所起，一往而深，生者可以死，死可以生。生而不可与死，死而不可复生者，皆非情之至也……人世之事，非人世所可尽。自非通人，恒以理相格耳！

——汤显祖《〈牡丹亭记〉题词》

其款置数人，笑者真笑，笑即有声；啼者真啼，啼即有泪；叹者真叹，叹即有气。杜丽娘之妖也，柳梦梅之痴也，老夫人之软也，杜安抚之古执也，陈最良之雾也，春香之贼牢也，无不从筋节窍髓，以探其七情生动之微也。

——王思任《批点玉茗堂牡丹亭词叙》

"情不知所起，一往而深，生者可以死，死可以生。"题引所道的这种能主宰人生死的至情至性，读来就让人叹惋、神往。而这个纯粹、奇绝、让人叹服的情爱故事就被汤显祖清晰地展现在《牡丹亭》中，怎能不叫人好好欣赏？

汤显祖（1550—1616），明代戏曲家，字义仍，号若士，祖籍江西临川。明代著名戏曲家、文学家。万历十一年（1583）中进士，历任南京太常博士、詹事府主簿、礼部祠祭司主事。因他注重实干、关心民间疾苦、直言抨击官僚腐败，几次遭到贬谪；但他试图坚持自己的理想，在对仕途彻底失望后，万历二十六年（1598）忧愤辞官。晚年生活在家乡度过，自号茧翁。汤显祖的思想比较复杂，他认为科举是实现理想的唯一出路，但不满科举、八股文创作；他还潜修佛学，希望通过宗教找到出路。

汤显祖少年时跟随泰州学派的罗汝芳学习，受到了个性启蒙和思想启蒙的教育；在南京为官时，和李贽、达观等人相交，又受到了心学、反程朱理学思想的影响。他思想中矛盾的各个方面，都反映在他的戏曲创作中。

汤显祖一生在多个领域均有成就，而以戏曲创作为最佳。汤显祖作有《牡丹亭》（又名《还魂记》）《邯郸记》《南柯记》《紫钗记》，合称《玉茗堂四梦》，又称"临川四梦"，《牡丹亭》是他的代表作。汤显祖还是一位杰出的诗人。有《玉茗堂全集》、《红泉逸草》一卷、《问棘邮草》二卷。

《牡丹亭》描写了官家千金杜丽娘在梦中与书生柳梦梅倾心相爱，回到现实后，因怀念梦中的爱情，伤心而死，死后化为魂魄在现实中寻找爱人，人鬼相恋，最后起死回生，与柳梦梅永结同心的故事。全剧共55场，主要有以下几个故事节点：杜丽娘后花园游春感怀，睡梦中书生折柳许情，现实中情深丧命，死后魂魄不散，寻觅梦中情郎不止。三年后，书生柳梦梅掘棺复生，共结情缘。情节奇特而起伏跌宕，结构严谨、情思缜密。

《牡丹亭》开篇即写情，情在汤显祖的笔下能生而死之，死而生之。他说："情不知所起，一往而深。生者可以死，死可以生。生而不可与死，死而不可复生者，皆非情之至也。"而《牡丹亭》中的"情"究竟是什么？大家一般都笼统地认为是"爱情"。其实，与其说它是纯洁的爱情，不如说是炽烈的青春欲望、人性渴望自主选择的欲望。杜丽娘与柳梦梅的爱情故事由性开始，感情也是在性关系的牵引下发展而来，最后发展到汤显祖笔下的至情。杜与柳在梦中的接触是男女在欲望引导下的性的接触。因此，他们之间不需要言语的交流，也不需要什么深入的了解，一切言语在他们之间都是多余的。杜丽娘游园触动春情，是独处深闺的春愁，与人无尤，她的春情是自己欲望的觉醒，不是因特别的某一个人而来。杜丽娘一梦而生死许之，这个春梦，是她自己青春欲望的折射；她对梦中之人，如痴如醉，当青春的情火被唤醒，又未能得到满足，丽娘对一切外在的生活都意兴阑珊，继而郁积成病。丽娘能死而复生正是因为这种青春勃然的欲望的力量。

而柳梦梅其实也是因性而生情，他捡到一幅画，然后在梦中与画中人共赴巫山。之后，杜丽娘的魂魄夜夜与柳梦梅相会。《牡丹亭》中描写了大量的性场面，似乎不犯忌讳，这些场面因为爱情的甜蜜而显得愈加暧昧和动人。而情与欲在中国传统文化中又合而为一，我们可以从"三言""二拍"等这些小说中找到佐证。汤显祖的至情更准确地说恰是情欲相融的至情了。

在《牡丹亭》的第23出《冥判》中，以轻松活泼的节奏、自然通俗的语言，用调侃笔调，写出了酷好男风的李猴儿的戏剧性评判。"你是个好男风的李猴，着你做蜜蜂儿去，屁窟儿里拖着一个针。"将断袖之癖写得轻松自然，正大光明，丝毫没有特意书写的待遇，好像与其他各位没什么差别。这个"屁窟儿带针的蜜蜂"形象地比喻了断袖者的云雨方式。作者却愿意遂了他的心愿，显示了作者对同性相恋的宽容态度，也反映出晚明男风盛行的社会状况。

生不逢时 —— 罗贯中

> 罗氏生不逢时，才郁而不得展，始作《水浒传》，以抒其不平之鸣。

——尺蠖斋《西晋志传通俗演义》序文

罗贯中是中国文学史上一位有特殊贡献的作家，被称为中国章回小说的鼻祖。他在我国文学发展史上，以其独特的个人文学创作能力闪耀史册，同时，为世界文坛的发展也增添了灿烂的光彩。

罗贯中，生卒年不详，名本，字贯中，号湖海散人，山西并州太原府人，元末明初人，小说家。个人经历颇为传奇，元朝末年，天下大乱，群雄并起，罗贯中曾"有志图王者，乃遇真主"，才退隐江湖，流寓于江、浙一带，以小说创作一抒胸臆。

他创作了多部小说，都以乱世为题材，演绎历史，除最著名的《三国演义》外，还有《隋唐两朝志传》《残唐五代史演义传》和《三遂平妖传》等著作，还曾参与过《水浒传》的编纂、创作。

罗贯中小说的出现，尤其是《三国演义》的出现，标志着我国古典小说完成了从"话本"向长篇章回体的过渡，揭开了我国小说发展史上崭新的一页。

《三国演义》全名《三国志通俗演义》，是中国文学史上第一部章回小说，是历史演义小说的开山之作，也是第一部文人长篇小说。

大约创作于元代末年，原书24卷，240则，有弘治本传世，经清初毛
纶、毛宗岗父子加以增删润色，才成为现在通行的120回本。罗贯中
依据陈寿《三国志》提供的历史线索和历史人物，博采裴松之对《三
国志》补缺、备异、惩妄、论辩所保存的大量宝贵史料，汲取了西晋
至元1000多年来民间传说的丰富营养，并在此基础上结合自己参加
元末农民起义军的生活经历，发挥个人的卓绝艺术才能，纵横捭阖，
巧妙驾驭，形象生动地描述了近100年中浩瀚繁复的历史事件，完成
了这部75万字的古典名著。

《三国演义》从东汉灵帝建宁二年（169）起，到晋武帝太康元年
（280）止，描写了百年左右发生的事件，中间着重写了历时约半个世
纪的魏、蜀、吴三国的兴衰过程。第1回到第33回，从东汉末年黄
巾起义写到曹操平定北方；第34回到第50回，集中写赤壁之战以及
战后天下三分；第51回到第115回，重点写刘备集团活动，以及刘
备死后诸葛亮治理蜀国、南征北伐；第116回到第120回，写三国统
一于晋。书中的故事起于刘、关、张桃园结义，终于王濬平吴，包
括了整个三国时代。在"拥刘反曹"的传统思想支配下，作品把蜀
汉当作全书矛盾的主导方面，把诸葛亮和刘、关、张当作中心人物，
以魏、蜀、吴的兴亡为线索，生动地描述了封建统治集团之间尖锐
复杂的矛盾和斗争，揭露了当时社会的黑暗和腐朽，谴责了封建统
治阶级的残暴和丑恶，反映了他们的爱憎与向背，以及反对战争分
裂、要求和平统一的愿望。

在这部名著中，罗贯中寄托了自己个人的爱憎情感，客观地揭
露了封建统治集团之间政治的、军事的、公开的、隐蔽的、合法的
和非法的矛盾斗争；淋漓尽致地刻画了封建统治阶级争名夺利、钩心
斗角、尔虞我诈、明火暗箭的策略伎俩和阴谋诡计；有意或无意地揭

示了农民无法生活、铤而走险、纷纷起义的真实历史背景和原因。

　　以上说的是《三国演义》的思想内容，至于《三国演义》的艺术成就，则是多方面的。

　　首先，它充分地显示了罗贯中在人物刻画方面惊人的技巧。全书400多个人物形象中，不管是曹操、刘备、孙权这些群雄之首，还是诸葛亮、关羽、张飞、赵云、黄忠、鲁肃、周瑜、黄盖、郭嘉、许攸、张辽、陆逊以及王允、董卓、吕布这些巨谋勇将，忠奸之臣，都具有鲜明的、生动的个人特性。尤其是对张飞、诸葛亮和曹操的形象塑造，真可谓出神入化，呼之欲出。

　　其次，《三国演义》还提供了不少战争经验和各种军事科学知识，对战争的描写是很出色的。写官渡之战，先介绍两军力量的对比。袁绍兵多粮足，拥兵70万。而曹操兵少粮缺，只有7万人。但是战争胜败不仅取决于客观军事力量的强弱，而且还取决于主观指挥是否正确。袁绍自恃强大，没有利用兵多粮足的优势，结果大败而归，实在是指挥不当。这是一次以少胜多的典型战例。其他如赤壁鏖兵、夷陵之战等，都写得有声有色，雄伟壮阔，引人入胜。同时，也为后人提供了丰富的战略战术经验和教训。后来，农民起义的将领们

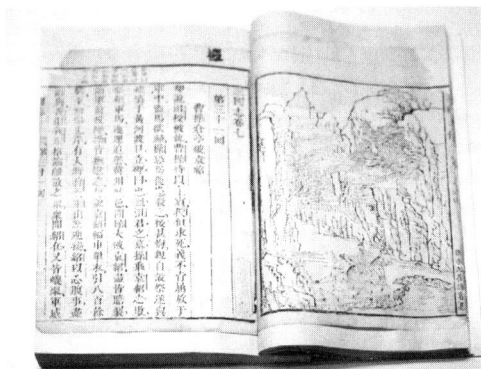

◀《三国志通俗演义》
书影

把《三国演义》当作军事教科书来学习、运用。《三国演义》中，有关政治、外交、思想、道德等方面的内容，也是极为丰富的，读者从中也将获益匪浅。

最后，《三国演义》开创了历史小说的先河。自罗贯中把三国历史写成小说以来，文人纷纷效法。《三国演义》为如何写作历史小说，提供了"七分事实，三分虚构"的基本经验。《三国演义》中的历史事件和人物，大都是真实的。黄巾起义、董卓之乱、官渡之战、赤壁之战，等等，在历史上真有其事。汉末天下大乱，群雄并起，董卓、曹操、袁绍、刘表、刘备、孙权以及关羽、张飞、诸葛亮，等等，在历史上也确有其人，这就是"七分事实"。但另一方面，其中不少内容和情节是虚构的、夸张的。不但历史上不存在"吴国太佛寺看新郎""献密计黄盖受刑"和"七星坛诸葛祭风"等事件，而且就是对历史人物如刘备、曹操、诸葛亮、关羽和张飞等，也不是从《三国志》里照搬到《三国演义》中来，而是作者依据尊刘贬曹的思想给予了加工改造，有的加以美化、神化，有的加以丑化。《三国演义》中的这些人物已是艺术的典型，这就是"三分虚构"。

总之，《三国演义》是一部艺术性很高的作品。虽然它也有种种不足，如否定农民起义、宣扬封建迷信等，然而，它仍然是一部伟大的文学名著，罗贯中也因此获得了中国文学史上的重要地位。

孤客走梁山，书生续旧梦 —— 施耐庵

一百八个人，便有一百八样出身，一百八样面孔，一百八样性格。

——金圣叹

《水浒传》是中国小说史无前例的杰作……对赤手空拳、孤立无援的老百姓，产生了强烈的共鸣。

——[日]仓石武四郎

"……路见不平一声吼哇，该出手时就出手哇，风风火火闯九州哇……"多少人在这首歌里找到了自己的英雄梦，又有多少人梦想兄弟一起走天涯。《好汉歌》伴随着电视剧《水浒传》的热播响彻大江南北，而那一个个寄托着各种梦想的英雄人物也在人们脑海中留下了深刻印象。时至今日，20多年过去，偶尔哼起曲调，还会为那些故事、这些人物热血澎湃，许多成年人依然为他们童年时神魂颠倒的水泊世界激动，林冲、武松、鲁智深……他们的故事如数家珍。金圣叹曾经批道："一百八个人，便有一百八样出身，一百八样面孔，一百八样性格。"在中国五彩斑斓的文学百花园里，《水浒传》是最独特的一种存在。它是中国古典文学史上仅有的一部以农民起义为主要描写对象的作品，完整地描写了宋朝末年农民起义发生、发

展、壮大及至衰落失败的全过程，是中国文学史上最早以白话文创作的章回体小说之一，更是第一部用白话文创作的英雄传奇，也是汉语文学中具备史诗特征的作品之一，对中国乃至东亚的叙事文学都有极其深远的影响。

关于《水浒传》的作者，在文学史上众说纷纭，有记载为罗贯中的，有记载为施耐庵的，也有记载为二人联手创作的，经过考证，现在一般都认为《水浒传》的作者是施耐庵。

施耐庵，生卒年不详，根据史料推断为元末明初人，生活在农民起义最为活跃的江浙地区。他才名早显，在科举上颇有建树，30多岁为进士。身逢乱世，一生际遇坎坷。历史掩埋了施耐庵的个人史料，却无法遮掩《水浒传》的光芒。

《水浒传》取材于北宋末年宋江起义的故事。宋江和他领导的农民起义在南宋时已经流传甚广，史料记载：宋江领导的起义军规模浩大，纵横数省，主要骨干有36人。宋江本人结局史料记载不一，或说被招降，或说被擒；宋江招安后，朝廷派他参与了出征方腊的军事行动。宋江起义的相关史料记载非常稀少，所以梁山英雄们的故事才能给人以丰富的想象空间，后来的创作者完全可以根据自己的需要来塑造心中的英雄。施耐庵正是在吸收了大量民间故事、话本、戏曲等艺术形式的基础之上，进行艺术加工和创作，完成了《水浒传》这部小说史上历史性的著作。

《水浒传》因为流传的广泛性，保留下来的版本比较多，情况也比较复杂。现存版本最早的是明末杨定见120回本。金圣叹的70回本，是流传最广、影响最大的版本，并逐渐成为在读者中唯一流行的本子。

《水浒传》的思想内容很复杂。从总体上说，小说生动地再现了以宋江为首的108将从个人觉醒到小规模联合反抗最后到盛大农民起义成败的全过程，深刻地挖掘了农民起义的社会根源，塑造了一群个性鲜明的起义英雄，并通过他们各自的反抗道路，展现了"官逼民反"的社会现实，显示了封建统治阶层与下层人民之间无法调和的矛盾，以及对农民起义最终将走向何方的思考，客观上揭示了农民起义失败的内在原因。

小说塑造了诸如李逵、武松、鲁智深、燕青等深受读者喜爱的起义英雄形象，展现了他们疾恶如仇、侠肝义胆、急公好义的优秀品质，肯定了他们敢于起事、敢于斗争的革命精神，他们身上寄托了人民对于正义的渴望，表达了人民渴望英雄出世除暴安良的强烈愿望。这些形象蕴含着深厚的民族精神，是中华民族民族性格的艺术表达，他们身上所展现出的品格、精神、气质，正是中华民族赖以生存发展的基本素质。

宋江等108将的结局是悲剧的，也是必然的，这种必然性和悲剧性恰恰显示了起义失败的内在原因，也是作者想要着力表达的。小说全篇贯穿了"只反贪官，不反皇帝"的思想，阮氏三雄、林冲、吴用，尤其是宋江，都有这样"正统"的观念。宋江身上集中而形象

▲ 施耐庵雕像

地表现了忠义思想，而"忠君"是他行事的指导思想，决定了农民起义军接受招安的必然结局。作者在小说中并没有感情用事地给水浒诸英雄安排一个美好的结局，虽然他们接受招安后为朝廷征讨四方。宋江药死，吴用自杀，李逵等也惨遭不测，整个梁山义军最后被彻底分解，各自毁灭。小说深刻地揭示了封建社会起义者悲剧性的结局，在接受底层人民思想的同时，宣扬了传统的"忠君"思想，也在客观上批判了愚忠的可悲结局。

《水浒传》对我国文学史和社会人文生活有巨大影响，不仅在文学史上留下了武松、李逵、鲁智深、宋江、吴用等各具特色的人物形象，还为民间曲艺和文学发展提供了无数可以再创作的题材。水浒人物也成为家喻户晓的英雄，他们身上所体现的英雄豪情、忠义节烈成为一种人格、精神流传于人民的心中，逐渐内化为民族精神。《水浒传》对后来文学创作的影响同样巨大，它开英雄传奇小说的先河，后来流行的《皇明英烈传》《说唐》《杨家将》《说岳》《水浒后传》《女仙外史》无不可见它的影子，这充分说明了《水浒传》的价值和它生命力的强大。

中国四大古典名著之一 ——《西游记》

人心生一念，天地尽皆知。善恶若无报，乾坤并有私。

——《西游记》

述变幻恍惚之事，亦每杂解颐之言。使神魔皆有人情，精
魅亦通世故，而玩世不恭之意寓焉。

——鲁迅《中国小说史略·明之神魔小说》

一个土生土长的中国人，很少有人会不知道《西游记》，也很少
有人不羡慕孙悟空的三头六臂、七十二般变化，尤其是他用毫毛变
出千万个小猴子的能力，让人叹为观止。孙悟空算得上是中国家喻
户晓的形象了，每个人都能说点它的故事，"大闹天宫""三打白骨
精""真假美猴王"，等等。故事中的孙悟空，神通广大、敢于反抗，
他不惧怕权威、敢于挑战一切，他也忠诚于自己的内心。在保护唐
僧西天取经的路上，他几次因为被误解而离开，就是他自尊、自傲
的表现。这样一个自我觉醒的人物，又有一切英雄的性格——见恶
必除、除恶务尽，谁又能不喜欢他呢？

《西游记》的故事可以分成三部分：第一部分，主要写孙悟空的
出身、学习武艺的生活，以及大闹三界的故事，是正文的前七回；第
二部分，写取经的起因，铺垫下文，这部分内容包括魏徵梦中斩龙、

唐太宗入冥、观音访求高僧和唐僧出世的故事，为下文取经做了铺垫，某种程度上相当于全书故事的引子；从第14回至第100回是第三部分，用串珠的方式连接了41个小故事，集中描写了师徒四人长途跋涉、历经艰险、除妖斩魔，战胜81难，终于抵达西天，取得真经的故事。

《西游记》的故事来自唐太宗年间玄奘远赴天竺取经的史实，玄奘的传奇故事，自唐朝以来广为流传，积累了大量民间传说、话本、杂剧等等，吴承恩正是在这样的背景下编辑创作，有了我们现在所见的故事。《西游记》自成书后，流传极广，现在我们所能见到的最早的版本，是明代万历年间刊印的20卷100回本，并没有作者署名。因此很长一段时间《西游记》并不能确认真正的作者，直到鲁迅在他的《中国小说史略》中，引用《淮安府志》等史料，逻辑严密地推断《西游记》是吴承恩所著，以后学术界才以此为定论。

吴承恩（约1500—约1582），字汝忠，号"射阳山人"，淮安山阳（今江苏淮安）人，明代著名小说家。出身于小商人家庭，祖上曾有人做过小官。他少时聪敏，博览群书，才名早著，《淮安府志》里曾这样描述吴承恩："性敏而多慧，博极群书，为诗文下笔立成。"但他时运不济，一生只有秀才功名。著作大多散佚，有后人搜集编订的《射阳先生存稿》四卷存世。整个青年时代，吴承恩一直追求科场有成，中年以后迫于生计，在朋友帮助下补为岁贡生，谋取到了长兴县县丞职位。作为一个有志向的文人，他在自己的职位上积极进取，为百姓做了许多实事，但官场黑暗，身在其中，做事颇为掣肘，吴承恩不愿同流合污，于是辞职返回家中，此时，他已61岁。回归乡野生活后，他过着类似于隐士的田园生活，闲暇之余，进行小说创作，《西游记》就是在这样的情况下完成的。

《西游记》以其神话性的创作、离奇的情节，总是被附会出许多解释，清人立论"或云劝学，或云谈禅，或云讲道，皆阐明理法，文词甚繁"（鲁迅《中国小说史略》）。20世纪以来，又有诸如"反映农民起义"或"反映市民阶层的斗争"的论见。胡适在《〈西游记〉考证》中说："《西游记》不过是一部很有趣味的滑稽小说、神话小说，它并没有什么微妙的意思，它至多不过有一点爱骂人的'玩世主义'。这点'玩世主义'也是很明白的，它并不隐藏，我们也不用深求。"鲁迅先生在他的《中国小说的历史变迁》中则这样评价《西游记》："实不过出于作者之游戏。"从实际阅读来讲，《西游记》一书确实能为读者带来很强烈的阅读快感，小说视野开阔、想象力奇特、情节曲折，在作者诙谐生动的语言、驰骋三界的幻想中，将这种娱乐化的感受强化。

由此看出，吴承恩创作这部小说最主要的目的还是为大众提供娱乐，重视读者的阅读快感，所以作者的文风活泼自由，没有义正词严的所谓正经面孔，41个小故事中很多人物都附带着作者的嘲弄和反讽。中国文学史上，尤其是古代文学中，以神话传说为题材的创作很少。《西游记》在内容上吸收了佛教、道教文化，作者运用自己超绝的艺术想象力，创造了一个包罗万象、光怪陆离的神魔世界，讲述了很多神奇的故事，塑造了孙悟空、猪八戒等鲜明生动的艺术形象，为中国古典文学增添了一种新的色彩，体现了明朝自由思想的兴起对文学的影响。这部作品的产生在文学史上有很重要的意义。

《西游记》塑造的艺术形象，主要以孙悟空、猪八戒为主，还有各种其他的妖怪。这些形象，既有现实的人性的一面，又不脱其原型动物的特征，在作者的笔下，生动活泼，活灵活现，夹杂在人性与动物性之间。比如，孙悟空身上就有一种猴性，他爱动、淘气捣

▲ 吴承恩画像

蛋、易怒、容易暴躁，但他身上也有渴望被尊重、自重、渴望进步的人的觉醒。这个艺术形象，在整个故事中占据着核心地位，在作者的故事架构中，孙悟空身上寄托着作者以及大众的生活理想。它具备很多平凡人渴望拥有的特质，智慧、勇气、胆略，以及迎难而上的积极生活态度。而猪八戒作为人和猪的结合，在他身上，就体现了好吃懒做的特性。在取经的路上，他好色、贪图安逸、爱耍小聪明，但也有一种特有的憨厚和勇敢，在作者的笔下，猪八戒这个人物很有几分可爱之处。而其他妖怪、神佛身上，有时也有可爱和好笑之处。这些妖魔很多都是上界逃脱出来，来人间体验作为人的幸福，像黄袍怪爱百花羞公主，罗刹女因母子分离而痛恨孙悟空，这都是作为人的特质。所以，这些神魔妖怪的故事，也能让人读出趣味来。

《西游记》就是因为这种趣味性和娱乐性，也因为其生动的形象、幽默风趣的语言风格，以及辛辣的讽刺广受世界人民的喜欢，从19世纪开始，就被传播到十几个不同文字的国度，还多次以不同的形式被搬上银幕。

中国第一部现实主义小说 ——《金瓶梅》

读此书而以为淫者、秽者，无目者也。

——崇祯本评语

《金瓶梅》是中国第一部伟大的现实主义小说。

——《美国大百科全书》

我国文学向来以含蓄为美。尽管在诸多著作中都有关于"人之性"的直白表露，但是直到明清时代出现的"世情"小说，才是彻底的对传统文学特质的反叛。《金瓶梅》作为我国古典文学的四大奇书之首，开创了现实主义文学以平凡人为主角的先河，开创了性文学之风气。《金瓶梅》之后，《肉蒲团》《金屋梦》《隔帘花影》《续金瓶梅》之类的书也随之面世。

现存《金瓶梅》各版本署名作者均为"兰陵笑笑生"，一看就是作者的笔名。欣欣子《金瓶梅词话序》开头指出："窃谓兰陵笑笑生作《金瓶梅传》，寄意于时俗，盖有谓也。"一直以来，其作者众说纷纭，各种猜测层出不穷，但都没有确凿证据，一直到现在，400年来文坛对此都没有定论。

《金瓶梅》流传到现在的版本也很多，最主要的有三种：《金瓶梅词话》，以明朝万历年间刊本为最早；《新刻绣像金瓶梅》，最早为明朝崇祯年间刊印，这一版本回目整齐，语言相比万历版有更多的修饰性；《张竹坡评金瓶梅》则在崇祯本的基础上，添加了张竹坡的评点。

《金瓶梅》以《水浒传》中武松杀嫂一段情节演化开来，从三位主人公潘金莲、李瓶儿、庞春梅名字中各取一字为书名，描写了清河县破落户财主西门庆在各种钻营中形成的官、商、霸三位一体的罪恶人生，及其发家到衰败的家族史。小说虽然描写了西门庆如何从一个开生药铺的破落户财主，发展到了清河地方一霸，但作者将更多的笔墨描写了西门庆的家庭生活。重点描写了西门庆与家中各位妻妾的荒唐生活，以及由此延伸出的社会关系和经济关系。书中共描写了西门庆与一妻（吴月娘，续妻）、五妾（李娇儿、孟玉楼、孙雪娥、潘金莲、李瓶儿）、一婿（陈经济）和众多奴婢（庞春梅为其一）之间的荒唐关系。

《金瓶梅》成书以来，长久地被视为淫书、禁书，但这部作品中，众多的女性形象中李瓶儿算是比较出彩的角色，她被作者塑造得动人而又耐人寻味。这个角色对于感情的追求和认识有点类似于《牡丹亭》的杜丽娘，她和西门庆之间的感情建立在双方肉体的基础上，而她对第一任丈夫和第二任丈夫的冷酷，很多时候都是因为她在性这件事上的不满足，作者将这肉体之欲和感情之情合并处理，体现了传统的"爱情观"，另

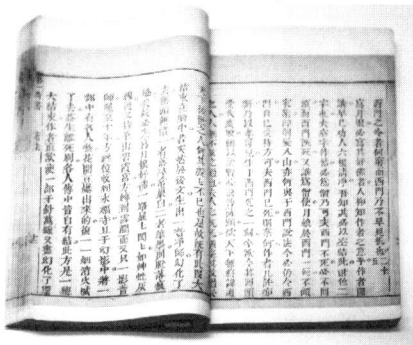

▲《金瓶梅》书影

一方面，也使李瓶儿这个人物相关的故事情节合理化。第一任丈夫花子虚破产后，本来也是假凤虚凰，她毫无夫妻之情，终日怒骂，刻薄至极，花子虚气愤丧身。中间因为西门庆长期不登门，她竟因此得病。也鬼使神差地嫁给了第二任丈夫，本来她还想安心过日子，但是因为在肉欲上无法得到满足，她和第二任丈夫也没过多长时间，而且毫不留情地赶他走，十分冷酷、势利。但她嫁给西门庆之后，性情却发生了极大的改变，心境也变得平和，天性中美好的一面被激发了出来。她一改之前暴躁的状态，变得和善、亲切、善良，开始懂得关心别人，仿佛"性"的满足，让她整个人都沉浸在幸福之中，而这种幸福让她换了个人，变得温顺祥和。作者在小说中用高超的技法，在让人信服的情节转折中，展现了李瓶儿被情欲左右、一会儿魔鬼一会儿天使的性格。鲁迅曾说过，《红楼梦》突破了中国古典小说"叙好人完全是好人，坏人完全是坏人"的传统格局。其实，更准确地说，《金瓶梅》就开始有了这样的突破。它摆脱了古典小说传统化、脸谱化的简单、平面的描写，开始尝试在文学中描摹真实生活中复杂的人性。就比如潘金莲相比《水浒传》中，有了更多的复杂的人性描摹。

尤其值得我们注意的是，《金瓶梅》在各个国家的大百科图书中都有单独的词条。《法国大百科全书》说："《金瓶梅》为中国16世纪的长篇通俗小说，它塑造人物成功，在描写妇女的特点方面可谓独树一帜……它在中国通俗小说的发展史上是一次伟大的创新。"

《美国大百科全书》则称："《金瓶梅》是中国第一部伟大的现实主义小说。"所有这些都说明，《金瓶梅》这部现实主义作品给世界文学和世界人民也带来了重要影响。

"三言"诚天下 —— 冯梦龙

> 此《醒世恒言》四十种，所以继《明言》(指《喻世明言》，
> 初名《古今小说》)、《通言》(指《警世通言》)而刻也。"明"者，
> 取其可以导愚也。"通"者，取其可以适俗也。"恒"则习之而不
> 厌，传之而可久。三刻殊名，其义一耳。
>
> —— 《醒世恒言序》

"三言"因为其语言的通俗性，不管是当时，还是现在，流传和影响都非常大，也成为很多戏剧和影视改编的源泉，比如长演不衰的《新白娘子传奇》源自《白娘子永镇雷峰塔》，而鼎鼎大名的《唐伯虎点秋香》源自《唐解元一笑姻缘》等。而戏剧中很多传统曲目都来自"三言"，如《十五贯》源自《十五贯戏言成巧祸》，《杜十娘》源自《杜十娘怒沉百宝箱》，《玉堂春》源自《玉堂春落难逢夫》，《棒打薄情郎》源自《金玉奴棒打薄情郎》，等等。

"三言"就是《喻世明言》《警世通言》《醒世恒言》的统称，由冯梦龙编纂，是我国文学史上第一部规模宏大的白话短篇小说总集，也是白话短篇小说发展历程中由民间艺人的口头艺术转为文人作家的案头文学的第一座丰碑，是中国古代白话短篇小说的宝库。这三部短篇小说集最早在明代天启年间刊刻。"三言"每言40篇，共120篇，其中宋元话本约占1/3，剩余的都是明代拟话本，题材

包括文言笔记、传奇小说、戏曲、历史故事，乃至社会传闻，还有冯梦龙本人创作的作品。

冯梦龙（1574—1646），字犹龙，一字耳犹、子犹，别号有姑苏词奴、顾曲散人、墨憨斋主人、茂苑野史等，明长洲人。他出身于官宦家庭，从小受儒家传统教育，才情洋溢，群书遍览，在经史上有长处。他生于明朝末年，受当时自由思想的影响很大，科考却一直不得志，直到晚年才补为贡生，曾担任过丹徒县训导和福建寿宁知县。为官一方，一心为民，勤政廉洁。明末参加抗清活动，因明朝亡败，幽愤而亡。冯氏三兄弟，因其才华被称为"吴下三冯"。

冯梦龙终生奋斗在改编、整理和创作通俗文艺的道路上。他在推动和发展通俗小说市场方面也进行了多种尝试，曾重价购刻《金瓶梅》。对《平妖传》《新列国志》进行增补和改编，还创作过戏曲剧本《双雄记》《万事足》，并改编别人剧本合集《墨憨斋定本传奇》。另外，他还编辑刊印过民间歌谣集《童痴一弄》（《挂枝儿》）和《童痴二弄》（《山歌》），编纂《太平广记钞》《古今谭概》《智囊》《情史》等。这些作品中，在文学史上最大的贡献就是编辑了"三言"。

"三言"中的许多作品，都直接反映了社会现实，揭露和批判了封建社会的黑暗。《喻世明言》（《古今小说》）第40卷《沈小霞相会出师表》就非常有代表性。这个小说，以真实事件为基础，演绎了沈炼一家和严嵩父子的斗争故事。《明史·沈炼传》中记录了这个历史事件。小说通过描写这个历史故事，歌颂了忠臣贤士，批判了权奸佞臣，一定程度上反映了明代社会的现实。书中人物都各有特点，沈炼敢于与恶势力做斗争，代表了忠臣的形象；闻淑女，虽然地位低下，但她机智勇敢、勇于牺牲，是贤者的代表；贾石，是非分明，为了朋友以身涉险，正气凛然，是义士的代表。作品通过塑造这些人物形象讴歌正义。其中对于下层人民的歌颂尤为可贵。小说也塑造了一批恶人的形象，非常具有批判性，严世蕃、杨顺、路楷，乃至张千、李万等人，趋炎附势、谄媚权贵。这篇小说的结构起伏，情节曲折，故事讲述得清晰又层次分明，体现了话本的特点。

"三言"中对爱情和婚姻的描写也突破了传统文学的局限，有了新的成就。《卖油郎独占花魁》（《醒世恒言》）和《杜十娘怒沉百宝箱》（《警世通言》）是两篇最有代表性的作品。故事都以名妓为女主角，历经了纸醉金迷生活的她们渴望安稳的生活、真诚的爱情，并为此愿意付出一切。但是，因为男主人公的不同，就有了完全不同的结局：一个是大团圆喜剧，一个却是以悲剧收场。卖油郎秦重虽然社会地位低下，但他对美娘一腔诚挚，自己的个性也踏实善良，以一颗纯粹的心喜欢花魁，终于赢得了美人芳心，结成美满姻缘。而杜十娘遇到的文人李甲，虽然对十娘也有过真挚感情，但他软弱、重利，又深受社会礼教观念影响，所以遇到一点诱惑，就轻易地背叛了爱情。对前一个作品，作者在作品中洋溢着鼓励和歌颂的思想，而后一个作品则充满了批判和同情。这两篇作品虽然结局不同，但文中对爱情的主动追求却值得肯定。

"三言"作为话本和拟话本，在艺术上基本保留了口头文学的特色，比如情节跌宕起伏，强烈的故事性；语言生动自然，口语运用较多；塑造人物强调其主要性格特点，善恶分明；但是在篇幅上比口头创作有所增长，艺术手法更加纯熟，主题更集中，描摹世态人情更富有层次，善于描写人物心理。冯梦龙作为一个传统文人，编辑"三言"，有明确的警世劝诫的目的。这一方面反映了冯梦龙深刻地认识到通俗小说对社会的影响，另一方面也应指出这种认识还是建立在封建伦理内进行规劝的基础上。因此，"三言"的很多篇章，存在一些不同程度的世俗说教和低级趣味。但是，这无法否认"三言"的思想意义和艺术价值。

"二拍"天下惊 —— 凌濛初

凌濛初（1580—1644），字玄房，号初成，别号即空观主人，乌程（今浙江湖州）人，明代文学家、小说家和套版印书家。出身名门，祖上数代为官，祖业以出版编纂闻名于世，乌程凌氏在明代出版业颇负盛名，又与创造著名"闵版"的出版世家乌程闵氏世代姻亲，因此凌濛初一出生就浸润在商业氛围和文化氛围中。他有志科场，但终身辗转，从18岁补廪膳生后，一直不第，在这期间一直从事创作活动，题材丰富、所涉广泛。55岁时受人赏识领上海县丞，在岗位上兢兢业业，颇受人民爱戴，后来以功劳升迁为徐州通判。凌濛初著述颇丰，除为世人周知的"二拍"外，据《湖州府志》记载，有学术著作《圣门传诗嫡冢》《诗经人物考》、诗文集《鸡讲斋诗文》《国门集》、散曲集《南音三籁》等，他最主要的创作在小说和戏曲方面。戏曲方面他先后编写了《北红拂》《颠倒姻缘》《虬髯翁》《乔合衫襟记》《莽择配》《宋公明闹元宵》等六部，曾获得汤显祖等人的高度评价。

"二拍"指的是《拍案惊奇》《二刻拍案惊奇》，是中国文学史上首部文人独立创作完成的拟话本短篇小说集，与冯梦龙的"三言"齐名。"二拍"最直接的创作原因是"三言"的畅销，另一原因是作为作者科场失利的宣泄。《拍案惊奇》成书于天启七年（1627），1628年由尚友堂书坊刊行问世。《二刻拍案惊奇》则首刊于崇祯五年（1632）。

"二拍"在体例上沿袭"三言"，每一拍各40卷，共80卷，重复1卷，亡佚1卷，实存小说78卷。

"二拍"总体而言是凌濛初独立创作的拟话本小说集，作者"取古今来杂碎事可新听睹、佐谈谐者，演而畅之"，在思想内容上真实反映了社会各阶层人民的生活。但又都带着写作者的情绪和视角，所以"二拍"带有强烈的批判性，抒发着作者有志不能抒的愤懑之情。因此，"二拍"反映的世界和人心投射着作者的沧桑，故事中也带有深刻的忧愤与尖刻的讽喻。"二拍"的主要内容表现在三个方面。

其一，"二拍"中有了大量商人形象的塑造，对商业积极意义给予了肯定，塑造了很多正面的商人形象。明代自由经济的兴起，使得当时人们对于商人的看法发生了改变，商人的社会地位提高了很多。《叠居奇程客得助　三救厄海神显灵》说到这样的情况："……徽州风俗，以商贾为第一等生业，科举反在次着……得利多的，尽皆爱敬趋奉；得利少的，尽皆轻薄鄙笑，犹如读书求名的中与不中归来的光景一般。""二拍"对商人的活动的评价超越了一般封建伦理"义"的框架，更单纯地叙写和赞颂商人追求利益和财富的商业活动。

"二拍"对商人永远追逐利益的心态和欲望予以了正视和肯定。《拍案惊奇》的首卷是《转运汉遇巧洞庭红　波斯胡指破鼍龙壳》，描写命里"有巨万之富"的文若虚，因为偶然间拾到的破龟壳，眨眼之间成了巨富，这也反映了商人的内心欲望——永远追求最高的利益。商人逐渐成为社会的主人，不仅仅控制了物质，还想通过物质进一步控制精神，因此，小说的主人公是商人。

其二，"二拍"还描写了现实生活中让人绝望的一面，封建制度的维护者——大小官吏的昏庸无能、贪婪与暴虐。在《恶船家计赚假尸银　狠仆人误投真命状》一文中，王生因为恶霸船家遭受不白之冤，而知县却稀里糊涂，不加分辨，将王生痛打一顿，关入牢房。因为昏庸，本该惩治恶人的代表，却助长了恶人。"二拍"尤为深刻地揭露了当时官匪一家的社会现实，《伪汉裔夺妾山中　假将军还妹江上》则写出了官匪勾结的肆无忌惮，江湖大盗柯陈"专在江湖中做私商勾当"，与官府勾结；《进香客莽看金刚经　出狱僧巧完法会分》中常州柳太守径直盗取洞庭山某寺藏白香山手书《金刚经》；而《贾廉访赝行府牒　商功父阴摄江巡》则直接描述了廉访使贾谋贪财无行，用儿女姻缘锁定商知县，守株待兔，等待商知县亡后，侵吞商家财物。凌濛初在小说中愤慨地说："官人与贼不争多……却又施在至亲面上，欺孤骗寡，尤为可恨！"

其三，受明末自由思想的影响，爱情与婚姻也是"二拍"中最重要的主题。"二拍"肯定了情对于人的重要意义，但还是囿于传统表现范畴，将"情"与"欲"看为一体，即性爱是爱情的表达，但"二拍"中对女性的情欲多做肯定的描述，直接冲击着传统道德观。如《闻人生野战翠浮庵　静观尼昼锦黄沙巷》写女尼静观主动追求闻人生，积极寻找机会与闻人生发生联系，最终得到完美婚姻的故事。

作者对此评述道："这些情欲滋味，就是强制得来，原非他本心所愿。"《通闺闼坚心灯火　闹图圄捷报旗铃》一篇将这种主动性表现得更为突出，罗惜惜与张幼谦青梅竹马，互生喜欢之心，于是私订终身，但惜惜却被父母另嫁他人，她誓死不从，积极反抗，每日与幼谦暗中相会。小说中写道：

　　如是半月，幼谦有些胆怯了，对惜惜道："我此番无夜不来，你又早睡晚起，觉得忒胆大了些，万一有些风声，被人知觉，怎么了？"惜惜道："我此身早晚挣是死的，且尽着快活，就败露了，也只是一死，怕他甚么？"

青年女子为了个人的幸福勇敢地抗争封建礼教，不惜以死抗争，被作者描写得颇有悲壮之味，但女子的大胆和勇敢也颇让人印象深刻。

"二拍"因为是拟话本创作，和"三言"一样，拥有口头文学的特性。大多在情节上颇为生动有趣，贴合世情，语言也自然流畅，大量使用口语，但注重人物心理的刻画。更应引起注意的是，凌濛初在创作中，绝少使用巧合之类的一般小说的创作手法，对传奇性也多为抵触，如《韩秀才乘乱聘娇妻　吴太守怜才主姻簿》《恶船家计赚假尸银　狠仆人误投真命状》《懵教官爱女不受报　穷庠生助师得令终》等篇，从卷名上看，难免有巧合之猜测，但是作者创作时，不以猎奇和巧合布局，而是通过巧妙的叙述手法，营造出生动的情节，使小说的创作向"无奇"发展了。

小说创作摆脱传奇性，这是艺术上的巨大进步，也使小说更贴近普通人的生活，使日常生活成为小说的主要描写对象，从而注重对人物复杂性和人性的挖掘，后世《儒林外史》《红楼梦》等优秀作品，就是因着在这一方面发展而获得巨大成功的。

第九辑

雄赡浩博——清代文学

闲情偶寄 —— 李渔

即使三万六千日，尽是追欢取乐时，亦非无限光阴，终有报罢之日……

——《闲情偶寄·颐养部·行乐第一》

幻设一事，即有一事之偶同；乔命一名，即有一名之巧合。

——《闲情偶寄·词曲部·结构第一》

由于话剧的小众性，不知道多少人看过林兆华的《风月无边》，这部优秀的现代话剧就是讲述明清之际的戏曲大师——李渔的生平故事。作为明清时代有名的风流才子，李渔的一生仿佛都被他写进了《闲情偶寄》里。

李渔（1611—1680），号笠翁，浙江兰溪人，别号"湖上笠翁"。明末清初文学家、戏剧家、戏剧理论家、美学家。幼年家庭富足，聪明好学，接受了传统的儒家教育，以科举入仕为人生目标，但他生逢明清易代的乱世，虽然在少年时已有才名，但世事变故，朝代更迭，使得他一腔报国情无处安放，加之屡遭烽火，家庭财富多为散佚，享乐生活一去便无影踪，仿佛昨日幻梦："樽前有酒年方好，眉上无愁昼始长。最喜此堂人照旧，簪花老鬓未成霜。"家财散尽之后，他备尝生活的苦涩。为了生活，他在南京别业芥子园，开书铺，卖诗文。又凭借自己早年对戏曲的研究和热爱，建立了几十口人的家庭戏班，辗转于达官贵人之间，流动演戏。这个家庭戏班，李渔自己当班主，以自己的两名歌伎为主要演员，自己创作剧本，自己编排。这样的戏曲创作和身份的改变，使得他形成了独特的戏曲理论，戏曲更加娱乐化、商业化，当戏曲成为一种谋生之道时，戏曲和戏曲的理论也就更为专业化和独特化。用他自己的话说："作文之事，贵在专一，专则生巧，散乃入愚。"当只有一条生存之道时，戏曲也成就了他，李渔一生专于戏剧。晚年六十七岁（1677）时，全家返回杭州定居，三年后贫困而死。

李渔一生著述颇丰，他也擅长出版事业，康熙十一年（1672），他编辑出版了杂著合集《一家言》。他去世后五十年（1730），雍正八年，有人将其诗文、杂著编辑整理成《笠翁一家言全集》，其中包括他最为出名的著作《闲情偶寄》。除此之外，他还著有阐释词论的《窥词管见》，全文22则，见解精妙。还有传奇曲目18种，现在最为流行的版本是《笠翁十种曲》。其中《蜃中楼》《比目鱼》比较有质量；而《风筝误》是后来京剧传统曲目《凤还巢》的底本。他还写过白话小说《十二楼》《无声戏》（另名《连城璧》）、《肉蒲团》。

《闲情偶寄》内容博杂，分为词曲、演习、声容、居室、器玩、饮馔、种植、颐养8部，共有234个小题，堪称生活艺术大全、休闲百科全书，是中国第一部倡导休闲文化的专著。其中的"词曲部"谈论戏剧的结构、词采、音律、宾白、科诨、格局等，是中国戏曲理论批评史中的里程碑，是中国历史上第一部系统的戏曲理论著作，是中国古典戏曲的集大成之作。《闲情偶寄》提供了中国古代较早较有系统的戏剧理论格局，标志着中国古代对戏剧特性的新的甚至是归结性的认识。

　　李渔的戏曲理论基于实际演出，所以他的很多理论都是从实际出发考虑，尤其是在戏剧语言方面，李渔认为必须从演出效果出发，反对用书面文学的标准来衡量戏曲创作，认为所有戏剧创作者应"既以口代优人，复以耳当听者"。具体的要求有"贵显浅""重机趣""戒浮泛""忌填塞"等，即大体可归纳为：文辞浅显，明言直说，要活泼生动，有趣中有蕴含于言辞的机锋和性灵，并要求不同的人物要有不同的心理活动和口吻，使其更符合剧中人物。他从实践中总结而来的理论，切中戏曲创作普遍存在的弊病。包括《牡丹亭·惊梦》中一些著名的曲词片段，虽然"妙语"，却过于雕琢，偏向于书面文学。另外，他还非常重视戏剧中的宾白作用，提出宾白"当与曲文等视"，使整个戏曲创作互相映衬，融汇一体，这也是中肯的意见。

　　李渔的整体的戏剧创作，主要目的是赚钱，所以可以流传的曲目不多，情趣也较为低俗、没有高尚的理想色彩，但他善于描绘常人的生活欲望，在离奇的剧情中往往包含着真实的生活日常，而剧本的整体创作，机智和才情尽显。他的作品往往有很好的演出效果，一度流传甚广，并被各种地方传统戏曲改编演出。日本青木正儿《中国近世戏曲史》中说："《十种曲》之书，遍行坊间，即流入日本者亦多，德川时代之人，苟言及中国戏曲，无有不立举'湖上笠翁'者。"李渔的戏曲，也比较早地受到关注，有翻译和介绍。

　　在《笠翁十种曲》中，《比目鱼》是最为感人的一曲。戏曲的男主人公，本是一贫寒书生，因为爱上一位戏班中的女旦，而加入戏班学习，二人由此情愫暗生，私订终身，但女旦被贪财的母亲卖于富豪，女旦誓死不从，并借着演出《荆钗记》的机会，以剧中人物之口吐露自己的心声，痛骂母亲贪恋豪富，一并谴责富豪见色起意，后慨然投江，书生也随之投江。二人死后不分离，化为比目鱼，偶然被人网起，复化为人形，终于结为夫妇。戏曲淋漓尽致地展现了书生与女旦生死不渝的爱情。戏中戏的情节设计新奇讨巧，而根据元人杂剧《柳毅传书》《张生煮海》改编、合二龙女事的《蜃中楼》，描摹男女之间挚爱之情，也比较符合一般欣赏习惯。

兴亡梦，儿女情 —— 孔尚任与《桃花扇》

> 至叙事的文学（谓叙事诗、诗史、戏曲等，非谓散文也），
> 则我国尚在幼稚之时代。元人杂剧，辞则美矣，然不知描写人
> 格为何事。至国朝之《桃花扇》，则有人格矣，然他戏曲则殊不
> 称是。要之，不过稍有系统之词，而并失词之性质者也。
>
> ——《王国维文化学术随笔·文学小言》

中国古代的各种叙事文学中，写臆想莫过于《牡丹亭》；写历史
就莫过于《桃花扇》了。《桃花扇》所述故事，一直流传在明朝的野
史中，卷首罗列了数十条参考文献，明晰清楚。记中所有纤小科诨，
都有出处。比如香君诨名香扇坠，见于《板桥杂记》。阮大铖之路毙
仙霞岭，蓝田叔之寄居媚香楼，见于《冥报录》《南都杂事纪》。但
戏曲毕竟需要艺术虚构和创新，孔尚任自己也说有些故事没有写入，
有些地方又有直接发挥。现在，我们跟着《桃花扇》看看历史与文学
到底有多远。

《桃花扇》写的是明朝末年发生在南京的一段真实的历史故事。
全剧以侯方域与李香君这对恋人的悲欢离合为主要线索，以复社文
人与魏阉余孽的政治斗争为主要矛盾冲突，展现了南明亡国前的广
阔历史画面，歌颂了对国家忠贞不渝的民族英雄和底层百姓，展现
了明朝遗民的亡国之痛。正如孔尚任自己所说："借离合之情，写兴

亡之感。"

如今，南京夫子庙前的秦淮河南沿钞库街38号，有一座秀丽的花园小楼，据说那是李香君"媚香楼"的旧址。栖霞山山腰处有一座"桃花扇亭"，据说是他们二人久别重逢之地。时光已向前了300多年，人们还记着这位秦淮艺伎。

孔尚任（1648—1718），字聘之，又字季重，号东塘，山东曲阜人，是孔子的第64代孙。清初诗人、戏曲作家。

孔尚任创作这曲《桃花扇》是有意识的选择，他很早就开始"博采遗闻"，为创作《桃花扇》收集基本资料。关于创作原因，他也在《桃花扇本末》中叙说清楚："族兄方训公，崇祯末为南部曹。予舅翁秦光仪先生，其姻娅也；避乱依之，羁栖三载，得弘光遗事甚悉。旋里后，数数为予言之。证以诸家稗记，无弗同者，盖实录也。独香姬洒血溅扇，杨龙友以画笔点之，此则龙友小史言于方训公者。虽不见诸别籍，其事则新奇可传，《桃花扇》一剧感此而作也。"《桃花扇》也是经过多次修改，孔尚任隐居石门山时，完成剧本的初稿，"一字一句，抉心呕成"。他"恐闻见未广，有乖信史，窃歌之余，仅画其轮廓，实未饰其藻采也"。

孔尚任的履历中有一段江淮任职的时间，尤其是在南京时，"所交者大抵风人野老，抱膝吟啸之客"，与一些明朝的遗民故老，如冒辟疆、黄仙裳、许漱雪、邓孝威、何蜀山、倪永清、张潮、杜浚、宗定九等文人雅士交往密切，由此了解到很多南明掌故，而这些遗老的言谈中不时流露出的亡国哀痛，使孔尚任心有所感。其中冒辟疆最值得留意。冒辟疆是复社成员，与侯方域、陈贞慧、方密之并称为"四公子"。又与《桃花扇》剧中人柳敬亭、苏昆生、杨龙友、李香君等关系密切。孔尚任从冒辟疆处应该获得了比较详细、真实的细节。《桃花扇》这部传奇可以当信史看，与这些经历不无关系。

《桃花扇》传奇的主要情节为：明朝君主崇祯皇帝即位后，祸乱朝廷的宦官魏忠贤被处死，其党羽阮大铖免职后闲居南京，"蓄养声伎，结纳朝绅"，图谋东山再起。为打击这股残余力量，复社成员吴应箕、陈定生等人创作《留都防乱揭》，揭发了他的恶行，阮大铖一时处境不妙。当时，复社文人、青年才俊侯方域科举落第，寓居南京，经人介绍，认识了秦淮名伎李香君。李香君美丽动人，多才多艺，又能谈时事，两人渐渐情投意合，决定共同生活。侯方域流落他乡，囊中羞涩，一时无法筹集够结婚费用。阮大铖得知后，借杨龙友手暗中送给侯方域300金，希望通过侯方域缓和与复社文人的矛盾。定情那晚，侯方域把自己题诗的一把宫扇作为定情信物赠予李香君。李香君这时才发现，侯方域送她的妆奁是魏党余孽阮大铖所赠，当下严词拒绝，并恳切地劝说侯方域也能拒绝。阮大铖的谋划破产，由此阮大铖更加痛恨复社成员，并对侯方域和李香君二人怀恨在心。随着李自成攻入北京，崇祯皇帝缢死煤山，马士英、阮大铖找到了出头的新机会，他们在南京拥福王为帝，是为南明小朝廷。两人弄权乱政，对东林、复社文人打压排挤。侯方域被阮大铖诬陷通敌，避祸出逃杭州；李香君被其派兵逼迫，抵死不从，血溅定情诗扇。后来杨龙友便依血迹画出几枝桃花，桃花扇由是而来。阮大铖一计不成，又生一计，将李香君强拉入宫充当歌伎。李香君境况堪忧，遂以此扇为信物，托她的老师苏昆生探访外逃的侯方域，寄言早日相聚。侯方域回南京探望时，被捕入狱。不久，清兵马渡江，很快扬州失守，南京城破，弘光被俘。侯方域趁乱出狱，李香君也从宫中逃出。乱世中两人竟然在栖霞山白云庵相遇，一时百感交集。在张道士指点下，李香君和侯方域双双出家。

可怜一曲长生殿，断送功名到白头 —— 洪昇

一时朱门绮席，酒社歌楼，非此曲不奏，缠头为之增价。

——徐麟《长生殿序》

爱文者喜其词，知音者赏其律。

——吴舒凫《长生殿序》

戏曲经历元、明、清三代，由成熟、发展到繁荣，在体制、内容、音乐和表现方式上都得到不断发展改进，到清代形成"唱念做打"兼备的综合表演形式，达到了很高的艺术成就，其中以传奇剧的样式最为盛行。清初沿用明代唱法，以"昆曲"为主调，乾隆时"乱弹"兴起，徽班进京，此后融合几十种剧种声腔而成的皮黄调（西皮调、二黄腔混合而成）成为戏曲主流，造就了一个伟大的剧种——京剧。洪昇的《长生殿》和孔尚任的《桃花扇》在清代的传奇剧中都负盛名。洪昇的《长生殿》在康熙年间就深受各阶层喜欢，在当时的北京城曾有"家家收拾起，户户不提防"之谚，后者所指就是《长生殿》中的《一枝花》。

洪昇（1645—1704），字昉思，号稗畦，又号南屏樵者，钱塘（今杭州）人。清代戏曲家。出身世代书香官宦之家，曾入太学国子监，肄业，此后20年举事无果，白衣终身。少有才名，受名师指导，

接受多年正统教育，思想受明代遗老影响。29岁创作《沉香亭》传奇，经过改写后35岁时定为《霓裳舞》。44岁时，又重新修改整理，易名《长生殿》。45岁时，也就是康熙二十八年（1689），第一次在家搬演，因在清圣祖孝懿仁皇后佟佳氏大丧期间演出，被言官上本，革去国子监学生籍，株连好友达50人。时人诗云："可怜一曲长生殿，断送功名到白头。"47岁时，被迫离京返回家乡杭州。51岁时，《长生殿》付刻。之后《长生殿》的影响愈来愈大。60岁时，洪昇应邀参加江宁织造曹寅组织的南北名流胜会，演出全部《长生殿》，一时传为盛事。洪昇在返家途中落水而亡。洪昇一生命运坎坷，对社会多有不满，这多少与他不同流俗的性格有关。他与孔尚任齐名，有"南洪北孔"之称。传世作品有传奇《长生殿》、杂剧《四婵娟》，另有《锦绣图》待考，其余作品均佚。

《长生殿》是一部描写李隆基、杨贵妃爱情悲剧的巨著，全剧50出，根据剧情可大体分为前后两部分。剧情梗概如下：开元以后，唐朝国力空前强盛，唐明皇开始享受帝王生活，纵情声色，无心朝政，国事日日败坏。宠妃杨氏恃宠善妒，杨氏族人鸡犬升天，杨国忠占宰相位，弄权专擅。朝纲日益败坏，手握重兵的范阳节度使安禄山拥兵造反。哥舒翰兵败潼关降贼，明皇无良策，仓皇逃亡奔蜀，在马嵬驿，随行将士逼迫明皇锄奸，杨国忠被杀，杨贵妃自缢，明皇才得以顺利到达蜀中。作者通过叙述唐明皇和杨贵妃的纯真爱情，真实地刻画了帝王的爱情对现实世界的政治影响，剧情吸收了白居易的《长恨歌》、唐人小说《玉妃归蓬莱》、元人杂剧等故事，写了大团圆式的结尾：唐明皇、杨贵妃原系天仙下凡历练，回归天宫后，永为夫妇。

从戏曲的发展来看，元代的杂剧到清代的传奇，到底发生了哪

▲ 《长生殿》书影

些改版?

 元曲包含两种文学样式,分别为杂剧和散曲。清代时,因为表演形式的变化,传奇盛行。而"传奇"一名,早有名目。吴梅说:"传奇之名,虽昉于金源,顾宋赵德麟《蝶恋花》词,以七言韵语,加入微之原文,而按节弹唱,则已启传奇串演之法,惟其名乃成于元耳。自是以后,有院本,有多至数十折者,于是以篇幅长者为传奇,以篇幅短者为杂剧。或又以南词为传奇,北曲为杂剧。相沿至今,其名未改,虽违本意,顾亦可以也。"可见传奇最早也没有明确定例,但我们仍能从时间变迁和南北特色上看出杂剧和传奇之间的继承和发展。

 杂剧主要的特色是生旦独唱,主角是单一的,独唱情节,更多地表露表演者的心声,基调是抒情。西方戏剧重视情节和冲突,矛盾冲突最强烈的爆发点便是一部戏剧的高潮。与之相比,中国戏曲在产生之初即以原始歌舞为萌发点,我们戏曲的基础就是歌舞乐的展演,不在情节的曲折,所以,很多杂剧名作中最动人的段落,都是刻画主人公心理的抒情段落，因此一直以来都有"词余"之称。一直到清初，传奇剧《桃花扇》首次将故事情节的转折作为第一位写作因素，摆脱了词的影子，使得传奇有了自己独特的文学魅力。正如《王国维文化学术随笔·文学小言》中说："至叙事的文学（谓叙事诗、诗史、戏曲等，非谓散文也），则我国尚在幼稚之时代。元人杂剧，辞则美矣，然不知描写人格为何事。至国朝之《桃花扇》，则有人格矣，然他戏曲则殊不称是。要之，不过稍有系统之词，而并失词之性质者也。"

杂剧中，一人主唱，一般是正旦或正末，而传奇，则数人分唱，角色行当也多元起来，分生、旦、净、末、丑诸行当。这种变化与戏曲音乐的变化发展相关联，元剧多用弦索，字多腔简，一人司唱，即使唱词较长，也有一气呵成倾泻而下之感，利于感情抒发。而传奇多用昆腔，昆调悠扬，一字可以数转，可以分段数人分唱，也可以合唱、对唱，形式多样。

南词重板眼，北词重弦索。北词调促而辞繁，填词很难稳惬，又杂剧多用衬字，而衬字无定法，板式无定律。元曲不尚辞藻，专重白描，所以写杂剧，元方言特别需要熟悉。元剧中的散曲重文雅的，而杂剧却是重本色的。所以在创作杂剧时，每句每语不可夹入词赋话头，要以俚语为文雅，即使是辞章才子，对此都无所措手。对本色的注重却为传奇作家所继承的。当初洪昉思与吴舒凫论填词之法，舒凫云"须令人无从浓圈密点"，昉思之女之则在座曰："如此，则天下能有几人可造此诣？"所谓无浓圈密点，说的就是用本色语，其实就是在创作中要自然、多用俗语。由此可知，对于元剧作家，本色之难可知。如果不能恰如其分地以俗达雅，仅仅简单地以俗语入乐，不过是文人的文字游戏，没有什么艺术价值。

孤标傲世偕谁隐 —— 曹雪芹

见人家案头必有一本《红楼梦》。

——郝懿行《晒书堂笔录》

和从前的小说叙好人完全是好，坏人完全是坏的，大不相同。

——鲁迅《中国小说的历史变迁》

两个世纪以前，曹雪芹在经历急剧的家庭变故后，从"锦衣纨绔，饫甘餍肥"的贵族少爷变成了"茅椽蓬牖，瓦灶绳床"的饥寒之士，在贫病交加的境况中，呕心沥血创作了这部血泪凝成的伟大作品——《红楼梦》。

曹雪芹个人的生命轨迹，人们知之甚少，只能从一些零星的材料中看到以下的记载：曹雪芹，名霑，字梦阮，号雪芹、芹圃、芹溪。他幼年时受到良好的教育，才学广博，多才多艺，但性情狷傲，嗜酒度日；祖上有着显赫的生活，从曾祖到父亲，半个多世纪世袭江宁织造，是江宁名门豪富，家族与康熙皇帝的关系密切。他13岁以前，曹家的日子"鲜花着锦，烈火烹油"，此后，随着朝堂更迭，他父亲因亏空事被削职、抄家，曹家家世急剧衰落，举家迁回北京老家，过起"举家食粥酒常赊"的日子。这种翻天覆地的变化，以及由此带来的人情冷暖、世情变化，都为他的创作打下了坚实的生活基础，提供了很多生活素材。曹雪芹在晚年开始创作《红楼梦》，"披阅十载，增删五次"，真是"字字看来皆是血，十年辛苦不寻常"，终因贫困交加，未竟全稿"泪尽而逝"。此后，多人为《红楼梦》作续，学术界一般认为，高鹗所续后40回为最佳（高鹗，字兰墅，另号"红楼外史"，乾隆时进士，做过内阁侍读、刑科给事中等官）。现在市面的通行版本就以高鹗的续作为主，此版虽然也有诸多不足，但在大致剧情和主要情节上，尤其是宝黛爱情的悲剧性结局，较为符合原著精神，使得小说成为一部结构完整的巨著，高鹗功不可没。

《红楼梦》是我国古典小说的巅峰，是中华民族灿烂文化的集大成者和象征，它结束了一个时代——中国古典文学，又开启了一个新的时代——新文学。正如鲁迅所说："自《红楼梦》出来以后，传统的思想和写法都被打破了。"《红楼梦》产生的时代，儿女爱情虽然早已在各个舞台争相上映，但总摆不脱千篇一律的才子佳人的刻板，而《红楼梦》虽然也以贾宝玉、林黛玉、薛宝钗的恋爱、婚姻故事为主线，但小说还展现了那个时代贵族生活的细节，侧面展示了整个贵族阶层的生活，以及因此辐射出去的社会各个阶层的生活图景。

而对于木石前盟和金玉良缘的书写，则完全打破了才子佳人之间的固定模式。贾、林二人身上自带着的对个性解放的深刻渴望和要求，使得二人身上有一种为世俗所不容的叛逆者的气息。而薛宝钗虽是符合"德言工貌"标准的淑女，但她的悲剧性早就因别无选择而刻在骨子里。贾、林二人的爱情建立在他们有着共同的理想和信念上，他们都是当时社会制度的叛逆者，又都蔑视一切权贵，所以他们的爱情的破灭，正是人生有价值的东西被毁灭给人看，《红楼梦》

恰恰写出了这种悲剧。

　　《红楼梦》同时也是一部社会各阶层的大悲剧。曹雪芹忠实而勇敢地写出了现实，直面了他一大贵族的命运，客观上预见了封建社会必然灭亡的历史趋势。作者以贾府为核心，广泛地反映了当时社会的政治、经济、法律、道德、官场、社会文化、家庭教育、宗族、宗教、婚姻、妇女等各个方面的问题，让读者窥一斑而知

▲ 曹雪芹雕像

全豹，看到社会各阶层，以及整个封建社会的问题，侧面揭示了18世纪整个中国社会在煌煌盛世之下的黑暗现象和种种矛盾。一切由于封建专权制度所造成的罪恶，无论是地租榨取、高利盘剥、包揽词讼、巧取豪夺、蹂躏妇女、贪污行贿，还是统治阶级的寡廉鲜耻、穷奢极欲，《红楼梦》无不揭露殆尽。因此，可以说，《红楼梦》描述了一幅封建社会末世画卷，它巨大的社会意义在于，全书不是孤立地写出了宝黛爱情悲剧，而是在爱情悲剧的基础上，写出了以"薛、王、贾、史"为代表的封建贵族的必然衰亡，更进一步敲响了腐朽的封建制度的丧钟。同时，小说对时代叛逆者的讴歌，表达了新思想的萌芽，为新时代的到来鸣响了前奏。在中国文学史上，这样承前启后的作品只有《红楼梦》，而像曹雪芹这样把男女之间的爱情悲剧写得激动人心、充满力量，又能深刻全面地揭示出它的社会根源，也前无古人，正是这样的空前的大手笔，才成就了这部对封建社会做出最深刻有力批判的作品。

　　《红楼梦》如此鸿篇巨制，其结构宏伟、严密完整，对日常生活

的描写细腻逼真，优美雅正的语言，细致入微的心理描写，都一一显示着曹雪芹小说创作技巧的炉火纯青。尤其在一系列个性鲜明的人物的塑造上，贾宝玉、林黛玉、薛宝钗、王熙凤等人物身上，不仅仅刻画了他们特有的阶级特征、人性特征、人物特征，又表现了他们身上超越了时代和阶级的特性。这一点，"和从前的小说叙好人完全是好，坏人完全是坏的，大不相同"（鲁迅《中国小说的历史变迁》），理所当然地成为中国古代现实主义文学的高峰之作。

曹雪芹的未完稿原名为《石头记》，去世时，基本修订成功的只有前80回，直到1791年，程伟元、高鹗首次以活字印刷出版，成为全本，120回，书名也定为《红楼梦》。《红楼梦》刊印发行之后，立刻以它包罗万象、宏大精深的内容和高超精妙的艺术技巧征服了无数读者，乾隆、嘉庆年间，就有人在北京"见人家案头必有一本《红楼梦》"（郝懿行《晒书堂笔录》）。不少人对之"爱玩鼓掌""读而艳之"，有的甚至为了品评书中人物，"一言不合，遂相龃龉，几挥老拳"（邹弢《三借庐笔谈》），形成了"开谈不说《红楼梦》，读尽诗书是枉然"（《京都竹枝词》）的社会风气。《红楼梦》的爱情悲剧就像龙卷风那样震撼、扫荡、颠覆几代少男少女的心和观念，引起他们强烈的共鸣，很多人读《红楼梦》到了如痴如醉、如痴如狂的地步，可见《红楼梦》的艺术感染力。

200多年来，研究《红楼梦》的著作数不胜数、汗牛充栋，更形成了一种专门的学问——"红学"。而随着时代的发展，"红学"研究也不断地发展，这从另一个侧面展示了《红楼梦》跨越历史、历久弥新的生命力。

口无所臧否，心有所褒贬 ——《儒林外史》

> 提倡一种新的社会心理，叫人知道举业的丑态，知道官的
> 丑态；叫人觉得"人"比"官"格外可贵，人格比富贵格外可贵。
> 社会上养成这种心理，就不怕皇帝"不给你官做"的毒手段了。
>
> ——胡适《吴敬梓评传》

在众多的中国古典小说中，被鲁迅许以"伟大"二字的，只有两部书，其中之一便是吴敬梓的《儒林外史》。《儒林外史》也是我国古典小说中最为特殊的一本，他把描写的对象首次对准了中国封建社会一个特殊的群体——士林阶层。就是今天我们所说的知识分子的世界，在中国的古代社会，士林、知识分子、官场，这是紧密连接交汇的三个群体，所以这本书又是一本专门揭露官场昏晦的书。

作者吴敬梓（1701—1754），字敏轩，一字文木，号粒民，出身于安徽省全椒县一个"名门望族"。祖上人才辈出，官运亨通，在明清之际，"家门鼎盛"达50年之久。但吴敬梓的祖父却官小位卑，且早早去世，他的父亲做过几年县教谕，在任上勤勉有为，但因为不善人情得罪上司而丢官，郁郁而终。吴敬梓少年时代受家风影响，勤勉举业，13岁丧母后，随父亲在任上，见识了许多官场龌龊。23岁丧父后，又经历分家吞产之祸，这样的经历让他的思想远比常人成熟。分家后，虽然身怀巨款，但因他不擅长经济之能，又不热心

功名，轻财重义，随意挥霍，家产很快就被花费殆尽，一时"乡里传为子弟戒"（《减字木兰花·庚戌除夕客中》）。此后人生，基本靠卖文和朋友周济度日，直到54岁在扬州逝世，《儒林外史》就是他寓居扬州时完成。

吴敬梓因为个人生活经历的原因，所接触到的士林阶层非常广泛，又因为其亲身经历坎坷，历经世情历练。他所见的人情的冷暖、不同的嘴脸、经历的人事、体验的世情都极其丰富、深刻。这些来自真实生活的教导，使得他深刻地意识到封建君权统治下，作为统治阶层的士大夫的堕落与无耻、贪婪与丑恶，也看透了政治的罪恶与社会的腐败。正是这样的出身和经历，促使吴敬梓走向了严肃现实主义的创作。

《儒林外史》对于士林阶级进行了辛辣而深刻的批判，无情的嘲讽、含泪的批判。鲁迅先生曾经说过《儒林外史》"秉持公心，指摘时弊。机锋所向，尤在士林；其文又戚而能谐，婉而多讽"。通过对种种扭曲人性、违背常理的荒诞社会现象的揭露，创作了一群自吹自擂、大言不惭、自作聪明、弄巧成拙、欺世盗名、自命清高、自相矛盾、迂腐不堪、麻木不仁、尖酸刻薄的士林阶层人物。正像果戈理所说："我们的骗子们，我们的怪物们！……让大家笑个痛快！笑真伟大，它不夺去生命、田产，可是在它面前，你会低头服罪，像个被绑住的兔子。"《儒林外史》作者在创作中有着明确的艺术追求，讽刺艺术的运用体现了作者悲天悯人的良苦用心，"作者之意为醒世计，非为骂世也"。作者抱着挽救的心情，极尽嘲讽之能事，恰有一种怒其不争之感，正所谓"善者，感发人之善心；恶者，惩创人之逸志"。作者以感同身受、悲天悯人的情怀，描写了八股取士下众多儒林人士身不由己、无法自控的悲剧命运，进而为读者展示了一幅封建科举考试制度下的社会风情画，抨击了封建制度的腐朽和社会的黑暗，使《儒林外史》成为中国古典讽刺小说中难以企及的高峰。

《儒林外史》被称为中国古典小说现实主义巨著，这就说明小说中很多故事和人物直接来源于生活。鲁迅先生曾经在《中国小说史略》中说过："《儒林外史》所传人物，大多实有其人，而以象形谐声和庾词隐语寓其姓名。"《儒林外史》擅长运用"皮里阳秋"的笔法，也就是"口无所臧否，而心有所褒贬"。作者从来不会在文章中摆出一副严正的面孔说教，他善于在具体情节和人物形象的塑造中表达自己的所思所想，有史书的微言大义之笔法。周进和范进的中举前后变化，匡超人的转变，杜少卿的豪举，马二先生的迂腐麻木，作者想对读者说的话，以及这些形象背后的问题，都在具体的情节中来展现，让读者细细体悟。作者从不向我们直接表露他的倾向，但这些刻画细腻的形象都包含着巨大力量，传达了作者明确的正义观和褒贬倾向性。我们必须抽丝剥茧去提炼、去发现这些蕴含在不同时期、出现在不同场合的各种形象的关联，以及作者的深意。这是一种具有强烈现实主义色彩的叙事方式。

该书另一个艺术特色是速写式和剪影式的人物形象。《儒林外史》这部长篇小说在结构和布局上，与我国古典长篇小说不尽相同，它的主角不断变换，或者说这是一部由无数短篇小说交织而成的长篇小说，每个人物都不可能用大量笔墨详尽塑造。所以，吴敬梓把描写的重心放在人物某一最为鲜明的特征上，截取生活中的某一面，细致深入地刻画一个相对静止的人生相。这就好像将人物复杂的性格在发展中截取一个片段，精心准备后，让它在人们面前亮相，放大此时此地的"这一个"。这是比白描更为细致的手法，是勾画讽刺人物的一种典型的技法，它能使人物形象干净鲜明、色彩纷呈，使情节集中展开、流动迅速，好像勾勒人物脸谱一般，脸谱完成，故事也就结束，而这些精练的情节就能给读者留下深刻印象。

胡适在《吴敬梓评传》中说："不给你官做，便是专制君主困死人才的唯一的妙法。要想抵制这种恶毒的牢笼，只有一个法子：就是提倡一种新的社会心理，叫人知道举业的丑态，知道官的丑态；叫人觉得'人'比'官'格外可贵，人格比富贵格外可贵。社会上养成这种心理，就不怕皇帝'不给你官做'的毒手段了。而一部《儒林外史》的用意只是要想养成这种社会心理罢了。"

才非干宝，雅爱搜神 ——《聊斋志异》

良久，闻户外隐有笑声。媪又唤曰："婴宁，汝姨兄在此。"户外嗤嗤笑不已。婢推之以入，犹掩其口，笑不可遏。媪嗔目曰："有客在，咤咤叱叱，景象何堪？"女忍笑而立……生无语，目注婴宁，不遑他瞬。婢向女小语云："目灼灼，贼腔未改！"女又大笑，顾婢曰："视碧桃开未？"遽起，以袖掩口，细碎连步而出。至门外，笑声始纵。

——《聊斋志异·婴宁》

为大家讲一个有趣的故事。有这么一个集市，一位看上去像农夫的老人因口渴向卖梨的小哥讨一个梨，小哥没有同意，旁边的人给老人买了一个。老人吃完后，用锄头在旁边的地方挖了个坑，将梨核埋了起来，立刻浇了一壶水。一眨眼的工夫，先是两片叶子，然后一根小绿芽，之后一棵小梨树。不久之后，梨树开花结果成熟，老者热情地摘了梨请大家吃。分完以后，老者将树挖倒，把它变作拐杖离去。卖梨小哥一时之间只忙着看热闹，回过神来才发现自己车上的两筐梨子全没了，才恍然大悟，农夫是个术士，他分给大家吃的梨原来是借用自己车上的梨。忙去追赶，术士早已不见踪影，只留下了他的树干拐杖，仔细一看，这个是自己支撑遮阳伞的那根棍子。

这个有趣的故事来自《聊斋志异》。《聊斋志异》是蒲松龄创作的一部文言短篇小说集，共有短篇小说将近500篇。从内容上来说，大致分为：一、发泄现实中的愤怒，揭露统治阶级的残暴和对人民的压迫，譬如《促织》《席方平》《商三官》《向杲》等。二、讽刺科举制度对读书人的操控和压迫，勾勒考官们昏庸贪婪，如《司文郎》《考弊司》《书痴》等。三、最大部分是描写男女之情，塑造了一批反对封建专制、追求自由的底层妇女和书生形象，有《鸦头》《细侯》等。《聊斋志异》中有大量的篇章描写狐鬼精灵与人的恋爱故事，浪漫传奇，塑造了很多内外皆美的女狐形象，如红玉、婴宁、香玉、青凤、娇娜、莲香等。

蒲松龄（1640—1715），字留仙，号柳泉居士，世称聊斋先生，自称异史氏，山东淄川人。蒲松龄早有才名，但科场不得志，后一直以教书为业，71岁中贡生。常年不得志使他满肚子牢骚，遂作志异小说抒怀，他在序言中说"才非干宝，雅爱搜神，情类黄州，喜人谈鬼，闻则命笔，遂以成编。久之，四方同人又以邮筒相寄，因而物以好聚，所积益夥"。76岁过世，存世作品有《文集》四卷、《诗集》六卷、《聊斋志异》八卷等。

《聊斋志异》是一部现实主义和浪漫主义相结合的作品。作者创造了一个花妖狐魅和幽冥鬼怪的非现实世界，但这些由作者创造的花妖狐魅又颇通人性，可爱非常，她们又拥有常人不具备的能力，诸如变身等。两个因素互相融合，就形成了这部作品想象奇特、故事奇绝变化、境界神奇多变的风格。

《聊斋志异》的艺术成就首先体现在作者塑造的一系列让人难以忘怀的狐妖形象。以婴宁为例，所到之处都能听见她清脆的笑声。而作者描写的这些形象兼具妖魅原型的特点和作为人的特性。如《绿衣女》中写绿衣女"绿衣长裙""腰细殆不盈掬",声音娇细,仿佛能看到绿蜂的幻化形象。

　　它的另一特点是,故事情节离奇曲折,出人意料。《聊斋志异》仿造史学的纪传体写法,但在写作过程中,作者非常注意故事的曲折,注重读者的阅读感受。以《西湖主》为例,小说从陈弼教洞庭湖翻船落水,脱险上岸,误入湖君妃子的园亭,交代了故事的开头,一波三折。接着写故事发展第一阶段,陈弼教在花丛中偷窥公主,又拾到公主遗落的红巾,还在其上题诗。第二阶段,侍女找到红巾后,惊呼:"汝死无所矣!此公主所常御,涂鸦若此,何能为?"而生失色,哀求脱免。女曰:"窃窥宫仪,罪已不赦。念汝儒冠蕴藉,欲以私意相全;今孽乃自作,将何为计!"遂惶惶持巾去。

　　读到这里,读者的情绪不免紧张起来,为陈生捏提着一颗心。但当这女子返回时,却又有"公主看巾三四遍,辗然无怒容"的消息,心为之放平。不想不久之后,传来第三次信息并送来了饭菜,但"公主不言杀,亦不言放"。惶恐之中,不想又传来消息,王妃大怒,接着便"数人持索,汹汹入户",让人心情再次为之一紧张。但却出现了这样的场面:

　　　内一婢熟视曰:"将谓何人,陈郎耶?"遂止持索者,曰:"且勿且勿,待白王妃来。"返身急去。少间来,曰:"王妃请陈郎入。"

　　王妃见了陈生后,却是当面将公主许配与他。到最后揭开谜底:原来陈生曾经把一只被捕的猪婆龙放入洞庭,而龙就是王妃,那个婢女就是附于龙尾的小鱼。作者在这个短小的故事中,数次安排情节，调动读者情绪，一张一弛中，使故事步步有惊喜，处处有曲折。

《聊斋志异》中景色描写也是一绝，景色的描写往往带动一种氛围，以此来衬托人物的性格。《聊斋志异》用文言写就，语言更加凝练精悍，词汇丰富，句法灵活多变。作者在创作中，既创造性地运用了古代文学语言，又适当地吸收了口语方言，别有一番趣味。对仗、骈俪的使用，又使得整个作品呈现一种典雅中生动活泼的特色。《聊斋志异》在刻画人物上，则注意细节和人物个性的刻画；设计情节注重曲折有味，整部作品的文章跌宕起伏，语言则生动活泼。

无人能夺其席——《阅微草堂笔记》

> 纪昀本长文笔，多见秘书，又襟怀夷旷，故凡测鬼神之情状，发人间之幽微，托狐鬼以抒己见者，隽思妙语，时足解颐；间杂考辨，亦有灼见。叙述复雍容淡雅，天趣盎然，故后来无人能夺其席，固非仅借位高望重以传者矣。
>
> ——鲁迅《中国小说史略》

电视连续剧《铁齿铜牙纪晓岚》播出后，人们都相信剧中那个伶牙俐齿、才思敏捷、幽默诙谐的侍郎官，就是历史上真实的纪晓岚，那么真实的纪晓岚到底是什么样的呢？

纪晓岚（1724—1805），名昀，字晓岚，一字春帆，河北省献县人。乾隆十九年（1754）进士，官至礼部尚书、协办大学士。82岁去世，谥号文达。纪昀出身官宦家庭，书香门第，4岁启蒙读书，24岁中顺天府解元。母丧居家三年守丧，31岁中进士。历任翰林编修、侍读学士等职。1773年受命为《四库全书》总纂官。历时13年，《四库全书》告竣，当年迁礼部尚书。

纪昀之所以成为在中国文学史上留名之人，是因为他对中国文学做出的巨大贡献，其中主要的就是编纂《四库全书》，除此之外，作为一个传统文人，他还有自己的创作。

纪昀的诗文作品中，多是应制之作，属于典型的"庙堂文学"。

笔记小说集《阅微草堂笔记》则是其个人生涯最为重要的创作。其主要记述狐鬼神怪故事，意在劝善惩恶，包括《滦阳消夏录》6卷，《如是我闻》《槐西杂志》《姑妄听之》各4卷，《滦阳续录》6卷，共24卷（笔记一千余则），嘉庆三年（1798）相继写成，嘉庆五年（1800）合刊印行，总名《阅微草堂笔记五种》，后通称《阅微草堂笔记》。成书后，总字数近40万，与蒲松龄的《聊斋志异》有异曲同工之妙。

《阅微草堂笔记》的写作手法在六朝笔记小说的技巧上，多有变化；内容上，涉猎甚广但多为描摹世情，表现形式多种多样，也采用志怪手法，整体上来说，风格偏于质朴而有趣。就思想内容看，屏蔽掉一些宣扬因果报应和封建伦理道德的观念后，文章有大量可取之处，作者反对宋儒理学，也揭露了部分世态人情的浅薄和伪诈，如卷2记游僧戏塾师，卷3记老儒贿盗闹宅和刘羽冲事，卷4记武邑某公事，卷21记两曾伯祖事。写鬼狐情事颇有寓言意味，几则写鬼的故事值得多番回味。如卷1"曹司农竹虚言"，卷6记许南金事，卷23"戴东原言"。作者也反映了一定的同情奴仆和下层人

◀《四库全书总目》

民的思想，如卷16"记童养媳逃亡"、卷17"周景垣前辈言"、卷18"记妓女戏富室梟谷"。而沧州"老河兵"（卷16），徽州"唐打猎"（卷11）等故事，也真实反映了劳动人民的美好品质，在全书中都算佳作。

▲ 纪晓岚雕像

《阅微草堂笔记》内容丰富，语言纯粹自然，知识性强，有很强的可读性。所写内容无所不包，涵盖天文、地理、人伦等各个方面。在艺术上，文笔精练、叙事曲折圆润，说理明白晓畅，有些故事称得上小品文的佳作。缺憾是所议过多，难免不当。除此之外，有一些品评诗文，议论考证，搜集掌故，倒有很多通达的见解和可供参考的材料。

《阅微草堂笔记》在中国古代笔记小说中也有自己的特色。鲁迅评论说："纪昀本长文笔，多见秘书，又襟怀夷旷，故凡测鬼神之情状，发人间之幽微，托狐鬼以抒己见者，隽思妙语，时足解颐；间杂考辨，亦有灼见。叙述复雍容淡雅，天趣盎然，故后来无人能夺其席，固非仅借位高望重以传者矣。"（《中国小说史略》）这种评价是准确的。

通天地人者曰儒 —— 黄宗羲

百王之敝可以复起，而三代之盛可以徐还。

——顾炎武

黄梨洲是中国过去民主思想的一个伟大的代表。

——张岱年

明末清初，正是我国资本主义萌芽的阶段，但一位大思想家已经走到了时代的前面，他提出了"天下为主，君为客"的民主思想，喊出了皇帝是"天下之大害者"的口号，主张"无君"的政治理念。他就是近代民主主义思想的启蒙者、有中国启蒙思想者之父之称的黄宗羲。他的代表作《明夷待访录》，是一部具有启蒙性质的批判君主专制、呼唤民主政体的名著，比卢梭的《民约论》早100年之久，因此也有人称这本书为"人权宣言"。黄宗羲同时代的思想家顾炎武说："百王之敝可以复起，而三代之盛可以徐还。"《明夷待访录》反对君主专制，主张民权，戊戌变法时期对梁启超、谭嗣同、康有为产生过深远影响。梁启超在《清代学术概论》一文中说过："梁启超、谭嗣同辈倡民权共和之说，则将其书节抄，印数万本，秘密散布，于晚清思想之骤变，极有力焉。"甲午战争后，黄氏的民权思想作为一道引入西学的桥梁，这本书的理念对辛亥革命时期的孙中山、邹容和陈天华等爱国志士也产生过影响。

黄宗羲（1610—1695），字太冲，号南雷，又号梨洲，浙江余姚人。他生逢明末清初天下大乱的时代，曾作为东林党子弟和复社名士，同阉党成员做过坚决的斗争。明朝灭亡后，他曾积极投入抗清斗争，后因为看出清廷统治稳定，复国无望，在顺治十年（1653）归乡从事著述和讲学活动，以遗老自居。《明夷待访录》是黄宗羲最为著名的政论和史论专著。该书用托古改制的方式，对我国的封建社会现状，进行了历史的、深刻的反思，并提出了"天下为主，君为客"等一系列独立的政治概念，具有鲜明的启蒙性质和民主色彩，被梁启超称为"人类文化之一高贵产品"（梁启超：《中国近三百年学术史》）。《明夷待访录》成书于康熙二年（1663）。在此之前的一年，南明永历帝确认在昆明被杀，南明亡。而这时的清王朝经过20年的经营已经在关内稳固统治。黄宗羲复明的希望彻底破灭。经过这么长时间的政治斗争，以及对历史和现实的反思之后，黄宗羲痛定思痛，决定写一本总结明朝政治失败的作品。黄宗羲用犀利的笔触，辛辣地批判了封建君主专制制度。《明夷待访录》寄托着作者"夷之初旦，明而未融"的希望，寓意着希望与光明。作者认为一个旧的时代结束了，但在黑暗的尽头，终将会有光明。思想家对人类的未来充满信心，对自己的作品也充满着信心。

黄宗羲认为，托古改制，托夏商周三代之古，认为那时候"以天为主，君为客"，但实际上这就是黄宗羲真正的想法。意思是国君只是天下百姓的服务者，天下是百姓的天下。所以"凡君之所毕世经营者，为天下也"，所以君王做的一切都是为了天下人，而不是为了自己的利益。越到后来，情况就越严重，"今也以君为主，天下为客"。君王"以为天下利害之权皆出于我，我以天下之利尽归于己，以天下之害尽归于人",把天下看作是国君"一人之产业",天下之利归于国君。他大胆地指出"天下之大害者,君而已矣",把批判的矛头直接指向封建纲常礼教的最核心问题——君王家天下的权力。黄宗羲也提出"君""臣"关系这个封建统治中矛盾又统一的问题。他认为:"臣"之"出仕""为天下";"为万民,非为一姓也"。君臣应该是共同服务于天下之民,而不是像现在这样,臣服务于君,受君辖制。臣应当是与君共同服务于万民的"师友",而不应该是君之一家之"仆妾"。直截了当地批判了"君为臣纲"。黄宗羲言辞激烈地抨击了封建君主专制制度,认为封建君主法制是"非法之法",是"一家之法",是一切社会问题的根源。他提出应该尝试以"天下之法"来取代"一家之法",并强调"有治法而后有治人",法治发展走在人治的前面,否则"非法之治"只能"桎梏天下人之手足,即有能治之人,终不胜其牵挽嫌疑之顾盼"。黄宗羲关于"法治"的论述已包含有近代法治思想的萌芽。

在思想文化领域,黄宗羲鼓励人们追求个性解放和思想自由,他以愤怒之笔强烈谴责了2000年来不断禁锢人民思想的封建专制主义文化。他指出:"盖道非一家之私。圣贤之血路,散殊于百家。求之愈艰,则得之愈真。"这句话表达了他对封建统治阶层把持文化发展、实行尊一而黜百的文化控制政策,对封建文化专制主义公开、强烈的抗争。黄宗羲鄙弃越来越僵化的"一定之说"而希望发展"殊途百虑之学"的思想见解,反映了明清之际知识分子渴望思想、学术自由和追求个性解放、自主探索真理的一种理性诉求,具有积极的思想启蒙意义。

当然,受时代局限,黄宗羲有些思想不免过于虚幻,如他提到实现"天下安富",可借鉴的井田制,这显然是不切实际的,更是一种土地制度的倒退。还有一些思想并不可取，如在提倡"工商皆本"的同时，却将"机坊"这一带有明显资本主义自由经济萌芽性质的新事物，视为"奇技淫巧"。但这些微小的瑕疵并不足以掩盖《明夷待访录》作为一部民主启蒙主义政论的光辉。黄宗羲杰出的思想，深刻而敏锐。他站在超越时代角度的思考，早已超越了一般的明代遗老思考政治得失的问题，也超出了传统儒家对君主的批判范畴。他的思想突破了传统

▲ 黄宗羲画像

的政治框架，开启了中国近代民主思想的先河。

最后，今天我们所见到的《明夷待访录》已不是黄宗羲最初的版本，最初刻印时，因封建专制的严酷，已做删减。而书刊出以后，长期被清政府统治者列为禁书，一直到清末梁启超等人倡导变法改良，本书被确定为宣传民主思想的重要文献而广泛传播，才使黄宗羲的思想焕发光彩。

清末谴责小说

> 我出来应世的二十年中，回头想来，所遇见的只有三种
> 东西：第一种是蛇虫鼠蚁；第二种是豺狼虎豹；第三种是魑魅
> 魍魉。
>
> ——《二十年目睹之怪现状》第二回

> 赃官可恨，人人知之；清官尤可恨，人多不知。
>
> ——《老残游记》

随着清政府的统治日渐无力，加之中日甲午战争失利、戊戌变法失败、八国联军侵华这一系列巨大的变故，清政府的统治摇摇欲坠，有志之士都开始自我批判，睁眼看世界，小说界则出现了大量抨击时政、揭露封建统治黑暗的作品，文学史上把它们统称为"谴责小说"，代表作家有李宝嘉、吴沃尧、刘鹗、曾朴。

李宝嘉（1867—1906），字伯元，号南亭亭长，江苏武进人，自幼聪慧，擅长诗赋和八股文，1891年以第一名考中秀才，中日甲午战争失败后，他无心科考，受维新变法影响，希冀通过言论传扬新思想，先后在上海办了《指南报》《游戏报》《世界繁华报》等几种报纸。除了小说《官场现形记》，李宝嘉还有《文明小史》《活地狱》等长篇小说作品以及《庚子国变弹词》。《官场现形记》是晚清谴责小

说的代表作之一，全书共60回，小说最初发表于报刊，1903年开始以书籍的形式发行，到1906年发行最后部分。小说结构仿《儒林外史》，由一系列彼此独立的人物故事连缀而成，"凡所叙述，皆迎合、钻营、蒙混、罗掘、倾轧等故事，兼及士人之热心于作吏，及官吏闺中之隐情"（鲁迅《中国小说史略》）。作者创作的初衷就是暴露官场的黑暗和腐朽，所以，故事中所写官员，不论文武，不论身份进阶，只要是"官"，作者就让他显出丑恶嘴脸。

吴沃尧（1866—1910），字趼人，广东南海人，因家居佛山，自号"我佛山人"。他出身于没落的官宦之家，父亲早丧，很早就到上海谋生，以为报纸撰文求生，后与周桂笙等创办《月月小说》，并自任主笔。所著小说颇丰，以《二十年目睹之怪现状》最有名，此外还有《痛史》《九命奇冤》《电术奇谈》《劫余灰》等。《二十年目睹之怪现状》全书共108回，首先发表于报纸，全书于1910年在上海刊印完成。小说带有强烈的自传色彩，以"九死一生"为主角，描写他自1884年中法战争到1904年的20年间所见所闻的各种社会怪现状。吴沃尧性格强毅而多激愤之语，文笔伤于尖锐，但是"伤于溢恶，言违真实"。鲁迅批评这部小说"终不过连篇'话柄'，仅足供闲散者谈笑之资而已"。全书用第一人称叙述，为文学传作开先河之举。

刘鹗（1857—1909），字铁云，江苏丹徒人。出身于官僚家庭，受过传统儒家教育，深受家学务实影响，长于实际学问，懂得数学、水利、医学等，做过医生和商人。他一生受太谷派思想影响，极力发展经济，思想上与洋务派接近，参加过铁路、矿藏、运输等洋务实业活动，流徙新疆而死。《老残游记》共20回，原本的目的不过是帮朋友度日，全书写老残这一江湖游医所见所闻，类似于游记的写法，以"老残"行医行踪串联故事，展开了一幅清末社会画卷，反映了当时官僚政治和社会政治的情状。《老残游记》中，作者探讨了一直为大家所忽视的一类官僚的罪恶——"清官"——人人都知赃官可恨，但人们不知清官的可恨之处。

　　盖赃官自知有病，不敢公然为非；清官则自以为我不要钱，何所不可？刚愎自用，小则杀人，大则误国，吾人亲目所睹，不知凡几矣。试观徐桐、李秉衡，其显然者也。

　　徐桐、李秉衡均是清末顽固派的代表人物，作者特意在文题中点出这样两个人物，可以看出作者对"清官"的反思。《老残游记》的艺术成就极高，发表之日，就得到胡适等人的推荐，尤其是小说中一些写景的片段，如大明湖的风景、桃花山的月夜、黄河的冰雪、黑妞和白妞的说书等，文字洗练灵动，描写形象鲜明，超出同时小说，增加了这部小说的艺术价值。

　　曾朴（1872—1935），字孟朴，江苏常熟人，光绪年间举人，但他从内心深处厌恶科举取士制度，曾入同文馆学习法语，对西方文化兴趣极深，了解也比较深刻，尤其是法国文学，曾自主翻译了雨果等人的文学作品。他参加了百日维新的变法运动，辛亥革命后积极参加政治活动，曾出任江苏省财政厅长。曾朴一生作品很多，以小说《孽海花》最著名。此书第一次刊印时署名"爱自由者发起，东亚病夫编述"，后者是曾朴的笔名，前者是其友人金松岑的笔名，两人联合出版。《孽海花》全书35回，最早发表于1903年，在杂志连载，小说采用隐喻的手法，以苏州状元金沟和名妓傅彩云的经历为主要线索，主要描写清末同治初年到甲午战争30年间中国政治文化生活的历史变迁，同时刻画了上层社会知识分子和官僚士大夫的无能与腐朽。对于晚清四大谴责小说的作者来说，曾朴的生活时代最晚，他接受了更多的西方思想，在政治上赞成革命。所以整个小说的视野比之前的几部都要开阔。小说中很多人物都可以在现实中找到原型，如金雯青为洪钧，傅彩云为赛金花，威毅伯为李鸿章，梁超如为梁启超，等等，还有一些甚至直接使用原名。作者曾说，他要反映的是"中国由旧到新的一个大转关"中"文化的推移""政治的变动"等种种现象。《孽海花》以网状结构链接其他人物，推进全书情节。小说在吸引读者兴趣上也颇为用心，用文人与妓女的"浪漫"生活，结合权贵人物牵动政治风云，以及一些生活琐事，每个点都能带动读者的阅读兴趣，作者在谋篇布局上犹如天才，由此也可以说它集合了狎妓小说与谴责小说的兴趣点和理想点，做到了雅俗共赏。曾朴出身名门，自身才高，一生交友广泛，由此也就见多识广，对当时中国政坛的认识有先天的优势，所以他的创作，带着一种现实中来的经验，在表现国家存亡之际上层文人之间争名夺利、互相倾轧、自命清高、风雅自赏这一点上，非常成功。譬如书中状元金雯青，自命懂得地理舆地之学，却以重价购得一幅错误的中俄交界地图，并生生断送了800里国土。

　　《官场现形记》《二十年目睹之怪现状》《老残游记》和《孽海花》并称为"清末四大谴责小说"。这类小说适应当时社会需求创作，与现实和大众需求紧密相连，切中了清末社会的腐朽时弊，而小说之间作者主观创作的思想倾向的变化也反映出了清末社会知识分子和进步人士的思想倾向。然而，谴责小说因其发表的特性和负载的社会功能，多多少少都有夸张失实的弊病，它反映的是一幅失实的画面。

第十辑

文变染乎世情　兴废系乎时序

——近代文学

中国翻译第一人 —— 严复

> 小之极于阳行倒生，大之放乎日星天地；隐之则神思智识之所以圣狂，显之则政俗文章之所以沿革，言其要道，皆可一言蔽之，曰"天演"是已。
>
> —— 严复

> 严复站在尚未经历近代化变化的中国文化的立场上，一下子就发现并抓住了这些欧洲著作中阐述的"集体的能力"这一主题。
>
> —— 本杰明·史华兹

1895年中日甲午战争，泱泱大国清政府大败于弹丸之地的日本，就像一道惊雷炸开了晚清士大夫的知识闭塞通道。面对新世界的挑战，如何重构晚清士大夫的世界观和知识系统，并为即将到来的改变做好理论准备，已成为觉醒知识分子的紧急任务。严复就是这样一个觉醒的知识分子，他通过翻译和评论斯宾塞、赫胥黎、约翰·穆勒和亚当·斯密等人的著作，用进化论与现代科学方法体系建立了一整套新的世界观，成为近代中国向西方国家寻找真理的"先进的中国人"之一。

严复（1854—1921），初名体乾、传初，改名宗光，字又陵，后又易名复，字几道，晚号愈野老人，别号尊疑，又署天演哲学家。

福建福州人，是中国近代资产阶级启蒙思想家、翻译家、教育家。1867年，考入福建福州学堂学习驾驶，1871年以第一名毕业，开始上舰实习生活。1877年远赴英国去英国皇家海军学院学习，1879年毕业回国。在英国学习期间，严复还刻苦钻研了西方哲学、社会政治学著作，参观了英国法庭，体验审判中的中西差异。归国后担任福建船政学堂教习，次年调任天津北洋水师学堂，担任"洋文正教习"，后担任总办职务。

甲午战争失败后，严复有感于世事艰难，专注于翻译译著，1895年连续在天津《直报》上发表《论世变之亟》《原强》《辟韩》《救亡决论》等政论文章，主张变法图强，提倡向西方学习科学技术。1896年，创立俄文馆任总办，同年，帮助张元济在北京创办通艺学堂。1897年，同王修植、夏曾佑等在天津创办《国闻报》和《国闻汇编》，宣传变法维新，同年将《天演论》在《国闻报》上连续发表。1898年，撰《上光绪皇帝万言书》，极力倡导维新变法；同年，他翻译的第一部西方资产阶级学术名著 ——《天演论》正式出版。至1909年，严复先后翻译出版了亚当·斯密的《原富》、斯宾塞的《群学肄言》、约翰·穆勒的《群己权界论》《穆勒名学》、甄克斯的《社会通诠》、孟德斯鸠的《法意》和耶方斯的《名学浅说》等西方名著，总字数达160多万。除此之外，还有《严几道文集》《愈野堂诗集》及《严译名著丛刊》等。

严复是近代中国成体系翻译介

▲ 严复画像

绍西方资产阶级学术思想的第一人。翻译《天演论》，他不仅将达尔文进化论的思想传播给中国人，还添加了自己的评论，联系实际，将物竞天择等观念扩大边界，使其成为超越达尔文生物进化论范畴而具有社会意义的观念。翻译《穆勒名学》和《名学浅说》两本著作后，他不仅介绍了基本的科学思维法——逻辑归纳法和演绎法，还重点研究了培根的经验归纳法。结合中国程、朱学派的"道问学"互相印证，猛烈抨击了陆、王学派的"心性之说"。严复在翻译中，创造性地使用了很多几乎不再使用的词组，比如，天演、自繇、内籀、公理、群学、储能、效实以及"物竞天择、适者生存"，等等，这些文字的使用架构起了西方的新式理论与中国的传统文化之间的桥梁，并使这种联系紧密而实在。

严复的翻译和现在的翻译有很大区别，从上文的例子可以看出，他的翻译有选择性和侧重点，也会根据自己的判断和知识加入自己的理解，有目的性地进行取舍，比如，《天演论》的翻译中，相比较生物进化论，他更重视的是"群"（社会）的进化理论。在翻译工作中，他不断反思中国社会如何在世界体系中找到自己的位置并保持自我发展。有时，我们甚至可以从翻译著作的字里行间看出，严复在不断思考如何将这些新的西方理论纳入中国的传统文化中，去吸纳它们、充实和优化我们自己的文化。换句话说，严复从来就是一个坚定的中国文化者，他从不认为完全摒弃中国的自身资源是必需的。

在现今西方文化冲击各个领域的时候，反过来走到最早的那点，审视最早的那些人，以严复为代表，他们引进西学的态度和志趣，也许会有利于我们思考作为一个有着悠久文明历史的国家，如何自处与自持。

有境界则自成高格 —— 王国维

此公治学方法极新极密，今年仅五十一岁，若再延十年，为中国学界发明，当不可限量。

—— 梁启超

十七年家国久魂销，犹余剩水残山，留与累臣供一死；五千卷牙签新手触，待检玄文奇字，谬承遗命倍伤神。

—— 陈寅恪

因着中国诗词的发达，中国的诗话和词话也异常发达。用词话的形式评论词作、阐发词学理论和观点，有无数这样的作品，而王国维的《人间词话》因为独特的美学品味、中西兼备的哲学思想以及独创的词学观点，成为近代以来影响最大的一部词学著作。

王国维，初名国桢，后改国维；字静安，亦字伯隅；初号礼堂，后更为观堂，又号永观。1877年出生于浙江海宁，1927年自沉于北平颐和园内昆明湖中，在大好年华之时却为自己的人生画上了句号。

王国维出身于世代书香之大族，少年时接受传统教育，但他经常看一些课外的书籍。15岁左右显露才名，被推为海宁四才子之首。他不喜欢科举，又接连在科场上失利，于是开始了另一条学习之路。1898年，22岁的王国维到上海求学，先在梁启超的《时务报》工作，后加入罗振玉的东文学社学习，得罗振玉青睐，并资助他留学日本，一年后以病归，之后任南洋公学等校教师、学部总务司行走、图书馆编译、京师大学堂教习等职位。辛亥革命后，王国维一家旅居日本，后来清政府解体，王国维一直以清朝遗老自居，由日本回国后应聘清华大学，任研究院教授，最终因为无法割断与前朝的精神纽带，投身昆明湖。

王国维是中国近代以来最杰出的学者之一，他不仅在国内享有盛誉，同时在国际学术界享有盛名，他在甲骨文、金石器物、古代史、西北史方面的研究造诣都很深，对戏曲、诗词方面的研究也颇为精深，而且他善作词，自云"虽所作尚不及百阕，然自南宋以后，除一二人外，尚未有能及余者"（《海宁王静安先生遗书》第15册第20页）。他的各类著作数量不少，在文学研究方面，除《宋元戏曲史》等外，还有《人间词话》。

《人间词话》是王国维词学观点的一次总结。它品评词主要针对清代词坛，一并褒贬五代以来词的创作经验。有清一代，词坛诸家的创作和评论，深受南宋词的影响，王国维认为这本身说明了词的衰落，是南宋以后词坛的不幸。在书中，他认为，词坛不幸的根本原因就是人们过于追求文字声律的技巧，放弃了词的"意境"或"境界"。基于此，他提出了"境界说"，希望以此来补偏救弊，纠正词的创作方向。

"境界说"是《人间词话》的基本论点，也是王国维诗词美学体系的核心。在《人间词话》中，作者开宗明义提出了"境界"在词创作中的绝对地位："词以境界为上。有境界则自成高格，自有名句。五代北宋之词所以独绝者在此。"那么，境界到底是什么呢？王国维认为："境非独谓景也，喜怒哀乐，亦人心中之一境界。故能写真景物，真感情者，谓之有境界，否则谓之无境界。"王国维认为有境界的作品，不仅在客观摹物上要求细节和形象化，还要蕴含真正的人的个体感受和感情色彩。

王国维认为，境界不仅依存内容存在，而且也依存于作者对作品内容的表达。他说："境界有二：有诗人之境界，有常人之境界。诗人之境界，惟诗人能感之而能写之……若夫悲欢离合、羁旅行役之感，常人皆能感之，而惟诗人能写之，故其入人者至深，而行于世者尤广。"言下之意，诗人想要表达这种境界，不仅要具备独特的感受力和观察力，善于捕捉日常生活中的独特之处，而且还要将这种感受表达出来。所谓"红杏枝头春意闹，著一'闹'字而境界全出"，便是指这种特殊的感知力和表现力。王国维把"境界"视为评价诗词的根本标准，认为"文学之工不工，亦视其意境之有无与其深浅而已"。

王国维按照审美范畴把境界分成"有我之境"和"无我之境"两种：

"泪眼问花花不语，乱红飞过秋千去""可堪孤馆闭春寒，杜鹃声里斜阳暮"，有我之境也。
"采菊东篱下，悠然见南山""寒波淡淡起，白鸟悠悠下"，无我之境也。

作为有我和无我之境，主要以感情倾向在作品中的表露程度进行了区分，反映了客观外物与内在自我之间的观照方式。严格来讲，并没有高下好坏之分，不过王国维更喜欢欣赏"无我之境"。

围绕着境界论的形成，《人间词话》中，王国维讨论了作者的修养、创作技巧等问题。他认为，作者必须具备"内美"和"修能"两个方面的修养。"内美"其实就是诗人的"真"，对艺术的纯粹的追求，保持本真的心声，因此他最喜欢李后主之自然、本真的创作，毫无世故之态，赞赏纳兰性德的情真、自然，无矫揉造作。而创作能力上，他认为作家要始终保持"能入""能出"的情感体验，要保持距离感。

"境界"之说在中国文学史上不是新奇的概念，但是王国维以前，"意境""境界"，偏于虚无，没有明确的内涵，缺乏具体准确明白的阐释和专门的系统研究。王国维在继承前人成果的基础上，形成了一个以"境界"为理论核心的词学专论，构架了一个完整的体系。在中国文学批评史上有着划时代的意义，直到现在，它的影响依然很深远。

民族之魂 —— 鲁迅

> 但对于他的时代与民族，鲁迅又是超前的。他因此无论身
> 前与身后，都不能避免寂寞的命运。我们民族有幸拥有了鲁迅，
> 但要真正理解与消化他留给我们的丰富的思想文化（文学）遗
> 产，还需要时间。
>
> —— 钱理群等《中国现代文学三十年》

说起鲁迅，每个人都能说上那么两句。每个中国人想要深入认识自己的国家和国民性格，都绕不过鲁迅。鲁迅的文学创作种类繁多，他的小说塑造了很多精彩的人物：国民弱点象征的"精神胜利法"阿Q，带着滴血的灵魂走向地狱的祥林嫂，还有闰土、华老栓……他的人物塑造，不仅使形象更有趣味，而且使人物更有"血肉"，能表现"灵魂的深"。鲁迅这种虚实结合、人物和寓意都能兼顾的写法，既使小说有教育意义，又使作品更有真实性更加日常化；既有利于传播更深广

▲ 鲁迅雕塑

的社会批判意义，又显示出巨大的艺术表现力。

鲁迅（1881—1936），中国现代文学家、思想家。他原姓周，名豫才，1898年改名树人，"鲁迅"是他1918年发表《狂人日记》时使用的笔名。他早年留学日本学医，后来深刻地认识了当时的中国，认为最重要的事是改造人的思想，改变人的精神，于是中途弃医从文。鲁迅著作甚丰，小说集有《呐喊》《彷徨》和《故事新编》。《呐喊》收入《狂人日记》《孔乙己》《药》《阿Q正传》等名篇，是短篇小说合集，反映了辛亥革命前后到"五四"时期的中国古老农村和市镇的现实图景。《彷徨》收入《祝福》《伤逝》等11篇小说，反映了彻底的、不妥协的反封建主义的意识，比较集中地描写了农民和知识分子两类人。《故事新编》是鲁迅最后的创新之作，是以远古神话和历史传说为题材写就的小说，主要包含《补天》《奔月》《理水》《采薇》《铸剑》《出关》《非攻》《起死》，外加一篇《序言》。作品运用浪漫主义手法，杂糅古今，将历史题材与现实斗争结合起来，用正面人物展示中国人民的战斗传统，反面人物则采用漫画化、滑稽化的手法表现，体现了难得的幽默和风趣。小说以外，在鲁迅的创作中，杂文是主力军。尤其是1925年以后，他的大部分创作精力都放在了杂文上，内容也从泛泛抨击社会现象，转而书写激烈的政治斗争。散文是鲁迅的纯洁天地，也收纳了他复杂的心态，《野草》是现代文学史上的第一部散文诗集，每一篇都仿佛在剖析他自己的灵魂，反映了他内心的苦闷和孤独、彷徨中的希望和追求。《朝花夕拾》是鲁迅心灵的最美归宿，这些带有回忆性质的叙事散文，感情真挚，风格清新自然。

《阿Q正传》创作于1921年，成书出版于1923年，是鲁迅作品中影响最大、最有代表性的一篇。《阿Q正传》自发表后，流传广泛，出现了许多种类语言的译本，日本、法国甚至还将它搬上舞台。在意大利的《蓬比亚尼作品及人物文学辞典》里，甚至可以查到《阿Q正传》和"阿Q"的词条，可见其影响之深远。《阿Q正传》通过阿Q形象的塑造，刻画出了"沉默的国民魂灵"和"中国的人生"群体，令人信服。阿Q本来是个赤贫者，靠出卖劳力为生，是底层人物的代表，他在经济上受剥削，政治上受压迫。但是，阿Q对自己的处境，既没有清醒和充分的认识，也没有任何反抗的意识，没有改变自己的处境、开辟新生活的欲望，最后成为一个甘于做稳奴隶地位的苟活者。这是一直以来，儒道就想要实现的现状，儒家和道家提倡的人生哲学在这里获得了具体实在的显现。

更让人绝望的是阿Q的性格主体——精神胜利法。阿Q不仅甘愿处于受尽欺凌的卑贱地位，而且还积极寻找到一种办法来解脱自己的内心——通过想象中的优胜来平衡自己受到的不公平。以精神世界中超脱的虚妄的胜利，来取得自我心理上的安慰和精神的胜利，这本质上就是受压迫者在没有能力反抗和没觉醒时的一种心理选择和逃避性视而不见、消极应对和自我保护的思想行为方式。然而，这却是更深刻的"沉默的魂灵"，是完全丧失了人格尊严和人的地位的被扭曲和压抑坏了的灵魂的表征，是人被异化后的一种变态反映。这是我们民族长期在封建专制下，在压抑封闭的环境中，在农村自然经济上，生长出来的一种痼疾。

"沉默的国民魂灵"和"中国的人生"还表现在阿Q的保守、盲目、不接受新事物，排斥异端、讳疾忌医等性格缺陷上。阿Q的价值判断体系，均以个人已有的生活经验和传统的标准为尺度，这种无法打破的生存闭环、性格缺陷，从根本上有悖于人们追求发展和变化的本能，而这种静止和沉默恰恰反映了中国传统文化的局限，与整个国民心态中的心理价值结构互为因果。

产生阿Q精神的原因非常之多，但阿Q式人格在中华民族的国民性中占着相当大的比重。鲁迅在小说中赤裸裸地揭露了这个事实，在社会各界产生了巨大的反响。而鲁迅开创了以严肃之精神审视国民性格的先河，为国人冲破束缚、建立健康的批判理性开辟了道路，也为陷在故步自封、夜郎自大的陷阱中的中国人打破了魔咒。当时的中国不仅需要救治阿Q式的精神痼疾，更迫切需要建立"批判—创造"相结合的理性思维结构，这是中国走向近代化、现代化的不可缺少的思想动力。正是在这个意义上，《阿Q正传》的问世，一方面深深触及了国民的弱点，让人惶惶然；另一方面它也启发和激发了人们反思自己，反思整个民族性格的历史发展，审视民族的现在并且展望民族性格未来走向。

阿Q作为艺术形象将永远保留在中国文学史上，《阿Q正传》也

▲ 鲁迅故居

会因其艺术成就而载入不朽的时间史册；随着社会的发展，阿Q的精神应当而且必然会被埋葬。

鲁迅作品最具价值的部分在于其改造"民族灵魂"和中国社会的思想。鲁迅是中国现代文学的两大题材——农民（包括市镇平民）和知识分子题材的开拓者。他是中国几千年文学史上第一个真正写普通劳动人民的小说家；他全身心关注的不是这些下层民众所受的经济剥削和政治压迫，而是精神上所受的毒害，所表现的不是他们物质生活的困苦，而是精神的痛苦与病态，从而尖锐而深刻地提出"改造国民性"的主题。比如大家熟悉的作品《药》，华家经济上的拮据仅用一床"满幅补钉的夹被"暗示了一下，正面展开的是他们一家及茶客们精神的愚昧。鲁迅认为，在封建社会长期统治下，吃人的统治阶级的思想已经渗透到民族意识与心理之中，成为历史的惰性力量，而且是多数力量，形成"不见血的虐杀"，他在更深刻的意义上否定支配大多数人思想与行动的统治阶级的伦理道德观念，这更能产生震撼麻木国民灵魂的力量。鲁迅对知识分子的了解更加深切，他笔下既有孔乙己等受科举毒害的酸腐文人，他们还属被吃掉的一类，也有假道学者这类吃人帮凶；但最重要的是现代知识分子，鲁迅在肯定他们的历史作用的同时，也着重揭示他们的精神痛苦和自身的精神危机，他们是时代的孤独者，这也是先觉者鲁迅内心矛盾的写照。

在烈火中翱翔的凤凰 ——郭沫若

"五四"时期的青年，心里只塞满了叫不出的苦、喊不尽的哀。他们的心也快塞破了。忽地一个人用海涛的音调、雷霆的声响替他们全盘唱出来了，这个人便是郭沫若。

——闻一多

诗人的心境如同一湾清澄海水，没有风的时候，便静止如一明镜，宇宙万汇底印象都涵映在里面，一有风的时候，便翻波涌浪起来，宇宙万汇都活动在里面。这风便是直觉、灵感。

——郭沫若

站在"五四"那个激荡人心的时刻，如果说还有谁的灵魂更为敏锐和激动，那么一个诗人的吟唱，应该被记住，那就是郭沫若。这个天才诗人，在这样大的变局之中，感受到震撼心灵的激情荡涤着世间的一切。而就像他自己说的，被这激情触动，他如同19世纪俄罗斯的伟大文学家、哲学家陀思妥耶夫斯基一样，不能自已。《女神》就是诗人在这一时期的激情奔流中的心血结晶。他自己也说，在《女神》中的那些代表性诗作创作过程中，他如同奔马，冲动得不得了，写完后如死海豚；灵感来时，激动得连笔都抓不住，浑身发烧发冷。他这种天才型或者说文艺型心理素质，决定了他的文艺观也是追崇天才、灵感、直觉的，所以他总认为诗是写出来的，并非作出来的。

郭沫若（1892—1978），现当代诗人、剧作家、历史学家、古文字学家，原名开贞，笔名郭鼎堂、麦克昂等，四川乐山人。郭沫若一生所涉甚广，但不管是从事文学创作、史学研究，还是实际的社会活动，他都有一种兼济天下的胸怀。在中国现代的作家中，很少有人像郭沫若这样具有如此的胸怀和抱负。郭沫若在文学创作伊始，曾提倡"为艺术而艺术"的观点，但即使是这样，他依然从未放弃试图用文学来"使生活美化""唤醒社会"的使命。郭沫若的代表作《女神》就是这样的背景下被创作出来的，它奠定了中国现代新诗的形式，于1921年8月出版，全诗共三辑，以第三辑最为重要。他的许多代表诗篇皆出于此，如《凤凰涅槃》《天狗》《炉中煤》《匪徒颂》等。

《女神》所表达的思想内容，首先是"五四"狂飙突进时代改造旧世界、冲击封建樊篱的要求，以及追求个性解放和人格圆满的需求。比如《天狗》这样激情洋溢的吟唱，诗歌中所描述的主人公那席卷一切的、打破一切的壮志和激情，恰恰是追求个性解放的叛逆者的形象。他们要求打破一切封建枷锁，歌唱欢迎新世界的心声。其次，《女神》是对祖国深情的热爱和对美好明天的憧憬。诗歌中吟唱太阳、凤凰、光明、希望，在浪漫的激情中处处洋溢着向上的积极进取的精神。

郭沫若的诗歌风格深受美国诗人惠特曼《草叶集》的影响。当郭沫若接触《草叶集》的时候，"正是'五四'运动爆发的那一年，个人的郁积、民族的郁积"在那时"找出了喷火口，也找出了喷火的方式"，以至于郭沫若"那时候差不多是狂了"。而惠特曼的那种把一切的旧套摆脱干净的诗风，和"五四"时代狂飙突进的精神十分合拍，郭沫若彻底地为"惠特曼那雄浑的豪放宏朗的调子所动了"。这也使得新诗能摆脱旧式诗歌的一切束缚，形成一种新的结构，由此才开始了五四后新诗的蓬勃发展。

《女神》在艺术上取得了新诗最辉煌的成就，它是"五四"时期浪漫主义的瑰丽奇峰。《女神》是"自我表现"的诗作，诗中的《凤凰涅槃》等，都是诗人的"自我表现"。诗中的"自我"主观精神，是强烈的反抗、叛逆精神，是追求光明的理想主义精神。

《女神》在格式上也追求"绝对自由、绝对自主"，不受任何一种格式的束缚。形式自由多变，依感情的变化自然地形成"情绪的节奏"，而作者喷发式宣泄的表达方式，将格式与情绪自然合拍，使得诗篇表现出一种席卷一切的高昂的激情。《凤凰涅槃》等诗表现得最典型。

《女神》的诗风多豪壮、雄健，颇具阳刚之美。郭沫若的诗歌可

▲ 郭沫若故居

以说是新诗中豪放的先驱，但同时，他也有许多清丽婉约之作。

郭沫若这种天才型诗人，易感、热情、冲动、活跃、多变是他们最重要的特点。这可以从他的创作中反观，在文艺观上也很追慕天才式的冲动与灵感。

《女神》中许多激情的篇章就是在这样的心理状态下依靠灵感去构思的，所以诗中到处充溢着情绪流与奇丽多彩的想象，让人不由自主地被裹挟其中，处处可见诗人的心情，足够坦诚。

就《女神》而言，现在再去回味，可能不免有些袒露、散漫，甚至粗糙，这是因为如果脱离了特定的时代背景，你就很难明白，正是这种不顾一切的激情和这种极端个人化的、粗糙的诗风，才更容易冲破传统的禁锢，引发叛逆的、痛快淋漓的情感宣泄，释放"五四"当年"新人类"渴求个性解放的能量。若非如此就不可能很好地领会《女神》的价值和那不可重复的时代审美特色。当然，由于郭沫若的部分诗作太贴合时代，失去了当年创作的背景，不再有"五四"那样万物新鲜、上进而又暴躁凌厉的"气"，不再有"社会青春期"的特殊氛围，我们今天就会比较难进入《女神》的境界。

或许我们可以说，郭沫若的《女神》在文学史中的价值要远大于其文学本身的价值。

雾幕沉沉开子夜 ——茅盾

> 笔势具如火如荼之美，酣恣喷薄，不可控抟。而其细微处复能婉委多姿，殊为难能可贵。
>
> ——吴宓

> 这是中国第一部写实主义的成功的长篇小说。
>
> ——瞿秋白《〈子夜〉和国货年》

《子夜》是现代著名作家茅盾（1896—1981）的代表性作品。1933年，小说初版印行之时即引起强烈反响，因为之前在《小说月报》等发表过一些内容。瞿秋白曾撰文评论："这是中国第一部写实主义的成功的长篇小说……1933年在将来的文学史上，没有疑问地要记录《子夜》的出版"（《〈子夜〉和国货年》）。

历史的发展证明瞿秋白很有预见性。80多年来，《子夜》不仅受到中国几代读者的喜欢，拥有数量庞大的读者群，而且被译成英、德、俄、日等十几种语言文字出版，产生了广泛的国际影响。

日本著名文学研究家筱田一士被邀请推荐10本20世纪世界文学巨著时，选择了《子夜》，并认为这是一部可以与《追忆似水年华》（普鲁斯特著）、《百年孤独》（马尔克斯著）媲美的杰作。

茅盾，原名沈雁冰，对于中国现代文学来说，他的成就主要体现在《子夜》的创作上。相比其他作家，茅盾的创作不丰，除长篇小说《子夜》之外，还有小说集《蚀》（包括《幻灭》《动摇》《追求》等三个略带连续性的中篇），以及短篇小说《春蚕》《林家铺子》（也有人把这两篇视为中篇小说）。

《子夜》这部长篇小说以1930年的旧上海为背景，是我国现代文学史上第一次进行的城市题材创作，围绕着民族资本家吴荪甫与买办资本家赵伯韬之间的商业斗争为中心，全方位、多角度地描绘了20世纪30年代初中国社会的多种矛盾和斗争，以及广阔的社会画面：工人罢工、农民暴动，反动当局镇压和破坏人民的革命运动，帝国主义掮客的活动，中小民族工厂、实业被吞并，金融市场惊心动魄的斗法，各色地主的行径，资本家家庭内部的各种矛盾……通过各阶层生活画面的展现，反映了第二次国内革命战争对社会各个阶层的影响，从中能看到革命的火花，以及各地工农运动的星火燎原的中国社会风貌，充分展示了作者驾驭大题材的娴熟和对现实社会的关注以及捕捉巨大课题的能力，体现了其敏锐的把握大局的能力。

这部小说的主人公民族企业家吴荪甫，算得上是个悲剧英雄。吴荪甫应该说是一个精英型人物，他是那个时代实干民族资本家的代表，热衷发展民族工业，追求实业兴国的梦想，他不同于以帝国主义为后台的买办资本家赵伯韬。但就吴荪甫所处的时代而言，那时的上海，可以给他施展拳脚的时间和空间已经没有多少了，随着资产阶级革命的失败，时代和现实环境条件已经发生了巨大的变化，帝国主义的不断侵略和无产阶级革命的兴起，必将使中国走入一个新的局面中。在这样的时局中，吴荪甫发展民族工业的理想也必将夭折，只能等待人民革命重整山河之日，他才能真正实现自己的实业兴国之梦。而就他所处的立场来说，无疑再一次肯定了他悲剧性

▲ 茅盾雕像

的结局。

茅盾塑造这个悲剧人物时，不像其他一般英雄悲剧，直接展示人物的性格。对于吴荪甫，作者将主人公置于各种复杂背景下来刻画，展示他复杂的性格。比如，与买办资本家赵伯韬的关系、与工人的关系、与中小资本家朱吟秋的关系。三个场景，围绕三种不同的社会关系和社会地位，既展示了主人公复杂的性格，又推动复杂情节进一步发展，从而呈现更为错综复杂的关系。

茅盾通过心理描写完成人物刻画，往往善于用细致入微的剖析来揭示人物的潜意识活动；同时将推进情节、抒发感情、描写景物等融为一体，从而显示出独特的艺术魅力。比如，小说写大战即将落下帷幕的时刻吴荪甫的心理状态，作者分成三个阶段来表现：一是决战前夕，他坐卧不宁，又紧张又兴奋，期盼、焦躁等各种滋味涌上心头；二是决战时，他心情复杂，喜忧参半，几种情绪轮番上阵，时而紧张，时而恐慌，时而惊喜，时而愤怒；三是决战后，他绝望透顶，如万箭穿心。而这一章就依靠吴荪甫的心境变化以及由此而引发的行动来推动情节的发展。

《子夜》的创作遵循现实主义，遵循典型环境塑造典型人物这个基本原则，塑造了在这样的时代背景下，企图以个人的力量实现理想的英雄最终也一败涂地。《子夜》的主要美学价值也在于真实地创造了那个时代中的主人公，这在世界文学中是具有独特悲剧意义的艺术典型。

茅盾自己也坦言《子夜》的缺点，称这部书是"半肢

▲ 茅盾文学奖纪念章

瘫痪"。原因何在？用他自己的话说，就是"这本书写了三个方面：买办资产阶级，民族资产阶级，革命运动者及工人群众。三者之中，前两者是作者与之有所接触，并且熟悉，比较真切地观察了其人与其事的；后一者则仅凭'第二手'的材料，即身与其事者乃至第三者的口述。这样的题材的来源，就使这部小说描写买办资产阶级与民族资产阶级的部分比较生动真实，而描写革命运动者及工人群众的部分则差得多了。至于农村革命势力的发展，则连'第二手'的材料也很缺乏，我又不愿意向壁虚构，结果只好不写。此所以我称这部书是'半肢瘫痪'的"。

文学史家认为，茅盾先生将巴尔扎克、托尔斯泰等人的结构严谨、场面宏大的长篇小说艺术带到了中国，使中国现代长篇小说在20世纪30年代走向成熟，而《子夜》正是以其宏大真实的历史内容和有力细腻的艺术表现，耸立在20世纪中国现代长篇小说的最高峰。

波远泽长，曲高和众 —— 老舍

由老舍先生投湖自尽时算起，整整20年过去了。湖面上激起的波澜，竟会越来越大，至今，只见那波澜还在一圈一圈地扩展。这 —— 由一个人的死所引起的延绵不断的愈演愈烈的波澜，说明的却完全是另一回事：生命，的确是永不停息的。

——[德]《赫塞文艺报》

在中国现代众多文学作家中，老舍是为数不多能在海外普通人中享有号召力的作家。日本有一个拥有120多名会员的"老舍研究会"，还率先出版了《老舍小说全集》；欧美等国也纷纷翻译出版；苏联的一位教授说："在苏联没有'老舍热'，因为根本没有凉过。"老舍的作品在那里行销数百万册。

老舍曾自己作传，文白相互夹杂，却妙趣横生，《老舍自传》："舒舍予，字老舍，现年四十岁，面黄无须。生于北平，三岁失怙，可谓无父；志学之年，帝王不存，可谓无君。无父无君，特别孝爱老母。布尔乔亚之仁未能一扫空也。幼读三百篇，不求甚解。继学师范，遂奠教书匠之基。及壮，糊口四方，教书为业，甚难发财，每购奖券，以得末彩为荣，示甘为寒贱也。二十七岁发愤著书，科学哲学无所终，故写小说，博大家一笑，没什么了不得。三十四岁结婚，今已有一男一女，均狡猾可喜。闲时喜养花，不得其法，每每有叶无花，亦不忍弃。书无所不读，全无所获并不着急，教书做事均甚认真。往往吃亏，亦不后悔。如此而已。再活四十年，也许能有点出息。"

自传语言幽默，生动有趣，尤其是描写生活的细节，让人觉得特别温馨，体现了老舍谦虚质朴、开朗乐观的性格。在英国任汉语教师期间，他利用课余时间阅读了大量西欧文学名著，并开始用英文创作，初期的作品如《老张的哲学》《赵子曰》《二马》等，幽默语言中含着讽刺，似乎有意学习英国作家狄更斯的笔触，但总体风格夸张中略有刻意。即使是这样，对于任何作家来说，初期的创作都是不可缺少的练笔。到了1930年，他的创作渐趋成熟，终于在1936年推出了自己的重磅小说《骆驼祥子》，也是他的代表作。

《骆驼祥子》讲述的是旧中国北平城里一个人力车夫祥子三起三落的悲剧故事。祥子作为一个破产青年，无法在日益凋敝衰败的农村生存，他只身来到城市，怀揣着以自己的诚实劳动开拓新生活的理想，开始了在北平的生活。他尝试各种工作后，最后选择了拉洋车，但职业的转换和生活城市的变化，并没有使祥子的脑子也一样换了，他的思维方式仍然是农民的。他习惯于个体劳动，渴望拥有土地。他想要买车，做个独立的劳动者，"这是他的志愿，希望，甚至是宗教"。繁华的城市好像给了祥子实现愿望的机会，经过三年奋斗，祥子终于买上了一辆车，但不到半年，车就被人抢了去。但这打击不了祥子，他又一次为自己要买一辆车的愿望奔跑起来。他基本不怀疑自己的追求，虽然最艰难的时候也偶尔有些动摇，但依然会再一次爬起来奔向自己的理想。应该说，小说的主人公祥子，坚韧、善良、勤劳，甚至还有一点儿可爱，他凭借性格中的脾气和执拗的态度与生活展开了搏斗，而这也形成了小说的主要情节。小说

▲ 老舍塑像

的最终结果，搏斗的最后，祥子以失败终结了自己的奋斗人生。这部小说的深刻现实性在于，它不仅描写了严酷的生活环境对祥子的物质剥夺，还刻画了祥子的精神世界受到的碾压，"他没了心，他的心被人家摘去了"。

祥子的悲剧，是因为整个社会环境的压迫。小说通过描写祥子，也写了祥子身边的人物及人际关系，真实地展现了那个黑暗社会的生活面目，展现了军阀、特务、车厂主们的丑恶面目，甚至还有城市盲流，以及由他们织成的统治之网对"祥子们"的压迫与被压迫关系。小说并没有回避祥子与虎妞之间的本能欲望产生的那一点点温情，但同时也深刻地描写到，即便是这样的男女之情，他们的关系也同样基于金钱利益关系之上，所以虎妞的钱要拿到自己手上。"钱在自己的手中，势力才在自己身上。"虎妞与祥子的结合，无疑加剧了祥子的悲剧。

《骆驼祥子》通过祥子的悲剧命运，揭示了一个强人肆无忌惮，弱者无能为力、坐以待毙的吃人的乱世。同时，更精妙的是，小说还具有强烈的象征性色彩，"吃"与"被吃"的过程中，有许多暗示。作者将剥削者定为肉食动物，被剥削者一定是草食动物，高尚虚荣、衣冠礼仪的人类社会，果然是一个以强凌弱的动物世界。老虎是百兽之王，而作为剥削阶级代表的刘四爷，父女全是"属"虎的。而祥子却是骆驼，骆驼是草食动物，而且是大牲畜中最老实的、性格最坚毅的、力气最大的。肉食动物和草食动物生活在一起，吃与被吃的关系是不言而喻的。

《骆驼祥子》在中国现代文学史上具有特殊的地位。"五四运动"以后的新文学，大多数创作的核心是描写知识分子，而农民生活则极少获得关注和发现。老舍创作了一个系列的城市贫民生活题材的作品，特别是长篇《骆驼祥子》，打破了这种局面。《骆驼祥子》是一部意蕴深厚、丰富的作品。祥子身上不仅是个人的命运，还是整个农村独立求生青年的命运。《骆驼祥子》是一部名副其实的现实主义杰作，它拓展了新文学的表现范围，为新文学的发展做出了特殊的贡献。

《骆驼祥子》最初发表于《宇宙风》杂志（1936），一直到1955年1月，人民文学出版社才出版了新的单行本，老舍曾做了删改，删去了旧版第23章的后半部分与第24章的全部。20世纪80年代出版的《老舍文集》（人民文学出版社1982年版）则又恢复了旧版原貌。

▲ 老舍纪念馆

文海中奔腾的激流 —— 巴金

> （巴金是）当代世界伟大的作家之一……自由、开放与宏博的思想已使他成为本世纪伟大的见证人之一。
>
> —— 法国前总统密特朗

巴金有着神秘的家庭出身。

根据他的作品，我们可以推测他是四川一个大家族的子弟，家里似乎很有钱。"他虽然生下地便被黄金般幸运包裹着，虽然可以在大观园式的园亭里，享受公子哥儿的豪华尊贵生活，他却偏爱和一班轿夫仆人做朋友，因而知道了许多下等社会的事，而对他们发生浓厚的同情。"（《家》及《将军》自序）"他有一个孟母般贤淑的母亲，给了他一颗无所不爱的心，她还给了他沸腾的热血和同情的眼泪；她教他爱人、祝福人，她这样地教育着他一直到死。然而他长大以后却来诅咒人。"（《光明》自序）"他在悬崖上建筑了他理想的楼台，一座很华丽的楼台，他打算整天坐在里面，然而暴风雨来了，这是时代的暴风雨。这风是人底哭泣和呼号，这雨是人底热血和眼泪。在这暴风雨底打击之下，他的楼台终于倒塌了。幸而他在楼台快倒塌的时候，跳了出去。"（《新生》自序）这些巴金的自述，也能让读者明白他的人生经历，了解他整个的人格和整个作品的思想。

巴金（1904—2005），现当代作家，原名李尧棠，字芾甘，笔名佩竿、余一、王文慧等，四川成都人。他的主要代表作是长篇小说《激流三部曲》，《家》是《激流三部曲》之首。

《家》描写了在新旧思潮的冲击中，一个封建旧派仕宦家族中一群年轻人的生活，以及他们在封建礼教的束缚下，各不相同的命运走向。这个封建旧派大家族高家，只有一个掌权者，即这个家的祖父——高老太爷。他操纵着所有人的命运。觉新是高家的大少爷，善良而懦弱，他受到了一定的新思想的影响，不管是外面还是这个家里，他都希望新旧之间能"毫不冲突地结合起来"，相处和谐，不起冲突。然而每当需要他坚强站出来的时候，他总是败给自己的懦弱。他和表妹梅青梅竹马、两情相悦，只是因为两家家长一点儿牌桌上的龃龉，就活生生地拆散了他们。觉新接受了父母安排的婚姻，而梅却最终郁郁而亡。而嫁给觉新的瑞珏在临产之时，恰逢高老太爷归天，被高家的人以孕妇生产会引起"血光之灾"为借口，驱逐到破庙产子，最后落得一尸两命。觉新从来没能保护妻子和未出生的孩子，哪怕一次！二少爷觉民比觉新勇敢，他有一颗敢于挑战的心。在新思想的鼓舞下，他向腐朽的封建制度发起挑战，不畏强权，追求个性的解放和婚姻的自由，终于获得了婚姻自主的胜利。三少爷觉慧和聪明伶俐的丫头鸣凤感情真挚，真心相爱，但因为阶层的差异，失去了彼此。鸣凤被高家指婚给40多岁的地头蛇，出嫁前投湖自杀，她的死唤醒了觉慧，觉慧毅然决然投入了革命。之后家里走的人越来越多，高公馆也渐渐走向分崩离析。

巴金曾经说过："我不是为了要做作家才写小说，是过去的生活逼着我拿起笔来。"《家》这部小说的创作与巴金的个人生活经历密切相关。巴金出生于四川成都一个官僚地主的大家庭，他在二三十个所谓"上等人"和二三十个所谓"下等人"之间度过了童年。在那个等级森严的封建家庭里，他"眼看着许多亲近的人在那里挣扎、受苦，没有青春，没有幸福，终于惨痛地死亡。他们都是被腐朽的封建道德、传统观念和两三个人一时的任性杀死的"（《自传：文学生活五十年（代序）》）。年轻的巴金像"甩掉一个可怕的黑影"一样从旧家庭里挣脱出来，来到巴黎，"想找寻一条救人、救世，也救自己的路"。在巴黎，他用书籍温暖自己，卢梭、雨果、罗曼·罗兰、屠格涅夫、托尔斯泰、高尔基、狄更斯等名家的大量作品被阅读，他开始尝试以写作来宣泄情感。他掘开回忆的坟墓，亲人的悲剧一幕幕在眼前上演，那些不堪回首的往事令他感觉内心似乎有一团火。于是，他将这些家庭的惨剧连同自己悲愤的心情一起写进了《家》。

巴金说："我并不要写我的家庭，我并不要把我所认识的人写进我的小说里面。我更不愿意把小说作为报复的武器来攻击私人。我所憎恨的并不是个人，而是制度……我所要写的应该是一般的封建大家庭的历史……我要写这种家庭怎样必然地走上崩溃的路，走到它自己亲手掘成的墓穴。"的确，《家》就是通过描写高家的没落，揭露了封建统治者的虚伪和残忍，也揭露了封建礼教对年轻人的迫害，反映了在新思潮的冲击下，中国社会正在发生或者经历的剧烈动荡。有觉悟的年轻人从封建制度的禁锢中冲出来，寻找着新的生活的希望，这在当时有着重要的进步意义。

此外，《家》作为一部文学作品，在小说人物形象的塑造、情节的安排，以及文学语言的运用上有许多值得借鉴的地方。他用自己内心饱满的情感灌溉了这朵文学之花，也感动了无数的读者，他们关心原型的生活，甚至在《家》问世26年后，还有读者写信给巴金，要求他"介绍他们跟书中人通信，他们要知道书中人能够活到现在，看见新中国的光明才放心"（《和读者谈〈家〉》）。由此可见，《家》强烈的艺术感染力和永恒的生命力。

中国的莎士比亚——曹禺

> 一个垂死的阶级的文明往往就像熟透的深秋，参天大树上每一片叶子飘零着，腐烂着，带着人类的心智一同消沉，可是，能够流传百世的文学巨著往往也诞生在此时。远看《红楼梦》，近看《雷雨》，莫不如此。
>
> ——沈从文

即使到了今天，流媒体闯天下的时代，我们也要说，曹禺的剧作依然有其不容置疑的经典价值和经典地位。这种价值，会历久弥新，其经典意义将会越发凸显出来，成为中国现代文化的瑰宝。曹禺创作的《雷雨》《日出》《原野》《北京人》等，都是经典之作。作为一名戏剧大师，他不仅是中国话剧艺术的奠基者，而且是20世纪世界话剧艺术发展的杰出代表。

曹禺（1910—1996），被称为"中国的莎士比亚"，原名万家宝，字小石，祖籍湖北省潜江市。他出生在天津一个没落官僚家庭。曹禺幼年丧母，父亲赋闲在家后，抑郁不得志，曹禺也在压抑中度过了童年时代。1922年，他入读南开中学，并参加了南开新剧团。导师张彭春很看重他的才华，当时，他以扮演娜拉等角色而闻名，开始展露戏剧方面的才华。1928年，曹禺入南开大学政治系，翌年转入清华大学西洋文学系。在校期间，他也积极开始学习，每天除了演戏，还写起了剧本。1933年毕业前夕，曹禺就完成了处女作《雷雨》，紧接着又发表了《日出》和《原野》。他的三部戏剧，好像一座座丰碑，矗立在中国的剧坛上，为后来人发展指明了创作路径，也奠定了曹禺在中国话剧发展上，特别是话剧文学上的地位。

《雷雨》是一部纠缠着复杂的血缘关系和聚集着许多的巧合却透露着必然的悲剧，它蕴含着深刻的思想内涵和令人惊心动魄的艺术震撼力。一个带着浓郁的封建专制色彩的资产阶级家庭，是一切的起源。

剧中主要人物周朴园，年轻时在德国留学，后来是一个现代厂矿的董事长。他并没有受到西方自由思想的影响，本质上还是个封建家长，在家里拥有高高在上的统治力，像一个黑暗王国的统治者。所有的故事就围绕他而产生。30年前，他的父母为了给他娶一位名门闺秀，将他当时的爱人，已经为他生了两个儿子的女佣侍萍逼走了。侍萍走后，投河自尽，但被人所救，后嫁给了用人鲁贵。世事难料，30年后，鲁贵在周家的矿上工作，他们的女儿四凤来到周家做用人，并同大少爷周萍（周朴园和侍萍所生之子）相爱，且有孕在身。但他们年轻的爱情却有着难以言说的秘密阴影。周太太繁漪，不肯放弃与周萍的秘密关系，而四凤也要面对周家二少爷周冲（周朴园和繁漪所生）的爱情攻势。所有的矛盾冲突，就集中爆发在侍萍来周家寻找女儿的那一天。虽然她早有些担心，但她没有料到自己的女儿走上了和她一样的道路：以仆人的身份和少爷相爱。而且，这其中还有难言的血缘关系。她的两个儿子周萍与鲁大海也因为立场不同，而站在了不同的利益面。所有的人都被蒙在鼓里，只有她知道一切。当血缘的谜底最终被揭穿时，一场命运的悲剧不可避免：四凤触电身亡，周冲为救四凤也触电身亡，周萍开枪自尽，繁漪疯了，侍萍痴呆了。而周朴园仿佛就是这一切罪孽之渊薮。

周朴园是《雷雨》中塑造得非常成功的艺术形象，他是悲剧的制造者，是故事的核心，也是这场悲剧最后的承担者。而这一切就像他所代表的封建势力一样，总是在每时每刻影响着被他的阴影笼罩的人们，仅仅用命运的悲剧是无法解释和接受这一切的。《雷雨》的意义重大之处在于，从周朴园这个人物身上，曹禺让读者看到了中国的资产阶级和封建传统势力之间有着天然的联系，他们在政治上和思想上都有着紧密的关系，揭示了中国资产阶级的封建性。在周朴园那资产阶级的外衣下，有一个恐怖的封建暴君的灵魂。《雷雨》一经发表和演出，就以高度的艺术成就和强烈的现实主义震动了当时的戏剧界，它的出现也标志着中国话剧艺术开始走向成熟，几十年长演不衰便证明了它的生命力。

1935年，曹禺又创作完成剧本《日出》，深刻解剖了20世纪30年代半殖民地半封建社会的中国的都市生活，批判了那个"损不足以奉有余"的罪恶社会，曾获《大公报》文艺奖。它与《雷雨》前后辉映于剧坛，奠定了曹禺在中国话剧史上的地位。1936年，曹禺任教于国立戏剧专科学校，创作了他唯一一部涉及农村阶级斗争的剧作——《原野》。抗日战争爆发后，曹禺随校迁至四川，专心于戏剧刊物，先后任中华全国文艺界抗敌协会理事和电影厂编剧等职。这期间他的作品主要有《全民总动员》(合写)、《正在想》、《蜕变》、《镀金》等剧本，其中最为优秀的剧作是《北京人》，他还将巴金的小说《家》改编成剧本，翻译了莎翁名剧《罗密欧与朱丽叶》等。1946年，曹禺赴美国讲学，1947年年初回国，担任上海文华影业公司编导，发表剧本《桥》，写了电影剧本《艳阳天》，并亲自导演、摄像等。

中华人民共和国成立后，曹禺创作了话剧《明朗的天》(获全国

第一届话剧观摩演出剧本一等奖）、历史剧《胆剑篇》（执笔）与《王昭君》，但他的主要精力放在了戏剧理论的研究上，收获颇丰，散文集《迎春集》及《曹禺论创作》《曹禺戏剧集》先后问世。他的一些剧作在很早之前就被译成日、俄、英等语言文字出版。《雷雨》出现在他创作早期，却最受中外读者喜欢，这可能是曹老自己都没想到的。

曹禺先生是继鲁迅之后，在中国现代文学史上最能塑造人的灵魂的作家，最能揭示人的灵魂的复杂性和丰富性的作家，是一位善于刻画人物心灵的大师。如果问曹禺的戏剧如此吸引人有什么秘密，那么这个秘密就是他把最伟大的人文胸怀同对人性的深刻探索和理解结合起来。这就是曹禺戏剧魅力的一个重要方面。

▲ 曹禺故居